KB055802

마<br>칸<br>의

사<br>수

# 마탄의 사수 27

초판 1쇄 찍은 날 | 2018년 4월 19일
초판 1쇄 펴낸 날 | 2018년 4월 26일

지은이 | 이수백
펴낸이 | 예경원

기획 | (주)인타임 김명국
편집책임 | (주)인타임 백선혜
편집 | 이즈플러스

펴낸곳 | 예원북스
등록번호 | 제396-2012-000132호
등록일자 | 2012. 7. 25
SFN | 제1-378호

주소 | 경기도 고양시 일산동구 호수로 646-24 위너스21 II 빌딩 206A호 (우) 10401
전화 | 031-819-9431 팩스 | 031-817-9432
E—mail | yewonbooks@naver.com

ⓒ 이수백, 2017

ISBN 979-11-6424-259-7 04810
        979-11-6098-073-8 (set)

# 마탄의 사수

이수백 게임판타지 장편소설

27

INTIME GAME FANTASY STORY

Der Freischütz Musketeer

INTIME

# 차례

Geschoss 1.

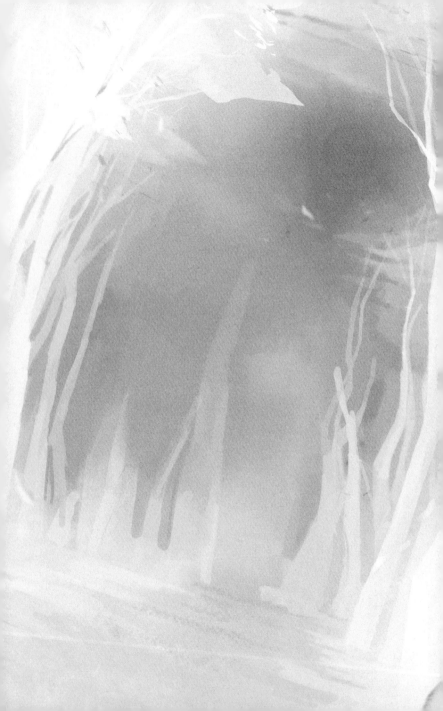

쿠우웅 – 쿠우웅 –!

토온이 한 걸음씩 내딛을 때마다 근처의 날짐승들이 솟아 올랐다.

이하는 그와 최대한 거리를 벌린 채 뒤를 쫓고 있었다.

'이 정도 거리라면 절대 놓치지 않는다.'

처음 토온을 쫓기 시작했을 때 들었던 조급함은 많이 사라진 상태였다.

'놈도 공간 이동은 못 해.'

만약 가능했다면 저렇게 큰 소리를 내며 움직이고 있진 않을 것이다.

놈이 시야에서 사라질 일이 없다는 걸 깨달은 이상, 남은 것은 평정심을 유지하며 뒤를 쫓는 것뿐이다.

이하는 2km 지점에서 400m, 조금 더 뒤로 물러났다.

마음 같아서는 3km까지 물러나고 싶었지만, 그 위치는 젤라퐁이 움직이는 것에 도움이 되지 않는 지형이다.

'저놈……, 2,400m도 분명히 볼 수 있을 거야. 설혹 보지 못한다고 해도 가능성은 분명해. 최대한 조심히 움직이자.'

마魔의 근거지에서 토온은 분명히 이하를 보았다.

그저 주변을 바라본 것인지도 모르지만, 이하는 분명히 느꼈다. 놈의 눈빛이 자신을 향하고 있다고.

'분명히 눈이 마주쳤다. 나를 봤어.'

눈만 빠른 것도 아니다. 몸놀림 또한 기민했다.

마음 같아선 초탄을 다탄두탄으로 변경하여 발포, 일격에 토온을 죽이는 게 가장 이상적이겠으나 쉽게 시도할 일은 아니다.

'다탄두탄이든 단발 공격이든, 실패하는 순간 끝이라고 봐야 한다. 놈이 나를 죽이든, 도망을 가든, 두 번 다시 이런 기회가 오지 않을 가능성이 높아.'

이하가 신중할 수밖에 없는 이유가 바로 이것이었다.

가장 큰 데미지를 입힐 수 있는 것은 역시 다탄두탄이다.

그것도 아음속 탄이 아니라 일반 탄환을 사용한 다탄두탄.

'현재 내 민첩이 3,611이니까 36발은 나갈 거야.'

다탄두탄은 탄환 수가 늘어나는 대신 데미지 감소 효과가 있다.

만약 토온에게 발각되지 않아 '쉐도우 히트맨'의 호칭을 적용받는다면?

'한 발당 데미지는 약 6만. 36발이 꽂힌다고 생각하면 200만이 넘는다고 봐야 한다.'

하지만 이것은 이론상의 계산일 뿐이다.

2km에서 3km까지 떨어진 거리에서 다탄두탄을 쏜다면?

갑자기 허공에서 시작된 공격을 토온이 알아채지 못할 리가 없다.

초속 830m의 탄환을 피하는 건 말이 되지 않지만, 눈치를 챈다면 어떻게 될지 모른다.

무엇보다 녀석의 가죽과 뼈가 얼마나 단단하고, 한 발의 데미지가 실질적으로 입힐 피해량을 파악하기 어려운 이상, 안심하긴 이르다.

'저놈의 방어력을 도저히 알 수가 없으니 문제네. 끄응, 그렇다고 아음속 탄을 쓰면…… 아냐, 소리만의 문제가 아니라……, 이건 분명히 본능의 문제에 가까워. 감지가 되면 회피하는, 그런 타입이란 말이지.'

소리로 알아채는 거라면 오히려 일반 탄이 더 나을 것이다.

소리보다 탄이 먼저 도달할 테니까.

계산과 전략, 전술로 움직이는 게 아니라 루거나 혹은 이고르처럼 본능으로 움직이는 타입이 이하에겐 도리어 까다로운 상대라고 봐야 한다.

'역시 승률이 가장 높은 건 내가 모습을 드러내는 거야.'

피할 수 없게 만들면 된다.

먹잇감을 던져 주면 된다. 이하가 모습을 드러내면 토온은 반드시 그곳으로 올 것이다.

'그때, 쏜다.'

쉐도우 히트맨 호칭은 적용받을 수 없겠지만 그래도 괜찮다.

발각 후 사용하는 다탄두탄은 데미지가 발당 30,000까지 감소하지만 어쨌든 36발.

전부 맞출 수만 있다면 그것도 100만이 넘는 공격력이 된다.

'불안정한 200만보다 확실한 100만.'

즉, 초장거리 저격이 아니라 모습을 드러낸 후 적정 거리까지 왔을 때.

생명체라면 도저히 반응할 수 없는 거리까지 왔을 때 코앞에서 다탄두탄을 먹이는 것!

이하는 그것이 최선이라고 생각하고 있었다.

'젠장, 시뮬레이션에선 전패했지만…… 그때는 변수를 고려하지 않았을 때니까.'

단순 저격 외에도 이하는 많은 카드를 지니고 있다. 그것들은 시뮬레이션 따위로 측정할 수 없는 '살아 있는 변수'다.

즉, 현장에서 직접 검증하는 것 말고는 방법이 없었다.

"후우우우…… 며칠이나 걸릴지 모르지만 힘들겠어. 그치, 젤라퐁?"

[뭉뭉.]

"적당한 장소도 있어야 하고, 전략도 세워야 하고…… 당장 하루 이틀 쫓아간다 해서 놈의 부락에 도달하지는 않겠지만."

어둠의 정령 셰이드는 분명히 신대륙의 극동이라고 말했다.

신대륙의 넓이를 생각해 볼 때, 최소 열흘은 여유가 있을 것이다.

그보다 급한 이유는 역시나 엘리자베스였다.

'차라리 엘리자베스가 있는 곳까지 끌고 가는 게 나으려나. 근데 그쪽에서는 나를 어떻게 알아볼 수 있는 거지? 내가 어디를 통해서 지나갈 줄 알고?'

지도 하나 덜렁 남긴 것에는 본인들의 거취를 전혀 적어 놓지 않았었다.

즉, 이하가 신대륙의 동편으로 오다 보면 '자연스럽게' 만나게 된다는 의미.

이하로서는 도무지 이해가 가지 않는 상황이었다.

"……최악은 엘리자베스가 모종의 방법으로 날 관찰했을 때, 내가 토온과 함께 길을 걷고 있는 모습을 보이는 건가. 아, 머리 아프다, 증말로."

엘리자베스도 아군인지 적군인지 명확하게 파악할 수 없는 상황에서 토온에 대한 문제까지 실질적인 시간제한이 걸린 꼴이 되었다.

슈와아아앗 – 슈와아아앗 –!

거미 인간의 거미줄처럼 팔을 쭉쭉 뻗어 이동하는 젤라퐁을 보며, 이하는 결국 정해야 했다.

'어차피 죽여야 해. 토온을 이대로 보낼 순 없잖아.'

토온의 부락에 들어가서 저런 공룡 백여 기가 신대륙 서부로 오는 상황을 만들어선 안 된다.

그곳에 도착하기 전에 반드시 죽여야 한다.

'가급적 빨리…… 쏴야 해.'

빨리. 그러나 천천히.

모순되는 상황이 불러오는 당혹감은 사람을 서두르게 만들기에 충분했으나, 이하는 의도적으로라도 침착함을 유지하려 애썼다.

그러나 침착함만 유지한다고 될 수 있는 것도 아니었다. 어느 순간에는 반드시 결정을 내려야만 한다.

사살 성공률 100%의 장소를 기다릴 만한 여건이 되지 않는 지금으로선 더더욱 그랬다.

'결국 적당한 순간에 모험을 거는 수밖에 없겠지.'

저격수로서는 해선 안 될 짓이다. 이하도 알고 있다.

하지만 지금 자신이 하는 일은 저격이 아니다.

이하는 가만히 블랙 베스를 쓰다듬었다.

"이번엔 사냥이니까."

체고 44m, 공룡 공원에 나오는 티라노 사우르스보다 두 배 이상 거대한 돌연변이 공룡 사냥.

이하의 눈이 빛났다.

밤이 어두워지고, 토온의 발소리가 더 이상 나지 않을 때까지 그는 토온을 쫓았다.

"각국에 통보는 모두 끝났습니다. 모두에게 긍정적인 답변이 돌아왔습니다."

"으음, 그래야지. 브로우리스는?"

"다소 당황한 것처럼 보였으나 거부하지 않았습니다."

"그래, 그랬어? 다행이군."

교황은 안도의 한숨을 내쉬었다.

모두가 좋다고 해도 브로우리스가 이번 긴급 비밀 회담을 파토 낼 가능성 또한 있었다.

어쨌든 엘리자베스가 보낸 편지는 브로우리스의 수신으로만 그 내용을 파악할 수 있는 바, 그가 없다면 교황청의 주교들과 각국의 마도단이 모여도 내용을 알아볼 수 없기 때문이었다.

"다만…… 성하께서 말씀하신 날짜에 참석이 불투명하다는 답변도 있었습니다. 참석 자체는 환영이지만 왕궁 내 일이 있다고 하여…… 일주일가량의 시간을 더 달라고 했습니다."

"흐으음, 자세한 이유는 들었는가?"

교황의 물음에 페르낭은 잠시 생각했다.

퓌비엘의 왕국에서 국왕을 만나 이야기를 꺼냈을 때, 일정과 관련된 이야기를 먼저 꺼낸 건 왕이 아니었다.

"잘 모르겠습니다. 그러나 퓌비엘의 마도단장이…… 손을 뗄 수 없는 일이 있다고 했습니다. 국왕 또한 이번 회담에 마도단장을 동석시킬 예정이었던지 그의 말을 들어주는 것 같았습니다."

"마도단장, 로트작인가."

"예."

교황은 턱을 쓰다듬었다.

불쾌한 기색을 보인 셈이었으나, 페르낭은 특별하게 생각하지 않았다.

제2차 인마대전 당시 얼기설기 엮인 일 때문에 교황은 모든 국가의 마도단장을 전부 싫어했기 때문이다.

'작은 마을을 미끼로 삼아 마왕군을 그곳으로 돌입하게 만든 후, 한 방에 소각시켜 버리는 작전. 나도 읽은 적은 있다. 지금의 교황 또한 당시엔 전장을 돌아다니던 입장이었으니 당연히 의견 다툼이 많이 일어났겠지.'

페르낭 또한 로트작이 별다른 이유를 말하지 않은 '손을 뗄 수 없는 일'에 대해 고민하지 않았다.

어차피 에즈웬 교국의 사자로 온 자신이 그런 것을 추궁할 이유도 없을 뿐더러, 로트작에 대해 특별한 생각도 하지 않았기 때문이다.

"알겠네. 그리고 다른 국가는?"

"미니스에서도 닷새 정도 국가 기사단 통합 전열 정비를 한다고 하였으나, 퓌비엘에 들른 이후 갔었기에 알겠다고만 답했습니다."

"기사단 통합 정비? 그런 것도 필요한가?"

"예. 신대륙에서 〈신의 지팡이〉를 확보하고 보호하는 와중에 미니스의 기사단 상당수가 다량의 피해를 입었다고 합니다."

"저런…… 미니스 기사단의 신심은 알아줄 만하군."

아무것도 모르는 교황이 고개를 끄덕이고, 역시 아무것도 모르는 페르낭은 예, 라며 답했다.

〈신의 지팡이〉 때문이 아니라 팔레오 부락을 제압하려다 이하에게 모조리 사살당했다는 사실은, 그들도 이하도 모두 입 밖으로 꺼낼 수 없었기 때문이다.

"좋아. 퓌비엘의 요청을 받아들이면 보름 후가 되는가? 그때, 이곳에서 회담을 갖도록 하지."

교황의 말에 페르낭은 고개를 끄덕였다.

앞으로 보름 후, 에즈웬 교황청에서 4개국의 왕과 왕이 신뢰할 수 있는 최고 주요 인물들이 비밀 회담을 갖게 될 것이다.

현재까지 그 사실을 명확하게 알고 있는 유저는 두 명이었다.

한 명은 당연히 이 사실을 직접 알리기 위해 돌아다녔던 페르낭.

또 한 명은 퀘스트로 인해 브로우리스의 곁에 밀착하고 있던 삼총사, 키드였다.

"정말 가실 겁니까."

"음, 가야지. 키드 군은 내가 가지 않았으면 좋겠나?"

"잘 모르겠습니다. 그러나 브라운과 엘리자베스는 한 목소리로 소장님을 지키라고 말했습니다. 어쩌면 어떤 사태를 예감하고 그런 것이 아닐는지……. 그들이 페르낭 손에 편지를 쥐어 준 것이 정상적으로 전달될 거라고 생각했겠습니까."

"맞아. 그랬을 리가 없지. 엘리자베스는 아닐 거야. 그녀는 페르낭이 제대로 전달하지 않으면 머리통을 날려 버리겠다고 협박이나 몇 번 했겠지. 하지만 브라운은 그렇게 만만하지 않아. 나보다 '조금 덜' 용의주도하긴 하지만 분명히 지금과 같은 상황도 상정했을 거야."

브로우리스는 옛 친우들을 떠올렸는지 옅은 미소를 지었다.

그 와중에도 브라운을 조금 깎아내리는 모습에서 키드는 어쩐지 이 자리에 없는 다른 두 사람이 떠올랐다.

그러나 지금은 그렇게 즐거운 분위기만은 아니었다.

키드는 곧장 엄숙한 목소리로 브로우리스에게 일렀다.

"알고 계시다면 가지 않으시는 게 좋을 것 같습니다. 소장님의 안전을 위해서라도……."

"하하. 재미있군, 키드. 비단 에즈웰 교국만이 아니야. 만약 이곳에서 무슨 일이 일어난다면 어떻게 할 건가? 자네가 나를 지킬 수 있겠어?"

브로우리스의 한쪽 입꼬리가 스르르 올라갔다.

귀여운 제자를 바라보는 표정만은 아니었다.

여전히 현역에서 뛸 수 있는 NPC의 왕성한 자신감이었다.

반대로 말하자면 '너는 아직 멀었어.'라고 키드에게 말하는 것과도 같은 의미.

키드가 그 뜻을 모를 리 없었다.

"그렇습니다. 제 목숨을 바쳐서라도. 소장님을 지킬 예정입니다."

그럼에도 그는 고개를 숙이지 않았다.

평소 같으면 겸손하게 답했겠지만, 그의 의지 또한 결연했다.

금방이라도 연병장으로 따라 나오라고 할 것 같은 브로우리스였으나, 오늘은 그의 기분도 상당히 좋았다.

"앞으로 보름 후라고 하지 않나. 그때면 이하 군과 루거 군도 오겠지. 왕들 앞에서 친우들의 편지를 봐야 한다는 건 무섭지 않지만…… 어쩐지 자네들까지 참석하겠다고 하면 좀 떨릴 것 같군."

"그게 무슨 말씀이십니까."

"뭐…… 카리스마란 말이야, 카리스마. 프핫! 그 친구들이 대체 뭔 얘기를 써 놨는지. 그래도 자네들한테는 항상 근엄하고 멋있게 보여야 하지 않겠는가. 안 그런가?"

"네, 네?"

평소와 다른 농담에, 가벼워 보이는 웃음까지.

처음 보는 브로우리스의 모습에 키드는 당황했다. 이런 느슨함은 결코 그가 원하는 게 아니었다.

'브라운과 엘리자베스가 '공공의 적'으로 규명된 것은 확정에 가까울 터.'

그들에게 무슨 사연이 있다 해도 실제로 마魔의 근원지에서 인간을 공격한 건 사실이니까.

즉, 브로우리스가 웃는 것처럼 가벼운 분위기의 회담일 리가 없다!

그럼에도 이런 느슨함이라니?

'내가 조사해야 한다. 이런 편지를 보낸 브라운의 의도를 읽어 내야만 해.'

이하가 여전히 토온의 뒤를 쫓고, 루거는 아직도 암흑의 숲에서 방황할 때.

키드는 키드 나름대로의 퀘스트 클리어를 위해 고군분투하고 있었다.

같은 시각, 고군분투라면 누구에게도 뒤지지 않을 또 한 사람은 검과 방패를 치켜들며 소리 질렀다.

"대형 유지! 대형을 무너뜨리면 안 됩니다! 거대 괴수들의 돌진은 최소 다섯 이상의 팔라딘이 함께 막아 주세요! 별초 여러분들도 안전이 최우선입니다! 보배 씨! 남은 수는?"

"마흔넷! 거의 끝났어요!"

"좋았어, 이번 일 끝나면 즈마 시티에서 거하게 쏩니다! 어떻게든 전부 잘라야 해요!"

와아아아아———!

삼백의 팔라딘과 소수 정예 별초를 이끌고 신대륙의 몬스터 무리들을 격파하는 기정이었다.

상아가 여섯 개 달린 거대 코끼리가 쓰러지고 나서야 기정은 한숨 돌릴 수 있었다.

마흔네 기 중 거대 괴수가 넷, 일반적인 대형종 몬스터가 마흔이었건만 상대하기 어려운 것은 언제나 거대 괴수 쪽이었기 때문이다.

"후우우…… 모두 고생하셨습니다! 즈마 가서 재정비하고! 정보 들어오는 대로 다시 움직이죠!"

Sir, Yes, Sir!

기정의 외침에 팔라던 삼백이 일제히 답했다.

주변에서 킷킷거리며 장난을 치던 비예미가 화들짝 놀랐다.

"여전히 적응이 안 된다니까."

"이틀밖에 안 지났는데 적응이 끝나면 그것도 무서운 거죠, 비예미 씨."

"키킷, 징정경 씨는 드루이드라 적응이 빠른가? 하긴, 말도 안 통하는 짐승들이랑 놀다 보면 인간들은 우습겠지."

"무, 무슨 말씀이세요! 그런 거 아니거든요!"

비예미보다 덩치가 두 배는 큰 자이언트 징정경이었지만 말빨(?)에는 당할 수 없었다.

혜인은 그 모습을 보며 주변의 바위에 걸터앉았다.

지팡이로 땅을 짚으며 아고고, 하는 모습이 영락없는 노인이었다.

"혜인 군도 우리 도장에 나오는 게 어떻겠나."

"하, 하핫. 그러고 싶지만 도통 시간이 안 나네요."

"운동하지 않는 사람들의 가장 큰 핑계지. 시간이 없을 리가 없을 텐데."

태일의 똑 부러지는 한마디에 혜인은 입을 다물어야만 했다.

모두가 한 시름을 덜어 긴장이 풀린 상태에서, 유일하게 긴장하고 있는 사람을 향해 보배가 입을 열었다.

"괜찮아요, 기정 씨?"

"응. 그럼요."

"마음 급한 건 알겠는데 너무 서두르지 마세요. 이틀 만에 벌써 다섯 개 무리를 격파했잖아요. 이 정도면 빠른 거 아닌 가 싶은데."

"아뇨. 어림없어요."

보배가 기정의 긴장을 완화해 주려 했으나 기정은 받아들 이지 않았다.

이틀간 다섯 개 무리, 한 무리당 통상 40~50마리의 몬스터 가 돌아다니니 약 200기가 넘는 몬스터를 해치웠다는 뜻이었 지만 기정의 마음엔 들지 않았다.

"어차피 소수로 움직이는 녀석들이라 크게 위협도 되지 않 아요. 하지만…… 이 넓은 땅에서 놈들이 어디로 움직이는지, 언제, 어떻게 이동하는지를 색출하는 데 시간이 너무 오래 걸 리니까……."

마음 같아선 차라리 300기, 500기씩 나와 주었으면 하는 게 기정의 솔직한 바람이었다.

홀리 나이트로의 전직을 위한 퀘스트 달성률은 아직 5%도 채 되지 않았기 때문이다.

"나라 씨한테는 얘기 잘 했죠?"

"그럼요. '우리 기정 씨가 나섰으니까 너무 무리하지 말고 기다려라, 베르튜르 놈들의 콧대를 금방 눌러 줄 거다!'라고 했는데……."

"우, 우리 기정…… 크흠, 네. 했는데? 뭐라고 해요?"

"모르겠어요. 나라 성격이 워낙 그래 놔서. 안 그래도 아까 전에 또 어디 팔레오 부락 간다고 했었는데……. 알아서 하겠죠."

보배가 어깨를 으쓱거리며 답했다.

최대한 말렸다지만 신나라의 성격상 참고 보기만 할 리는 없다는 뜻이었다.

"하아아…… 세이크리드랑 베르튜르가 붙어 봐야 좋을 게 하나 없는데. 역시 즈마 시티 들르지 말고 바로 돌아다녀 봐야겠어요. 몬스터 무리들 찾게."

"바로? 아무리 팔라딘이라지만……."

"네, 바로. 여러분! 아쉽지만 한 무리만 더 잡고 마을로 가시죠! 그때 정말 거하게 쏠 테니까!"

보배가 말리려 했으나 기정은 이미 으쌰으쌰! 하며 팔라딘을 향해 걷는 중이었다.

조급해하는 이유가 비단 본인만을 위해서가 아니라는 걸 알기에, 보배 또한 안타까운 마음이 들기는 마찬가지였다.

"흐으으음. 이렇게 무작정 돌아다니는 게 오히려 시간 낭비일 것 같은데……. 더 좋은 방법이…… 아!?"

보배는 손뼉을 쳤다.

짝! 소리가 어찌나 우렁찬지 주변의 사람들이 보배를 돌아볼 정도였다.

"기정 씨! 기정 씨!"

"네?"

"혹시 저번에 그 사람 친추 되어 있어요? 아니, 아니, 내가 귓속말해도 받아 주려나?"

"……누구요?"

"누구겠어요! 지금 이 순간, 몬스터들의 이동을 누구보다 잘 캐치할 수 있는 사람!"

보배는 손바닥을 쭉 펴고 자신의 눈을 가렸다.

단순한 동작이었으나 '기존 신대륙 원정대원'들은 보배가 말하고자 하는 사람이 누구인지 금방 알아차렸다.

"닥터 둠……."

"맞아, 오라클 직업의 그녀라면……."

"루비니 씨라면 충분하겠네요! 그 지도! 지도만 켜 줘도!"

"아예 영입을 하지 왜? 키킷."

별초의 인원들이 한마디씩 했을 때, 기정의 몸은 부르르 떨리고 있었다.

"보배 씨!"

"꺅! 부끄럽게 왜 이래요!?"

보배를 번쩍 안아 올려 영화처럼 한 바퀴 휘이잉, 돌리는 기정을 보며 태일과 혜인, 징경경과 비예미는 각자의 표정을 지어 보였다.

"녹화 완료. 키킷, 하이하이 씨한테 보여 줘야지."

중얼거리는 비예미에게 징겅겅이 스윽 다가가 '저도 같이 봐요'라고 말하고 있었다.

"염소, 돼지, 개, 소, 붕어…… 무슨 동물 농장도 아니고. 흐아하아암. 닭은 없나?"

"정확히는 멧돼지였고, 들소였고, 잉어였지만. 어쨌든. 그리고 닭도 있어."

입이 찢어져라 하품하는 라르크의 곁에서 퐁이 그의 말을 바로잡았다.

팔레오 부락 점령을 식후의 운동처럼 해 가는 베르튜르 기사단은 사실상 신대륙 극서 방면의 모든 팔레오를 제압한 후였다.

이하가 접촉했던 거의 모든 팔레오가 전부 제압된 셈이었으며, 아직 이하가 만나 보지 않은 서부 방면의 팔레오도 제압 위기에 놓인 상태였다.

"지난번 말한 것도 테스트는 끝났어. 붉은 염소 팔레오 부락을 두 개의 기사단이 제압했지만 아무런 반응도 없었대."

"음, 사일런스 반응 효과도 없고?"

"응."

"그래? 분명히 하이하가 무슨 짓을 할 거라 생각했는데. 딱 그때만 안 온 건가? 제대로 흘린 거 맞아?"

라르크가 고개를 갸웃거렸다.

"당연하지. 즈마 시티의 세이크리드 기사단이라면 다 알고 있을걸. 그리고 30분 후쯤 흑두루미 팔레오에서 또 하나 시작할 거야. 거기서도 하이하가 나타나지 않는다면……. 글쎄, 생각해 봐야겠지."

퐁은 '라르크도 틀릴 때가 있구나.'라고 생각했지만 라르크 자신은 아직도 그렇게 생각하지 않고 있었다.

실제로 라르크의 추측은 거의 다 맞아떨어진 셈이었으니, 그의 통찰력은 무서운 수준이었다.

"세이크리드가 알면 신나라가 아는 거고. 신나라가 알면 하이하도 아는 걸 텐데. 〈제압〉을 두고 본다…… 그 인간이 그럴 성격이 아닌데. 신기하네."

"얼씨구? 하이하랑 친구십니까, 대장?"

"꼭 친구여야 아나? 냄새가 나잖아. 하이하한테서 냄새가 무쟈게 난다고."

라르크가 코를 벌름거렸다. 퐁은 이렇게 격식 없고 무게감 없는 사람이 대장이라는 것도 신기했다.

"하여튼 닭 팔레오까지 가려면 마魔의 근원지 근처로 가야 하니……. 음, 잠깐."

"왜? 왜? 하이하 떴대?"

하이하에 집착하는 라르크를 잠시 밀어내며 퐁은 고개를

저었다.

"아니. 다른 사람 떴어."

"젠장, 신나라로군."

퐁이 답하지 않아도 라르크는 알 수 있었다.

긴장하는 퐁의 얼굴과 현재 방해꾼 후보를 결합해 보면 답은 한 가지밖에 나오지 않았으니까.

"지금 흑두루미로 간 애들이 콜로세오 기사단인가? 세이크리드 기사단 몇이나 끌고 왔대?"

라르크는 미니스 소속 기사단과 세이크리드 기사단의 전력을 비교하려 했다.

인원 차이가 두 배하고 반 정도나 난다면, 콜로세오 기사단으로서도 세이크리드 기사단을 제압할 수 있다는 계산이 섰기 때문이다.

그러나 퐁은 라르크의 질문을 들으며 고개를 저었다.

"뭐야? 왜?"

"혼자 왔다는데?"

콜로세오 기사단을 막아선 것은 신나라 한 사람.

퐁은 실시간으로 귓속말을 듣고 있었다.

라르크는 잠시 당황했으나 헛웃음을 칠 뿐이었다.

"……엉? 신나라 혼자? 됐어. 그럼 내비 둬. 그 아줌마 아주 정의의 사도라니까. 아무리 랭커라지만 콜로세오 기사단 숫자가 몇인데 감히 혼자 막겠다고…….."

"……그, 근데, 막고 있다는데?"

풍의 얼굴이 점점 어두워졌다. 그 부분에 가서는 라르크도 더 이상 가만히 있을 수 없었다.

"하아아…… 진짜. 미니스 기사단 놈들 다 죽었네, 다 죽었어. 신나라 한 사람이 맞다 이거지?"

"응. 주변에 아무도 없고 사일런스 반응 효과도 없다는 거 보니 하이하는 확실히 없는……."

"알았어. 그럼 닭 팔레오 쪽 먼저 가 있어. 내가 정리하고 갈 테니까."

"대장 혼자 가려고?"

라르크는 풍의 말에 답하지 않고 즉각 수정구를 발동시켰다. 수정구가 가동되기까지 남은 시간, 그는 한숨을 내쉬었다.

"우리 신 여사님께서 협조를 안 해 주시니 어떻게 해? 갔다 올게."

슈욱-!

잠시 후, 흑두루미 팔레오 부락 근처로 이동된 그는, 벌써 땅에서 뒹굴고 있는 잿빛의 콜로세오 기사단 시체 십여 구를 확인해야 했다.

"신 여사님! 아이고, 오랜만입니다."

"베, 베르튜르 기사단!"

"〈무지개의 기사〉다!"

콜로세오 기사단의 유저들이 라르크를 보며 더욱 놀랐다.

그 와중에도 콜로세오 기사단원 한 명의 무릎 관절에 구멍을 낸 신나라는 오히려 웃고 있었다.

라르크는 그녀의 반응을 보며 물었다.

"역시 예상하고 계셨나 보죠?"

"물론이죠. 라르크 씨가 안 오면 누가 오겠어요."

"베르튜르가 아니라 나 혼자 올 것도 예상하셨다?"

신나라는 웃으며 고개를 끄덕였다.

라르크는 그녀의 웃음을 경계했다. 신나라 정도의 고수가 라르크 자신의 실력과 무기를 파악하지 못했을 리 없다.

주변에 베르튜르가 없다고 그녀가 저렇게 웃을 수 있을까?

베르튜르보다 수준이 낮다지만 콜로세오도 만만한 기사단은 아니다.

라르크가 합류한다면 신나라 혼자서 이들을 상대하는 것은 어림도 없을 것이다.

'근데도 웃어……?'

뭔가 있군.

라르크는 검을 뽑았다. 신나라를 향해 정면으로 검 끝을 겨누자 신나라 또한 자세를 바꾸었다.

지금껏 콜로세오 기사단을 종횡무진 하느라 멈춤 없이 돌아다녔던 그녀는, 완전히 정지한 채 준비 자세를 취했다.

"앙 가르드. 기억나세요?"

"물론 기억납니다! 신 여사님이 알려 준 것도 기억하고 있죠. 첫 번째는 타이밍, 두 번째는 템포, 세 번째는 디스턴스! 근데 그걸로 또 싸우시게?"

라르크는 신이 나 외쳤다.

대체 무슨 자신감일까. 무엇이 있기에 웃을 수 있을까?

신나라의 미소는 풀리지 않았다.

긴장을 감추기 위한 가식이 아니었다.

오히려 그녀의 얼굴은 더욱더 환한 미소로 가득해졌다.

"맞아요. 그리고 라르크 님이 말씀해 주신 덕분에, 우리 세이크리드 기사단 강령에 또 하나를 추가하려고 노력 중이지요. 우선 제가 테스트를 해 봐야 하지만 말이에요."

"오호, 뭔가 도움이 됐다면 다행입니다. 그래서, 뭘 추가하시게요?"

라르크는 신나라의 모습을 살폈다.

팔을 아주 살짝 내밀고 있는 펜싱의 준비 자세.

언뜻 보기엔 엉거주춤한 포즈라고 볼 수도 있겠지만, 앙 가르드의 완성도만으로도 펜서의 수준을 측정할 수 있을 정도로 아주 중요한 요소이다.

라르크는 그렇게 '준비 자세'를 취한 신나라의 전신을 훑었다.

'그때는 워낙 빨리 움직여서 제대로 못 봤는데…… . 아니, 원래 저런 부츠를 신고 있었나?'

그러다 문득, 신나라의 신발이 눈에 들어왔다.

종류는 알 수 없지만 이전에는 종아리까지 전부 덮어 올리는 길쭉한 강철 부츠였다.

하지만 지금은?

겉보기에는 일반 운동화처럼 보일 정도의 신발이었다.

미들 어스의 재료 특성상, 그것은 운동화라기보다 발레 슈즈와 비슷하게 보였다.

신나라는 자신의 발을 쳐다보는 라르크를 보곤 한쪽 발을 슬쩍 내밀었다.

"관찰력은 역시 좋으시네요. 하여튼, 라르크 씨 때문에 고민 엄청 했다니까. 원래 더 좋은 것으로 고를 생각이었는데, 때마침 이런 게 보이더라고요."

그녀의 부드러운 목소리를 들으며, 라르크는 알 수 있었다.

보이지 않던 신발, 고민, 더 좋은 것.

세 가지의 키워드가 의미하는 바가 무엇인지.

"교황청에서 운동화도 찍어 내나 봅니다?"

"음, 운동화라면 운동화라지만…… 이건 전적으로 라르크 씨 때문에 고른 거예요. 온니 포 유!"

신나라는 평소보다 다소 흥분한 상태였다. 라르크는 불길한 예감을 느꼈다.

이런 상황은 결코 좋은 게 아니다.

전투에서 저런 웃음을 짓고 있다는 건, 충분한 자신감, 그것도 랭커가 가질 정도의 자신감이라면 허투루 계산한 게 아닐 터!

'전투를 빨리 끝내야……'

라르크가 먼저 달려들려는 순간, 신나라는 자신의 오른쪽 발뒤꿈치로 왼쪽 발뒤꿈치를 톡, 톡 쳤다.

마치 발레리나가 춤을 준비하는 동작처럼, 발뒤꿈치들을 부딪치던 그녀는 입을 열었다.

"〈얼터 카바레Alter Cabarett〉."

윙———!

그것은 순식간에 일어난 일이었다.

연보랏빛의 공간 잠금과는 또 다른 형태의 돔이 라르크와 신나라를 감쌌다.

공간 잠금이 내부에 있는 불특정 다수를 포함하여, 그 범위가 최소 축구장 크기에 가깝다고 한다면, 이번에 생긴 돔은 라르크와 신나라 두 사람만이 들어갈 수 있는 교실에 가까운 크기였다.

그것도 투명도가 약간 있는 우윳빛에 가까워, 콜로세오 기사단은 내부에 있는 두 사람이 하얗게 보이는 느낌이었다.

"카바레? 댄스홀을 말하는 건가?"

"흐응, 그쪽 나라에도 카바레는 있나 보네요. 우리 쪽이랑 뜻은 조금 다르겠지만…… 원어 카바레가 맞아요."

"춤을 추는 곳, 카바레…… 거기에 얼터Alter라면 신을 위한 제단……."

"금방 이해했죠? 이것은 아흘로 외의 고대 신들을 위해 바쳐진 제물들이 춤을 추는 장소라는 뜻이죠."

신나라의 근육이 꿈틀거렸다. 그것은 공격이 아니었다.

단지 근육의 움직임만으로 상대방의 공격을 유인하는 고수들의 견제에 가까운 행동에 라르크는 재빨리 검을 들어 올렸다.

라르크는 신나라의 선제공격이 실시된다면 자신이 불리할 것을 알았으므로 당연한 행동이었다.

"굳이 좁은 곳에서 나랑 같이 춤을 추시겠다면 내가 거부할 필요는 없겠죠, 신 여사! 〈허리케인 블루〉!"

그가 들고 있는 검에서 푸른빛이 번쩍였다.

새파란 색을 띤 바람이 언제나처럼 모이는가 싶었으나……. 신나라는 아무런 반응도 하지 않았다.

그녀의 입꼬리가 환하게 올라갈수록, 라르크의 미간은 어둡게 좁혀졌다.

"어머나, 이걸 어쩌나. '신을 위해 바쳐진 제물'들이 마법이나 스킬을 써서 되겠어요?"

"……미친. 설마 내가 생각하는 그겁니까?"

"저는 라르크 씨가 참 대단하다고 생각해요. 눈치 빠른 걸로 따지면 내가 아는 사람 Top3에도 들 것 같아. 그럼…… 갈게요?"

신나라는 고개를 까딱거리며 라르크에게 목례했다.

라르크는 가방에서 비상용 텔레포트 스크롤을 꺼낼 생각도 할 수 없었다.

신나라가 사용한 스킬이 어떤 것인지 완벽하게 파악했기 때문이다.

그녀의 몸이 쏜살같이 튕겨져 나왔다.


〈전설의 얼터 카바레〉

설명 : 주신 아흘로 이전부터 있던 고대의 신들을 위해 만들어진 제단, 얼터Alter. 그 제단에 바쳐진 제물은 고대신이 강림하여 자신을 '섭취'해 달라고 빌기 위해 끝없이 춤을 추어야만 했다.

변덕스러운 고대의 신들은 제물들이 도구나 마나의 힘을 빌리는 것을 끔찍하게 싫어했기에, 고대의 신들을 모시는 사제들은 특단의 조치를 취했다. 제물들이 자신의 임무를 온당하게 수행하도록 만들기 위하여.

효과 : 시전 범위 내 절대 스킬 금지 효과 발동

　　　시전 범위 내에서 2초 이상 움직임이 없을 시 전체 체력의

5% 피해

　　마나 : 2,000

　　지속 시간 : 5분

　　쿨타임 : 48시간


　　카아아아앙——————!

　　"크윽! 이건 너무한 거 아닙니까?"

　　라르크는 뒷걸음질 치며 신나라의 검을 가까스로 쳐올렸으나 얼마 안 가 그의 몸은 멈추게 되었다.

　　우윳빛의 돔dome은 단순히 스킬을 금지시키는 범위만이 아니었다.

　　행동 또한 그 안에서 절대로 벗어날 수 없는 결계와 같았다.

　　"뭐가 너무해요? '템빨'도 실력이라고 말한 게 어디의 누구였더라?!"

　　"크아아악! 젠장!"

　　라르크는 강하게 검을 휘둘렀다.

　　그가 휘두른 검의 잔상에 더 이상 〈무지개〉는 맺히지 않았다.

　　신나라는 그가 휘두르는 검을 끝까지 쳐다보며 딱 두 걸음만 뒤로 물러섰다.

　　터어어엉———!

　　묵직한 쇳소리와 함께 그녀의 표정이 잠깐 굳어졌다.

"하핫! 잘난 척하셔도 피할 수 없는 건 마찬가지인가 봅니다? 신 여사님도 스킬을 쓸 수 없으니 당연한 거겠지만……."

"뚜슈 농 발라블! 무효면 타격, 이라는 뜻이죠."

신나라는 얼굴색 하나 변하지 않았다.

피하려고 하면 얼마든지 피할 수 있다.

말하자면 검의 '손막이'부분으로 라르크의 검날을 받아 낸 것은 계획된 일이었다는 뜻.

방패를 쓰지 않는 그녀의 입장에선 라르크의 공격력과 저 검이 갖고 있는 추가 효과에 대해 완벽하게 확인해 볼 필요가 있었다.

"그리고 꼬끼유Coquille는 원래 방어 목적으로 있는 거거든요. 라르크 씨는 공부 많이 하셔야 되겠는데요?"

그녀의 개운한 표정을 보며 라르크도 깨달았다.

신나라가 자신의 스탯을 추정하기 위해 일부러 빈틈을 내보였다는 것을.

'망할. 일부러 빈틈을 내줬다니, 저 여자가 그렇게 강하단 말야? 하물며 내 검의 스킬을 막는다면…… 아무리 낮게 잡아도 저건 전설급의 신발이라는 건데. 깨 버릴까. 깨려고 마음먹으면 깰 수 있을 거야. 하지만 이 스킬을 파훼하는 순간…….'

라르크는 검을 꽉 쥐고 신나라를 쳐다보았다.

신나라가 말했듯 라르크는 눈치와 통찰력에 있어서 타의 추종을 불허하는 수준이었다.

그가 더 이상 섣부른 공격을 하지 않고 자신의 나머지 스탯이라도 감추기 위해 멈춰 있는 것은 타당한 행동이었다.

그러나 이곳은 '얼터 카바레'다.

라르크는 곧 온몸을 부르르 떨며 비명을 질러야만 했다.

"끄아아아앗—!"

라르크라고 해도 처음 보는 전설급 아이템의 전설급 스킬에 대해 자세히 알 수 없는 것은 당연한 일이었다.

"아차차, 제가 얘기 안 했죠? 2초 이상 움직이지 않고 가만히 있으면 큰일 나는데……."

깡충거리며 펜싱 스텝을 밟던 신나라가 진심으로 안타깝다는 목소리를 내었다.

그리고 라르크가 데미지를 미처 회복하기도 전, 먼저 몸을 날렸다.

쉬이이이이익……!

라르크가 허둥지둥 검을 들어 올렸으나 허공에서 뱀처럼 움직이는 그녀의 찌르기를 막을 수는 없었다.

'젠장!'

라르크는 눈을 질끈 감았다.

신나라의 검 끝이 자신의 목이나 이마를 통과하는 순간, 허억! 하는 호흡과 함께 미들 어스 접속기에서 깨어나게 될 것을 잘 알고 있었다.

"큿?!"

파아아앗————!

그러나 라르크는 갑작스레 느껴지는 손의 고통과 함께 눈을 떠야만 했다.

"……이게 무슨 짓입니까."

구멍이 뚫려 피가 줄줄 새고 있음에도 라르크는 자신의 손등을 감싸지 않았다.

그가 바라보고 있는 곳은 구멍 난 손이 아니라 땅에 떨어진 자신의 검이었다.

"라르크 씨, 눈치 빠르잖아요. 제가 왜 이럴 것 같아요?"

신나라는 빠르게 검을 회수했다.

그녀가 원했던 것은 그저 라르크의 무력화뿐, 더 이상 공격 의사가 없다는 것을 태도로 보였다.

"왜 그러는지 나는 모르죠. 하지만 내 검의 스킬 발동을 막을 정도의 스킬 쿨타임이 1시간이나 2시간 따위가 아니라는 건 충분히 눈치챌 수 있는 사실입니다만? 하루? 어쩌면 이틀 이상?"

"거짓말. 당신이 내가 왜 이렇게 행동했는지 모를 리가 없어요."

신나라의 표정에서도 미소가 사라졌다.

바로 지금부터가 그녀가 이곳에 온 이유였기 때문이다.

라르크를 당장 죽인다? 그래 봐야 고작 열흘간의 접속 불가 페널티뿐이다.

어쩌면 라르크가 없어도 베르튜르 기사단은 팔레오들의 〈제압〉을 계속 진행할지도 모른다.

그리고 열흘의 페널티가 지난 후, 그가 접속하면 〈제압〉의 속도는 더욱 가속을 낼 것이고, 그때가 되면 신나라로서도 막을 수가 없을 것이다.

무엇보다 쿨타임에 대한 이야기를 먼저 꺼낼 만큼 눈치가 빠른 라르크가 신나라의 스킬에 다시 한 번 걸려 줄 리가 없기 때문이었다.

신나라는 가방을 뒤적였다.

이 스킬의 지속 시간은 고작 5분, 벌써 3분가량이 지난 상태에서 협상에 대해 시간을 끌 여유도 없었다.

"서명하세요."

"푸핫. 〈계약서〉라니. 진짜 사람이 너무 좋아도 탈이라니까. 여기서 서명 안 하면? 그래도 신 여사가 날 죽일 수는 없을 것 같은……."

라르크가 어깨를 으쓱이며 말하는 와중, 이미 신나라의 몸은 쏘아진 후였다.

그녀의 검 끝은 라르크의 울대뼈를 겨누고 있었다.

"저는 일반 유저가 아니라 세이크리드 기사단. 그래서 라르크 당신을 존중하는 겁니다."

"……바꿔 말하면 미니스의 베르튜르 기사단인 나를 죽이기 어렵다는 뜻이기도 하죠."

"시험해 보셔도 좋아요. 저는 밑질 거 없는 것 아시죠? 혹시나 저 '검'을 드랍 하면 어떻게 되려나?"

신나라가 싱글벙글 웃었다.

수세에 몰리고도 줄곧 여유가 있었던 라르크의 얼굴이 처음으로 일그러졌다.

재빨리 원래의 표정을 회복하긴 했으나, 신나라가 그것을 놓칠 리 없었다.

"미들 어스의 좋은 점이 그거죠. 거래가 불가능한 아이템은 있어도, 사망 시 드랍 하지 않는 아이템은 없다는 것. 뭐, 사용 조건 같은 게 있으면 결국 제가 쓸 수는 없겠지만…… 라르크 씨가 저 검을 다시는 쓰지 못하는 것만으로도 저는 딱히 손해 볼 게 없을 것 같은데."

드랍 방지를 위하여 온갖 잡템을 가방에 넣고 다니는 게 미들 어스 유저들의 기본 플레이 방칙이었다.

그러나 0.1%의 확률도 확률!

떨어질 확률이 있다는 것 자체만으로도 불안할 수밖에 없는 게 사람의 당연한 심리인 것이며, 신나라는 그것을 정확하게 꼬집고 있었다.

"지금의 '연습 결투'는 없었던 것으로 하겠습니다. 그것까지 계약서에 모두 적어 놨어요. 공식적으로 베르튜르 기사단의 라르크와 세이크리드 기사단의 신나라가 싸운 적은 없는 겁니다. 무슨 뜻인지 이해하시겠죠?"

무엇보다 그녀가 세이크리드 기사단에서 NPC를 상대로 '밀당'을 수없이 해 온 경력도 있었다.

**좋은 말할 때 서명해라. 명예는 지켜 주마.**

채찍에 이어 내민 당근에 라르크는 결국 웃음을 터뜨렸다.

신나라가 입을 열 때마다 급변하던 얼굴은 어느새 평온함을 되찾은 다음이었다.

"대단해, 대단해. 고작 나 하나 잡으려고 교황청 보상 아이템을 골랐다는데 애당초 제가 당할 수 있을 리가 없었네요. 알겠습니다. 서명하죠."

"기사의 명예를 걸고 약속하는 겁니까?"

"푸핫! 제가 베르튜르 기사단이긴 합니다만 저한테 명예가 있을 것 같아요?"

"그럼……."

"제 검을 걸고 말씀드리죠. 계약 위반은 하지 않겠습니다."

라르크는 신나라가 내민 계약서에 서명했다.

계약서는 미들 어스에 의해 완전히 강제되긴 하지만 '절대적인 것'은 아니다.

페널티를 감수하고서라도 일방적으로 파기를 하려면 할 수는 있다는 뜻!

신나라는 자신의 검을 건다는 라르크의 말과, 순순히 계약서에 서명하는 그를 보며 환하게 웃었다.

슈와아아앗······!

때마침 우웃빛 결계도 사라졌다.

"쳇, 1분만 더 견뎠으면 서명 안 해도 됐을 텐데."

라르크는 검을 주우며 투덜거렸다. 하지만 그의 표정에 특별히 아쉽다는 낯빛은 나타나지 않았다.

신나라는 그를 보며 고개를 저었다.

"······제가 라르크 씨를 죽이지 않은 이유가 그거예요. 진짜, 진짜, 진~~짜 밉상인데 의외로 공정하고 정당한 면이 있다니까."

"지금 저한테 하는 말입니까?"

"네. 그런 건 은근히 이하 씨랑 닮았단 말이지."

"······하이하? 그 사람이랑 나랑? 다, 닮았다고?"

라르크가 황당하다는 얼굴로 신나라를 바라보았으나 신나라는 더 이상 그에게 말하지 않았다.

두 사람의 결투와 대화를 보며 뻘쭘하게 서 있던 콜로세오 기사단을 향해 한마디 뱉었을 뿐이었다.

흑두루미 팔레오를 건드리는 순간 다시 찾아오겠다, 라는 말과 함께 수정구를 사용해 사라진 그녀.

그녀가 사라지며 연보랏빛이 번쩍일 때까지도 라르크는 정신을 못 찾고 있었다.

"······내가 하이하랑······. 아니, 근데 왜 또 하이하야? 도대체 그놈 이름은 왜 자꾸 언급되는 거야?"

라르크가 중얼거리며 멍하니 있자 콜로세오 기사단원 몇몇이 그에게 다가왔다.

"저, 〈무지개의 기사〉님? 그럼 저희는 이제…….."

"아! 저는 이만 가 봐야 할 것 같네요. 힘이 되어 드리지 못해 죄송합니다, 콜로세오 여러분. 으으음, 저랑 신 여사랑 대화한 걸 얼추 들으셨겠지만, 지금의 '연습 결투'를 혹 다른 곳에서 발설했다간 어떻게 되는지 잘 아실 거라고 생각하고…… 흑두루미 팔레오는 포기하시는 게 좋겠네요. 다행히 신 여사가 다른 팔레오 언급은 안 했으니 그쪽으로 가 보심이 어떨는지?"

곳곳에 세이크리드 기사단이 깔려 있는 지금, 콜로세오 기사단이 다른 팔레오를 노리고 가는 것도 가능한 일은 아니다.

소식을 들은 신나라가 금세 찾아와 칼춤을 추게 될 테니까.

그 사실까지 예측한 라르크였지만 하등 도움도 되지 않는 기사단에게 더 이상 조언을 해 주고 싶지는 않았다.

그는 조용히 베르튜르 기사단이 있는 곳을 향해 텔레포트했다.

적어도 한 달간은 베르튜르 기사단이 영물들의 〈제압〉을 위해 나서는 일은 없을 것이다.

'근데 왜 한 달이지? 한 달 동안 베르튜르 기사단만 막으면 된다는 뉘앙스였어. 나머지 기사단은 언제든 막을 자신이 있

다고? 아니, 당장 한 달 후에 내가 다시 움직이면 어떻게 하려는 거지.'

계약서의 조항 중 하나를 떠올리며, 라르크는 누군가의 이름을 떠올렸다.

'……금빛 잉어가 말했던…….'

하이하.

계약 기간 이후에 라르크 자신이 베르튜르와 함께 〈제압〉을 획득하러 다닐 경우, 그때는 하이하와 함께 막으러 오겠다는 뜻이었을까?

'마치 지금까지 '봐준 것'처럼 말하는 느낌이군.'

라르크는 인상을 찌푸렸다.

"어떻게 됐어, 대장?"

"다 철수해. 어떤 여자 하나 때문에 망했어."

"뭐, 뭐? 무슨 소리야?"

라르크를 보며 퐁이 당황했으나 그는 더 이상 할 말이 없었다.

버프 스킬 따위 하나 없이도 날렵했던 신나라의 동작, 그녀가 준비한 술수 그리고 철저한 발 묶기까지.

"무슨 소리긴. 똑똑하고 예쁜 여자가 꼭 좋은 게 아니라는 걸 알았다……는 뜻이지. 음, 그러고 보니 제법 예쁜 편이었잖아? 그 여자 하이하 좋아하나?"

"뭐?"

풍이 눈을 휘둥그레 떴으나, 라르크는 신나라를 떠올리며 고개를 갸웃거리고만 있었다.

퓌비엘과 미니스의 수도방위기사단 소속 최강 유저들의 관심을 한 몸에 받은 이하는, 그 순간에도 여전히 토온을 쫓고 있었다.

벌써 토온을 쫓기 시작한 지 16시간이 넘은 시점이었다.

Geschoss 2.

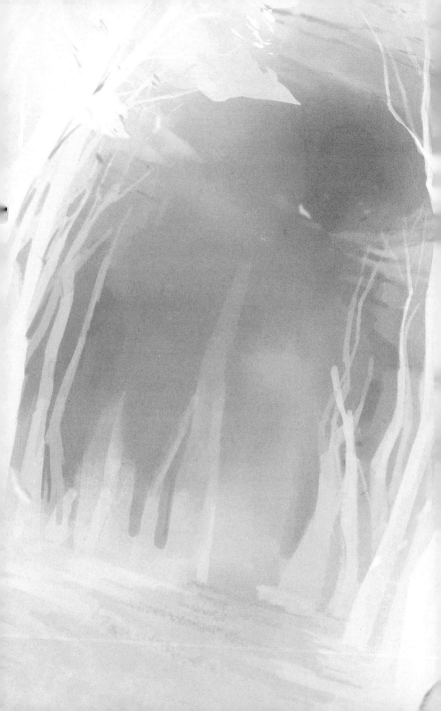

[뭉뭉뭉!]

"젠장, 또? 알았어. 적당히 내려 줘."

[뭉!]

슈와아아앗ㅡ!

젤라퐁은 팔을 거두었다.

젤라퐁과 지물을 활용한 빠른 기동은 이하에게 확실히 유리했으나, 언제까지 그것을 사용할 수 있는 건 아니었다.

'젠장, 이렇게 탁 트인 지형이 나와 버리면 어떻게 할 수가 없잖아!'

토온과의 거리는 가급적 동일하게 유지하고 싶은 이하였으나, 이런 지형이 한 번, 두 번 나올 때마다 격차가 벌어지는 것은 막을 수 없었다.

이하가 아무리 빠르게 이동해도 토온의 보폭을 따라잡을 순 없었으니까.

'이래서 스탯 세부 조정을 갑작스럽게, 계속해서 변동시킬 수 없게 한 거군.'

만약 어느 장소에서나, 언제든 가능했다면 모든 민첩을 이동 속도 증가에 찍어 토온도 충분히 따라잡았겠지만 지금의 이하에겐 불가능했다.

그저 토온과의 거리가 더욱 멀어지지 않도록 달리는 게 지금의 최선일 뿐이었다.

이하는 종아리가 터져라 달리며, 멀찍이 떨어진 토온의 불균형적인 육신을 관찰했다.

'팔은 재생되지 않았어. 내 공격은 분명히 먹혔다.'

녀석의 몸은 어떤 구조로 되어 있는 것일까.

이하는 〈신의 지팡이〉 인근에서의 마지막 전투를 기억하고 있었다.

'눈두덩이 부분에 구멍을 뚫어도 비틀거림조차 없던 녀석이, 통짜로 얼어 버린 팔을 맞자 비명을 질렀어.'

두 공격의 차이점은 무엇이었는가.

마魔의 근원지에서 머리를 맞은 토온과 〈신의 지팡이〉에서 팔을 맞은 토온의 차이점은?

'팔이 약점? 이라고 생각하는 건 너무 1차원적이고…….'

매 공격마다 팔을 채찍처럼 휘둘러 유저들을 쓸어 버리는

마탑의
사수

토온이다. 팔이 약점이라면 그토록 쉽게 다루지 않을 것이다.

알렉산더와 이지원, 페이우의 합동 공격을 받아 냈을 때에도 토온은 끄떡없지 않았던가.

'근데 람화정이 얼리고 내가 쐈을 때는 반응이 있었단 말이야. 기정이가 힘을 빼 놓긴 했다지만…… 그 '힘을 빼 놓는다'라는 게 어떤 개념인지도 잘 모르겠고.'

단순히 HP를 감소시켜 놨다는 말일까? 아니면 방어력의 감소?

어쩌면 둘 다?


—기정아, 토온한테 〈새크리파이스〉 썼을 때 힘을 빼 놨다고 했지?

—전부 내 뒤로 붙어요! 팔라딘들은 저거 신경 쓰지 말고 그쪽부터……. 어, 뭐야, 귓속말이네. 응? 이하 형?

—……바쁘구나?

—아, 지금 거대 코뿔소가 달려오고 있어서 그것 좀 막으려고. 왜? 무슨 일이야?

—말 쉽게 한다?

—한 기 정도야 뭐. 식후 운동이지.


이하는 자신의 발목에서 힘이 스르르 풀리는 것을 느꼈다. 웨이브 당시 몰려들었던 거대 괴수들은 상당한 피해를 낼 정도로 강력했건만, 이제 그런 거대 괴수 한, 두 기 정도로는 기정을 긴장시킬 수도 없을 정도가 되었단 말인가?

―크흠, 다른 게 아니라…….

이하는 기정에게 물었다.

〈새크리파이스〉의 발동 조건은 무엇이며, 해당 상대에게 사용했을 시 어떤 종류의, 어떤 규모의 피해를 입힐 수 있는 것인가.

기정은 잠시 입을 다물었다. 그러나 그것은 이하에게 말하기 싫어서 그런 게 아니었다.

몬스터 무리들을 해치우느라 집중을 해야 했기 때문.

신나라가 라르크에게 얼터 카바레의 페널티를 어느 정도 알려 준 것은, 그가 다시는 그 스킬에 걸리지 않을 걸 알고 있었기 때문이다.

그 정도로 특수한 경우를 제외한다면, 자신이 보유한 스킬 정보에 대한 것은 미들 어스 플레이 유저들의 1급 기밀이나 다름없다.

그러나 기정과 이하의 관계는 '그 정도로 특수한 경우', 그 이상이었다.

애당초 〈새크리파이스〉가 붙은 검을 기정에게 구해다 준 사람이 이하였기 때문만도 아니었다.

이하를 향한 기정의 존경심. 우정이나 감탄 따위를 넘어선 순수한 존경심의 발로가 있기 때문이었다.


―흐음, 그렇군. 그래도 스킬 이름이 '자기희생'인 것치고는 나름대로 기회는 있네?

―뭐, 그런 셈이지. 스킬이 끝나고 나면 내 HP는 1밖에 남지 않게 되지만…… 어쨌든 상대도 방어력이나 HP가 극도로 감소해 있으니까. 그 와중에 최후의 공격을 성공시키면 살아남을 가능성도 있는 거야.

―토온에게 먹히진 않았겠지만.

―그, 그런 말을 굳이 해야겠어? 애당초 토온급의 몬스터는 내 HP를 전부 갈아 넣는다고 해도 엄청나게 약화시킬 수 있는 것도 아닐걸.


스킬 발동 중에는 시전자와 대상 모두 어떤 움직임조차 허락되지 않는 절대 스킬.

그 조건은 시전자의 HP 전부를 대상으로 하며, 시전 중에는 대상의 HP와 물리, 마법 방어력을 극도로 감소시킨다고 했다.

'이렇게 엄살떨어도 기정의 HP는 미들 어스 탑급 수준일 거야. 그것을 바치는 대가로 깎아 낸 방어력에, 람화정의 결빙까지 합쳐져서…….'

꿀꺽.

람화정의 결빙은 단순히 얼음을 두껍게 얼린 게 아니다.

움직임을 제한하고 육체의 통제권을 빼앗는 것으로, 말하자면 얼음 두께만큼의 방어력을 제공하는 대신, 육체 내부의 다른 모든 특수 방어력 등을 갈취하는 스킬이나 다름없다.

람화정과 같이 싸워 본 키드가 그와 유사한 말을 한 적이 있다는 걸 이하는 기억하고 있었다.

'키드가 골렘을, 미친 연금술사가 만든 골렘을 죽일 때에도 그랬다고 했었지. 즉, 내가 팔을 깨부술 당시의 토온은 2중으로 방어력 감소가 걸려 있던 셈이 된다.'

그 팔을 부수는 데 세 발의 탄환이 필요했다.

그렇다면 평상시의 상황이라면 도대체 어떻게 공격해야 할까. 이하는 고민했다.

"분명 피부는 구멍이 뚫렸었어. 드래곤 '비늘'로 공격을 무효화하는 데 반해, 토온 놈은 분명히 피부에 구멍이 뚫렸어."

피가 줄줄 새는 모습은 이하도 분명히 보았다.

"근데 데미지가 없었다…… 내부의 살이 두꺼워서 아니, 근육이? 근육 총알을 붙잡는…… 건 말도 안 되지. 차라리 뼈……."

순간, 이하의 머릿속에 무언가가 떠올랐다.

"뼈!"

토온의 말도 안 되는 방어력의 원천은 무엇일까.

어쨌든 토온도 몬스터의 일종이지 않은가.

'그래, 맞아. 드래곤…… 당장 드래곤을 얘기했듯! 방어구를 입지 않는 몬스터들은, 자신의 신체 특성에 따른 방어력이 있어!'

드래곤의 드래곤 스케일이 그 대표적인 예다.

트롤은? 트롤은 방어력이 아니라 회복력으로 방어력을 대체하는 편이다.

오우거는? 가죽의 두꺼움이 그것을 대체했다.

오크나 코볼트, 고블린 등은 그런 것이 없었기에, 조잡한 방어구 따위를 걸치고 다니지 않았던가.

그렇다면 토온은?

'물론 가죽도 질기겠지! 근육도 엄청나게 밀도가 높아 탱탱하겠지! 하지만 어쨌든! 거기까지는 내 공격이 파고들어 간 거야!'

그렇다면 이하의 총탄이 파고들어 가지 못한 것. 신체 구조상 남은 건 하나밖에 없었다.

'용가리 통뼈라더니만…….'

문자 그대로 뼈의 두께와 방어력이 일반 몬스터 따위와 비교도 할 수 없을 것이다.

"그렇겠지. 실제로 44m의 몸뚱어리를 유지하려면, 저 몸을 굴릴 내장들을 보호하려면 뼈가 보통 단단한 게 아니겠…… 젤라퐁!"

[뭉뭉!]

토온에 대해 생각하던 이하는 다시금 나무와 숲이 나오는 지형에서 젤라퐁에게 이동을 지시했다.

'어렴풋하게 느껴지던 불길한 예감이 바로 그거였어.'

슈와아아아━━━!

이하는 볼을 스치는 바람을 느끼며, 토온을 마주친 순간부터 떠올랐던 불길한 예감의 정체를 파악했다.

왜 시뮬레이션에서 69전 0승 69패를 당할 수밖에 없었는가.

일반적인 사격 따위로는 공격이 통하지 않을 것임을 어렴풋이 예감하고 있었기 때문이다.

'그게 놈의 방어력 원천이라고 생각한다면…… 뼈를 깎는 고통을 주어야 HP가 본격적으로 감소한다는 거잖아. 그 전에는 몇 발을 박아도 별다른 타격이 없다는 거고.'

그렇다면 어디를 공격하는 게 가장 효율적일까.

젤라퐁에 의해 움직이며, 이하는 토온의 패턴들을 떠올렸다.

그가 가장 잘하는 것이라면 우선 휘두르기 공격이었다. 양 팔을 뒤로 젖혔다가, 채찍처럼 호를 그리며 전방의 모든 것들을 쓸어 버리는 공격!

'그리고……? 그리고 또 뭐가 있지?'

몸통 박치기?

토온의 공격 패턴 중에 이하가 노릴 만한 것은 무엇이 있을까?

분명히 일상적인 상황에서 약점을 노출하진 않을 것이다.

단순한 몬스터가 아닌 토온 정도 되는 보스급이라면 당연히 그러할 터다.

반드시 그가 어떤 행위를 하는 도중에만 약점이, 그것도 아주 조금, 아주 짧게 노출될 것이다.

'주변의 지형지물이 아무리 완벽해도, 토온의 양쪽 눈알에 정확히 탄환을 때려 박는다고 해도 놈을 죽일 수 있다는 보장이 없어. 즉, 내가 노려야 하는 건…….'

아주 조금, 아주 짧게 노출되는 바로 그 틈.

이하로서는 아직 찾지도 못한 토온의 '즉사 포인트'였다.

―겨우 한 무리 다 조졌네. 아, 형! 아까 그거면 도움이 좀 되는 거야?

―어, 으응. 그렇지.

―내가 〈새크리파이스〉 알려 줬으니까 이번엔 형이 나 좀 도와주라.

―뭔데? 저번에도 말했지만 지금 그쪽으로 갈 수가…….

―안 와도 돼. 다리만 놔 줘.

―다리?

―응. 루비니 님한테 연락 좀 받아 달라고.

이하는 고개를 갸웃거렸다. 루비니라면 이하 또한 못 본 지

꽤나 된 유저다.

물론 닥터 둠이라는 별명을 지닌 그녀가 빈둥빈둥 시간을 보내고 있을 리는 없겠지만, 이상하게 마주칠 기회가 적었던 것도 사실이었다.

'갑자기 루비니를? 홀리 나이트 전직 퀘랑 루비니…… 아!?'

―어쭈?! 너 머리 좀 굴렸다?

―헐. 한 방에 알아듣는 것 보소. 무슨 이유인지 알았으면 빨리 좀 부탁해.

루비니의 지도를 활용한다면?

마치 원양어선의 레이더처럼, 바닷속을 돌아다니는 생선 무리를 찾아 그것을 낚아 올리는 어선처럼 활동할 수 있게 된다.

기정이 이끄는 전력은 루비니가 찾은 몬스터 무리들을 끊임없이 토벌할 수 있을 것이다.

눈으로 찾고, 곳곳에서 지나는 유저들에게 정보를 얻기 위해 노력하는 것에 비하면 아무리 낮게 잡아도 100배 이상의 효율이 예상될 정도였다.

그것을 아는 이하가 미적거릴 이유는 없었다.

―오케이! 지금은 접속 안 하고 있긴 한데, 오자마자 바로

귓해서 연락 주라고 말해 볼게.

　―땡큐우우우~! 나는 좀 자야겠다. 흐아아아암…… 그럼 고생해, 형.


　이하의 확언을 들은 기정은 긴장이 풀린 것인지 늘어지게 하품을 했다.

　기정의 얼빠진 하품 소리를 듣는 순간, 이하의 머릿속에 무언가가 번쩍였다.


　―기정아!

　―아잇, 깜짝이야! 왜 소리 지르고 그래? 잠 다 깨게!

　―맞아. 맞아. 땡큐! 고맙다!

　―무, 무슨 소리야, 갑자기? 무섭게 왜 그래?

　―조만간 좋은 소식 들릴 테니까 기대해!

　―응? 형 결혼해? 아 참, 신나라 씨한테 신경 좀 쓰라고 보배 씨가…….


　이하는 기정의 얼토당토않은 귓속말을 무시하며 계획을 세웠다.

　'분명해. 이건 분명히 먹힌다. 다만 문제라면…….'

　그런 상황이 벌어지게끔 모든 것을 완벽하게 통제하는 것.

　"젤라퐁, 우리가 조금 앞서가자. 적절한 지형이 있는지부터 확인해야겠어."

[뮹뮹!]

슈욱, 슈욱, 슈욱-!

자신이 미행당하는지 모르는 토온이 갑작스레 속도를 높일 리는 없었다.

이하는 젤라퐁을 독촉하며 토온보다 앞서 그가 갈 길을 확인했다.

물론 쉬운 일은 아니었다.

무언가가 떠올랐다한들 누가 차려 준 것처럼 적절한 장소와 환경이 만들어져 있을 리도 없었다.

토온의 뒤를 쫓는 게 아니라, 토온보다 앞서 나가야만 한다.

그것만으로도 위험 부담은 올라간다.

그 와중에 이하는 자신이 생각한 전략을 수행할 전장을 선정해야만 한다.

토온에게 자신의 움직임이 걸리지 않도록 조심하면서. 거기에 또 토온이 움직일 동선까지도 고민해야 하는 것이다.

토온이 언제까지나 일직선으로 움직이는 것은 아닐 테니 말이다.

이 모든 것에 전부 신경을 쓰며 작업을 진행하는 것은 이하로서도 결코 만만한 일은 아니었다.


밤이 되어 토온이 쉬면 그것을 빌미 삼아 홀로 앞서 나가 정찰을 하고 오기를 다시금 하루.

"저쪽의 지형……. 저기라면, 젤라퐁!"

[뮹뮹!]

좌측은 일반적인 숲길이며, 우측은 절벽 위로 보일 정도로 단차가 상당히 높은 지형이었다.

일반적인 유저들이라면 스킬이나 아이템 없이는 좌에서 우로 올라갈 수도 없을 정도로 가파른 형태로, 그 높이 또한 대략 30m는 넘을 정도였다.

"저 끝으로, 절벽 위쪽으로 올라가 줘! 토온이 오기 전에, 빨리!"

그 지형을 보는 순간, 이하의 머릿속에 시뮬레이션이 다시금 가동되었다.

'……70전 69패 그리고…… 1승이다.'

토온을 쫓기 시작한 시간으로 따지면 만 나흘이 되어서야 마침내 가상 전투에서 1승을 챙긴 이하였다.

더 이상은 볼 것도 없었다.

아침 해가 뜨기 시작한 이상, 토온은 다시금 움직일 것이고 이곳까지는 40분도 되지 않아 도착할 것이다.

"준비하자."

[뮹뮹.]

이하는 탄창을 꺼내어 블랙 베스에 결합했다.

시뮬레이션의 1승을 현실의 1승으로 만들기 위한 전투가 막 시작되려는 참이었다.

이하는 전방을 바라보며 가볍게 숨을 내뱉었다.

"좋아. 역시 시야를 방해하는 건 없다."

젤라퐁은 마치 거미 다리처럼 여덟 갈래의 팔을 내뻗어 이하의 몸을 절벽 위로 순식간에 올려 주었다.

좌측의 숲에 비하면 현재 이하가 있는 우측 절벽 위는 몸을 가릴 만한 지물이 마땅치 않았다.

잡초가 듬성듬성 나 있긴 했으나, 몸을 가릴 정도는 안 되었고 바위랍시고 있는 것들 또한 볼썽사나운 수준이었다.

이하는 그 사이에 자리 잡았다.

가장 큰 바위와 잡초 사이에서 엎드려 쏴 자세로 저격을 준비.

양각대를 빠르게 펼쳤고 평탄치 못한 지형에 맞춰 최대한 총신을 단단히 고정시킨 뒤 노리쇠를 당겼다.

묵직한 느낌이 이하의 손끝에 걸렸다.

이번에 장착한 탄창은 색깔이 없는 새카만 탄창, 아음속 탄이 아니라 일반 탄환이 삽입되어 있었다.

[묘, 묘오오옹……]

"네가 생각해도 불안하지?"

평소와는 확연히 다른 감각이었다.

"나도 그래. 그래도 어쩌겠냐."

이하는 새삼스럽게 머릴 긁적이며 스코프로 눈을 돌렸다.

누가 그랬더라? 주사위는 이미 던져졌다고.

던져진 주사위도, 엎어진 물도, 다시 돌리지 못한다.

어차피 돌리지 못할 거라면, 괜스레 불안감을 남겨 둬선 안 된다는 것을 이하는 누구보다 잘 알고 있었다.

'토온이 지나갈 예상 루트는 역시 저 숲길 가운데야. 이곳을 기준으로 한다면 약 1.7km, 가까워.'

이하는 다시 한 번 머릿속으로 시뮬레이션을 돌려 보았다.

1.7km 거리에서 44m 크기의 몬스터가 그 큰 보폭으로 여기까지 오는 데 얼마나 걸릴까?

최소 17m의 보폭을 가졌을 놈이다.

그러나 그것은 일반적인 걸음걸이일 때의 이야기고, 그 빠른 전력 질주를 생각한다면…….

'엄청나겠지. 신체보다 더 크게 다리를 찢으며 뛸 거야. 그렇게 따지면 최소 53m 정도는 생각해야 하려나? 거기에 초당 세 걸음, 네 걸음, 아냐…… 다섯 걸음도 가능할지도……. 그럼…….'

1초당 토온이 좁힐 수 있는 거리는 약 265m. 네 걸음과 다섯 걸음 사이로 평균을 낸다고 해도 초당 평균 240m씩 이동할 것이다.

이하는 정신이 아찔해지는 것을 느꼈다.

1.7km라면 시력이 안 좋은 사람은 그곳에 무엇이 있는지 분간조차 하기 힘든 거리다.

그런 거리조차 토온에게는 고작 8초 이내에 좁힐 수 있는 거리라는 뜻이지 않은가.

'8초…… 허허. 참. 엄청나네.'

그동안은 온갖 방해 요인과 이하 근처의 호위 인원들 그리고 이하 자체를 노린다기보다 〈신의 지팡이〉나 기타 등등의 중요 오브젝트가 있었기에 전력 질주의 움직임이 불가능했다.

그러나 지금은?

'짧게 회피 기동을 하면 2초 정도는 더 피할 수 있으려나? 하지만 그래 봤자 10초. 움직이지도 않으면 어떻게든 몇 발을 박아 넣을 순 있겠지만…….'

토온은 전속력으로 달려올 것이다.

그것도 좌, 우로 기동하며.

직선으로만 달려온다면 처음부터 토온의 배꼽 부분을 노리면 된다.

그렇다면 거리가 좁아져도 영점 조정 없이 계속해서 발사해도 상관없다.

어차피 어긋나는 것은 상하의 집탄일 뿐이니 토온의 배꼽을 노린 상태라면 얼마든지 괜찮을 테니까.

하지만 좌우로 움직이며 달려오는 녀석이라면 이야기가 다르다.

그것도 1초에 265m씩 거리를 좁힐 수 있는 대상이라면, 급격한 영점 조절이 필요할 것이다.

키릭 – 키릭 – 키릭 –.

물론 시뮬레이션에서 그런 것까지 모두 계산했던 이하였기에, 스코프 위에 달린 클릭 조절기를 이미 빠르게 돌리는 중이었다.

"이런 느낌으로…… 후우, 보는 사람이 없으니까 부담 없이 해도 되는 건데, 무슨 무대 올라가는 것처럼 떨린다, 그치?"

[뽕?]

"음, 하긴. 내가 어디 무대에 올라가 본 적은 없구나. 연예인은 절대 못하겠어. 이런 것 가지고 이렇게 떨면."

젤라퐁의 눈들이 끔뻑였으나 이하는 계속해서 떠들었다.

가장 긴장되고 위험한 순간이야말로 농담이 필요할 때!

이하는 기정과 마찬가지로 누가 사촌지간 아니랄까 봐 같은 형태로 긴장을 풀고 있었다.

'좋아. 좋아. 주변 지형도 다 파악했어. 할 수 있어.'

이하는 다시 한 번 숨을 몰아쉬었다.

이하가 침을 삼키는 그 순간, 먼 곳에서 땅울림이 들려왔다.

'할 수 있긴 개뿔…….'

쿠웅 - 쿠웅 - 쿠우웅······!

'해내야지.'

고개를 돌리지 않아도 그것이 토온이라는 것은 알 수 있었다.

이하는 더 이상 스코프를 만지지 않았다.

영점은 이미 1.7km에 맞춰져 있었다. 남은 것은 이하와 완전한 일직선이 되는 지점을 토온이 지날 때까지 기다리는 것뿐.

그리 오랜 시간이 걸리진 않을 것이다.

땅울림 소리와 비죽비죽 튀어나오는 토온의 머리를 보며 이하는 그의 보폭을 체크했다.

자신의 계산과 크게 다르지 않았다.

'고마워해야 하는 건지 원.'

이하는 살짝 올라간 입꼬리를 다시 내렸다.

후우우우우······.

"가 볼까?"

[뽕!]

젤라뽕의 작은 외침을 들으며 이하는 잠시 눈을 감았다가 떴다.

스코프안의 이하의 시선으로 토온의 모습이 한가득 들어왔다.

이하는 천천히 숨을 내뱉었다.

하아아아아……! 이하는 방아쇠를 당겼다.

투콰아아아—————!!

쿠웅 – 쿠웅 – 쿠웅 – 쿠웅 – 쿠웅 – 쿵!
걷고 있던 토온의 리듬이 깨졌다.
이하는 휘청거리는 놈의 대가리를 오래 보고 있을 생각은
없었다.
재차 방아쇠를 당겼다.
[하이하!]
그러나 두 번째 탄환이 그에게 도달하기 전, 토온은 자신을
공격한 대상이 누구인지, 어디인지 정확하게 발견했다. 동시
에 본능적으로 상체를 숙이며 피하는 움직임까지 보였다.
스코프 속에서 토온과 눈이 마주친 이하의 전신에 소름이
돋는 것을 느꼈다.
그러나 더 이상 두려움은 없었다.
여기까지도 전부 예상 범위 내였으니까.
"눈 깔아, 이 새끼야."

투콰아아아—————!!

세 발째 탄환이 쏘아졌다.

[그하아아앗! 이 빌어먹을 놈이, 여기서 잠복하고 있었단 말인가! 내 행로를 어떻게 알고!]

"뭐라고 지껄이는지 어차피 안 들리거든요?! 아가리만 뻐끔뻐끔하지 말고!"

━━━━━━━━━━━━━━━━!

이하는 다시금 방아쇠를 당겼다.

여전히 거리는 1km 이상!
토온의 목소리는 전혀 들리지 않았다.
노리쇠를 당기고 영점을 살짝 움직이고 발포!
다시 한 번 더, 다시 한 번 더!
[이런 공격으로 나를 죽일 순 없다, 건방진 애송이!]
이하는 분명히 보고 있었다.
스코프 속에서 한 발, 한 발 맞을 때마다 토온의 피부가 찢겨 나가고 피가 흐르는 모습을.
분명히 정수리가 깨지고, 쇄골이 날아갔으며, 어깨가 찢어졌고, 심지어 가슴팍에 완전히 구멍까지 났건만 토온은 흔들리지 않았다.

수직 방향에서 정확하게 가격했던 최초의 한 발을 제외하면 사실상 토온의 전력 질주를 막지 못하고 있다는 뜻이다.

'예상은 했지만…… 너무하잖아!'

당황보다 빠른 것은 이하의 손놀림이었다.

'이 탄환이 가진 저지력이 얼만데!'

다시 한 발 더, 다시 한 발 더!

마음 같아선 기존의 상처 부위를 다시 한 번 후벼 파고 싶었다.

그러나 덩치에 맞지 않게 재빨리 움직이는 토온을 정확하게 조준할 수는 없었다.

그 와중에도 이하의 공격은 토온의 몸 구석구석을 노렸다.

한 발은 허벅지, 한 발은 정강이, 재빨리 노리쇠를 당기며 다시 쏜 한 발은 토온의 겨드랑이.

그리고 또 한 발은 기형적인 한쪽 팔에 있는 팔꿈치.

나름대로 인체에 빗대며 약점이 될 만한 부위들을 노려본 이하였으나, 그 어느 곳도 효과적인 타격은 없었다.

구멍이 뚫리고 피가 새고, 심지어 이하의 스코프 속에 언뜻 하얀 게 보일 정도였으나 토온은 결코 물러서지 않았던 것이다.

'저 허연 건 분명히 뼈 같은데…… 뼈가 드러날 정도로 살이 파여도 비명 소리 하나 안 지르니…….'

투콰아아아앙————————!!

고통에 소리치는 토온의 모습은 없었다.

작은 신음, 호흡이 흐트러지는 소리 정도는 있었으나, 그 정도로는 결코 좋은 소식이라고 말하기 힘들다. 아니, 이건 도리어 나쁜 소식이다.

그런 작은 소리가 들릴 정도로 거리가 줄어들었다는 뜻이었으니까.

[아직 다른 놈들이 모습을 드러내지 않는 것이냐, 아니면 정녕 네 녀석 홀로 나를 찾아왔다는 뜻이냐! 크하하하핫!]

갑작스레 울린 토온의 웃음과 이하의 총성은 조용한 신대륙 동부를 떠들썩하게 만들었다.

포로로롱!

새들이 날아오르고 들짐승들이 비명을 지르며 흐트러졌다.

하지만 정작 이하는 처음 마음먹었던 회피 기동조차 하지 못할 정도로 집중하고 있었다.

1.7km에서 시작된 전투는 어느새 500m까지 줄어들어 있었다.

토온의 보폭과 보속으로 보자면 앞으로 2초를 조금 넘은 시점이면 도착할 것이다.

"이거 정말 골치 아픈 놈이네."

이하는 엎드린 채로 재빨리 가방을 뒤적였다.

이하가 엎드려 있던 곳은 지상 30m 높이다. 44m의 토온과 눈을 마주치기고 대화하기에는 아주 적당한 거리였다.

즉, 녀석의 눈을 노리기에도 아주 완벽한 높이라는 뜻이었다.

"이것도 안 통하진 않겠지?! 안 통하면 나는 뭐 먹고 사냐고!"

꺼내어 든 아이템 중 하나는 비상용 폭탄!

보틀넥 특제 폭탄 도화선에 불을 붙여 던지고 자신의 조준선은 토온의 눈을 향하는 이하.

[깜찍한 녀석! 이번에야말로 갈아 마셔 —]


——————————————!


화염과 함께 거대한 폭발음이 울렸다.

쿵, 쿵 거리며 다가오던 토온도 이번만큼은 함부로 다가올 수 없었다.

거대한 화염이 전방에 폭사하고 있었다. 하지만 단지, 그 화염 때문만은 아니었다.

[끄하아아앗 —! 이 빌어먹을 놈이!]

폭발은 마치 눈속임이었다는 듯, 화염 폭풍을 뚫고 날아온 탄환 하나가 토온의 동공을 찢어발겼다.

웬만한 사람보다도 더 큰 눈이 완전히 후벼지며, 토온의 안면에서 피보라가 샘솟았다.

그 와중에도 이하는 보았다.

이하를 향해 뿜어지고 있는 토온의 커다란 분노를!

피보라가 뿜어져 나오는 눈을 감싸지도 않은 채, 토온은 그저 눈을 질끈 감고 이하를 향해 다가오고 있었다.

안면을 공격당하고, 한쪽의 시력을 잃었음에도 뒷걸음질 한 번 치지 않는 몬스터.

단순히 그가 강하거나 HP가 막대하기 때문만은 아니었다.

상성! 게임이 진행되어 오며 만들어진 이하와 토온의 악연이 토온으로 하여금 '악바리'가 되게끔 상성을 만들어 버린 셈이었다.

[어디 있느냐, 이노오오오옴! 공간 이동도 되지 않는 이곳에서, 네 녀석 따위가 살아 돌아갈 수 있을 것 같은가!]

토온은 울부짖었다.

고통과 악으로 가득 찬 목소리가 절벽 위에 쩌렁쩌렁 울렸다.

안구 타격을 포함해 도합 열한 발의 공격.

그중 빗나간 한 발을 제외하면 폭탄의 화염에 더해 열 발의 탄환이 놈의 몸 곳곳을 파고들었다는 뜻이었으나, 토온은 꿈쩍도 하지 않았다.

'쉐도우 히트맨 적용 첫 발이 무려 8만 7천, 거기에 나머지 공격이 4만 3천이라고 치면 무려 52만이나 먹었잖아! 티라도 좀 내라!'

이하의 예상대로라면 전혀 데미지가 없을 순 없다.

문제는 피부나 살갗 따위를 파헤치는 게 아니라 놈의 뼈를 뚫어야만 한다는 것인데…….

그러나 토온은 이미 이하의 코앞이었다.

[이깟 눈속임 따위로 나에게서 벗어날 수 있다고 생각하냔 말이다!]

토온은 남아 있는 한쪽 팔을 휘, 휘 저으며 재빨리 화약 연기를 흩뜨린 후, 이하가 엎드려 있던 바닥을 훑었다.

[네 녀석만큼은 절대로 고이 죽일 수 없다! 백작님께 네 녀석의 다져진 육신을 가져가리라!]

토온은 그가 예고한 대로 타격이나 짓누름 따위로 이하를 죽이고픈 마음은 없었다.

그것은 움켜쥐기 위한 노력이었다.

가장 심한 고통을 주기 위한 토온의 노력은 헛되지 않았다.

"으아아악-! 저, 저리 가!"

미처 다 흩어지지 않은 연기 속에서 들려오는 이하의 비명.

덥썩……!

그리고 직후에 느껴지는, 손바닥 가득 차는 뭉근한 감각까지!

[캬하학! 잡았다, 잡혔구나, 이노오오옴!]

한쪽 눈이 제대로 보이지 않는 토온이었으나 손끝의 감각이 무뎌지는 것은 아니었다.

토온은 자신이 쥔 것이 무엇인지 정확하게 파악할 수 있었다.

절벽 위에 놓인 토온의 손, 그곳에서 꿈꿈대고 있는 건 분명히 이하였다.

Geschoss 3.

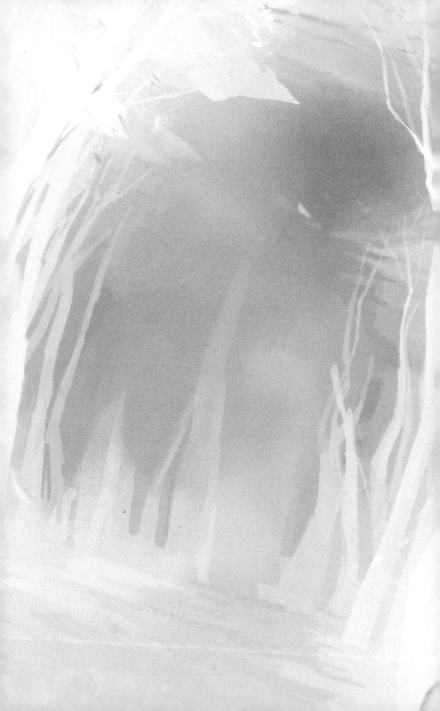

　토온은 남아 있는 눈으로 자신의 손에 잡힌 이하를 보았다.

　뒤틀리고 비틀어진 볼품없는 육신!

　하잘 것 없는 인간의 그것은, 인간이 밤새 자신을 괴롭힌 모기를 잡은 것과 차라리 비슷할 것이다.

　[정말…… 정말 혼자서 나를 죽이려 했다는 것인가. 그것만으로도 네 녀석의 용기, 그 빌어먹고 씹어 먹고 갈아 먹어도 시원치 않을 용기는 칭찬하겠다!]

　"……!"

　토온에게 있어선 자신의 손아귀에서 빠져나오려 노력하지만, 끙끙대는 신음조차 제대로 내지 못하는 것 또한, 하찮은 미물과도 같았다.

　[허나, 그것도 오늘까지! 네놈은 다시는 내 앞에 나타나지

못하리라!]

　토온은 득의양양하게 외쳤다.

　그가 흥분할 때마다 빠르게 도는 혈류 때문인지, 육신 곳곳의 구멍에서 피가 푸슉─! 새어 나왔으나, 그런 자잘한 것에 신경 쓰지 않았다.

　이하를 잡았다는 기쁨, 마침내 푸른 수염에게 다시 인정받을 수 있다는 기쁨이 토온의 얼굴에 고스란히 드러나 있었다.

　"묘오오옷……!"

　[벗어나고 싶은가, 미물이여. 오만 방자의 대가를 치르지도 않고, 이렇게 될 각오도 없이 감히 나, 백작님의 충실한 두 번째 종, 공룡恐龍에게 도전했단 말인가!]

　손아귀의 이하가 끙끙거릴 때마다 토온의 표정은 밝아졌다.

　'어떻게 죽여야 잘 죽였다고 소문이 날까'를 고민하는 것처럼.

　또한 잘 차려진 밥상처럼 팔을 얹어 두기 쉬운 높이의 절벽에서 그는 더 이상 아쉬울 것도 없었다.

　[우선은 팔 한 짝이다. 네놈이 날려 버린 내 팔을 위해서, 네 녀석의 오른팔부터 뜯어내 주마.]

　토온의 목소리가 중후하게 울려 퍼졌다.

　손아귀에 잡힌 이하의 표정은 더욱 어두워졌다.

　이하에게 다행이라고 해야 할까, 토온의 팔은 하나뿐.

　이하를 쥐고 있는 그것을 제외하면 '이하의 오른팔'을 뜯어낼 또 다른 손가락의 존재는 없었다.

불행이라고 한다면 토온의 팔보다 훨씬 더 날카롭고 매서운 토온의 이빨이 있다는 것이었다.

[두려운가. 나의 이빨이?]

토온이 마침내 절벽에 대고 있던 팔을 들어 올리려 할 때, 손아귀에 붙잡힌 이하는 토온을 물끄러미 응시했다.

벗어나기 위해 끙끙거리던 방금 전의 다급함은 이하의 얼굴에서 보이지 않았다.

[이, 이놈―]

그는 이하를 분명히 보았다. 이하의 입은 움직이지 않았다.

그럼에도 토온의 귀에는 이하의 나직한 목소리가 확실히 들려왔다.

"〈할루시네이션 : 바하무트〉."


―――――――――― ――!


모든 색과 형태를 집어 삼키는 막대한 빛이 토온의 눈앞에서 터져 나왔다.

[이런 빌어먹을 놈이이이이―――!! 감히 이따위 눈 장난으로 나에게서 벗어나려 했단 말인가!]

토온은 눈을 질끈 감으며 고개를 돌렸다.

그러나 눈꺼풀을 뚫고 들어오는 광량도 어마어마했기에, 그는 어쩔 수 없이 몇 걸음 물러서야만 했다.

그 모든 상황 속에서도 토온은 결코 손아귀의 힘을 풀지 않았다.

이하가 사용하는 스킬이 무엇인지 모르지만, 그딴 건 알 바 아니었으니까.

토온에게 있어선 이하를 더 괴롭힐 수 없다는 아쉬움이 남을 수도 있겠지만, 어쨌든 이하가 무슨 수를 쓰기 전에 손아귀의 힘을 '조금만 더' 주면 된다.

[가장 물렁물렁한 과일조차 너의 형태보다는 온전하게 유지될 것이다!]

"과연 그럴까."

[감히 뭘 믿고 그런 자신감을…….]

이하의 목소리와 함께 토온은 눈을 떴다.


펄럭———! 펄럭———!


[과연 그렇게 될 것인지 물었네. 레의 미천한 종자, 토온이여.]

푸른 수염의 왼팔이자 마왕군의 대형종 몬스터 지휘관, 공룡 토온이 맞이한 것은 백금의 드래곤이었다.

토온을 얼마든지 깔보아도 되는 플래티넘 드래곤의 등장에 토온의 남아 있는 한쪽 눈이 커졌다.

[드래곤…… 그것도 또, 똥파리보다 더 큰……. 아니. 아니야! 그럴 리가 없어!]

[무엇이 그럴 리가 없단 말인가. 하이하는 나의 권속. 내가 나의 가족을 지키기 위해 이 정도 마실도 나올 수 없다는 말인가.]

기본적으로 바하무트의 체고는 토온에 뒤지지 않았다.

하물며 겉모습에서 나오는 위용은 어떠한가.

역대 최대급 몬스터에 가까운 토온이었으나, 역시 날개까지 달린 채, 허공에서 위용을 자랑하는 메탈 드래곤의 수장에 비할 바는 아니었다.

[지금이 마지막 기회네. 당장 손을 놓지 않는다면 레 녀석과 함께 놀아 줄 수도 있지.]

[배, 백작님을 감히 그딴 식으로오오오오! 네가 실제로 있는 드래곤이라 할지라도 이곳에 모습을 드러낼 수는 없다! 하물며 하이하가 아무리 비장의 한 수를 숨기고 있다 하더라도 이렇게 늦은 시점에 꺼낼 리가 없어!]

"······!"

토온은 손아귀의 힘을 꽉 쥐며 바하무트를 향해 일갈했다.

손아귀에 잡힌 이하의 표정은 더욱 일그러진 상태였다.

토온은 결코 멍청한 몬스터가 아니었다. 푸른 수염의 왼팔이라는 이름은 단순히 덩치 때문에 받은 게 아니었으니까.

그는 이 시점에 등장한 백금의 드래곤이 표하는 바가 무엇인지 정확하게 꿰뚫고 있었다.

[내가 마법을 사용하지 못한다 하여 나를 농락하려 했는가!

그러나 이것만큼은 나도 할 수 있다!]

　토온은 바하무트를 정면으로 바라보았다.

　바하무트가 발생한 위치는 토온을 향해 발포하던 이하의 기준으로 약간 우측, 토온의 기준에선 좌측이었다.

　그곳으로 고개를 돌리고, 토온은 잠시 목을 뒤로 빼내었다.

　다른 마법은 사용할 수 없는 토온이지만 유일하게 마魔의 근거지에서 보여 주었던 그의 '기술.'

　모여 있던 마나를 날려 버리는 토온의 포효는 '광범위 디스펠'과 같은 효과를 가진다!

　목을 있는 대로 빼내며 토온은 포효했다.


　[아—— 아아——— 아아————!!]


　공기의 진동이 눈에 보이지 않을까 싶을 정도의 포효는 환영 상태의 바하무트가 감당해 낼 수 있는 것이 아니었다.

　[너는- 반드시- 후회하게 될 것이다……!]

　바하무트는 단말마와 함께 서서히 모습이 무너져 내리기 시작했다.

　무엇보다 '이곳에 모습을 드러낼 수 없다'며 바하무트가 환영이라는 걸 이미 눈치챈 토온이었기에, 그의 공격은 명확하게 〈할루시네이션〉을 파훼할 수 있었던 것이다.

　우렁찬 울음과 함께 바하무트의 모습이 완전히 사라지고

나서야 토온은 득의양양한 미소를 지었다.

[흥, 꺼져라, 거집 브래곰…… 음?]

그리고 무언가…… 아주 불길한 느낌을 받았다.

자신의 입속에서 느껴지는 이물감. 혀가 마음대로 움직여
지지 않을 때의 당혹감.

무엇보다도 무게감.

"다 했어?"

[음? 이, 이 목소리는…… 하이하?]

"아니, 당연히 나지. 그럼 누구겠어? 무슨 당연한 말씀을
하시나?"

[어, 어떻게 네놈이 내 입안에 아니, 그럼 내가 쥐고 있던 -]

토온은 자신의 손을 바라보았다.

지금까지 분명 손에 힘은 풀지 않았다.

그러나 손아귀에 있던 하이하의 모습은 어디 갔는가!?

[뭉뭉?]

[너, 너는 - 너는 또 뭐야!]

토온은 자신의 손에서 스멀스멀 기어 나오는 반투명의 슬
라임을 바라보았다.

이게 어떻게 된 일인가?

손에서 기어 나오는 이것은 무엇인가?

하이하가 어째서 자신의 입안에서 떠들고 있는가?

분명히 입을 닫았는데, 날카로운 이빨에 놈의 몸이 갈리지

않는 것은 무엇 때문인가?

　그러나 그가 답을 알아내는 일은 없었다.

　"진짜 끝이다, 빌어먹을 공룡 새끼야."

　이하는 할 수 있는 가장 큰 소리로 외쳤다.

　토온의 입속에서, 공룡의 목젖을 겨누며.

　"〈다탄두탄〉!"


───────────────────!!


'빨리, 빨리, 폭탄이랑⋯⋯.'

　토온이 이하의 500m 전방에 있을 때, 이하가 가방에서 꺼낸 것은 폭탄 하나가 아니었다.

　도화선에 불을 붙이기 무섭게 이하는 또 다른 아이템을 재빨리 '썼다.' 그러곤 외쳤다.

　"젤라퐁! 분리! 〈전투 모드 : 근력형〉!"

　[뭉뭉!]

　젤라퐁이 떨어지기 무섭게 이하는 그에게 아이템을 건넸다.

　겉보기에는 우스꽝스럽기 짝이 없는 아이템이자 이하의 시뮬레이션에도 충분히 사용되었던 첫 번째 변수가 바로 이것이었다.

## 〈첩자 영웅 코주부의 안경〉

설명 : 제1차 인마대전 당시 마왕군으로 침투해 들어갔던 스파이, 코드 네임 [코주부]의 안경. 특별할 것도 없는 안경 하나만으로 마왕군 다섯 개 사단의 철통 보안을 뚫고 들어가 인마대전을 승리로 이끄는 고급 정보를 탈취하였다. 영웅 코주부의 사후, 그를 기리는 차원에서 그의 코를 본뜬 모형을 그의 안경에 부착했다고 전해진다.

효과 : 대상에게 1차 착용 후, 사용자가 2차 착용 시 대상의 모습으로 변신 가능

지속 시간 : 제3자가 대상을 의심했을 시까지


대상에게 착용, 즉, 이하가 먼저 코주부 안경을 쓴 후.

사용자가 착용 시, 즉, 그것을 젤라퐁에게 씌우면?

"젤라퐁, 빨리 써!"

[뿅!]

이하는 우선 폭탄을 던졌다.

화염과 함께 터져 나온 후폭풍 그리고 매캐하고 진한 화약 연기까지!

이하가 폭탄을 사용한 것은 단순히 그의 눈을 가리기 위함이 아니었다. 그러나 토온이 그것으로 속을 것인가?

스스스스스……

'미끼로는 충분하겠지? 만약 이게 걸리면 그걸로 모든 게 끝이야!'

이하는 확신할 수 없었다.

아무런 효과도 없는 폭탄을 터뜨리면, 무엇보다 토온의 눈이 두 개 모두 건강한 채라면 [이하의 모습으로 변한 젤라퐁]을 알아볼 가능성도 있다.

따라서 이하는 조준해야만 했다.

연기 너머로 잘 보이지도 않는 토온의 머리, 그곳에 정확하게 위치하고 있는 녀석의 눈을!

투콰아아아—————!

[끄하아아앗−! 이 빌어먹을 놈이!]

토온의 비명과 함께 이하는 재빨리 일어나 옆으로 굴렀다.

화약 연기를 뚫고 들어오는 토온의 거대한 손, 그것을 피하며 시전한 스킬은 물론 〈카모플라쥬〉였다.

'제발, 제발, 버텨 다오, 젤라퐁!'

그리고 이하는 보았다. 토온의 팔이 '자신의 모습으로 변한' 젤라퐁을 움켜쥐는 모습을.

'안타까운 점은 코주부 안경을 쓴다 해도 목소리를 따라 할 수는 없다는 것! 망할 놈의 코주부 아저씨, 기왕이면 성대모사도 가능하게 좀 만들어 주지!'

아직 연기가 채 걷히지 않은 상황에서, 이하가 할 수 있는 것은 혼신의 연기를 다하는 것뿐이었다.

다행이라면 카모플라쥬는 소리를 낸다고 스킬이 벗겨지는 게 아니라는 점이었다.

"으아아악-! 저, 저리 가!"

이하라고 완전히 착각한 것일까?

토온의 '수색'은 그것으로 끝이었다.

만약 젤라퐁이 먼저 움켜쥐어지지 않았다면.

토온의 팔은 〈카모플라쥬〉를 사용한 이하까지 건드렸을 것이고, 그렇게 되었다면 모든 게 수포로 돌아갔으리라.

결국 토온은 '이하로 변신한 젤라퐁'을 붙잡은 상태인 셈이었다.

그리고 자신의 모습을 완전히 숨긴 이하는 그 모습을 바라보고 있었다.

젤라퐁을 구해 내야 함과 동시에, 토온이 자신의 약점을 완전히 드러낼 때까지.

'기정이가 힌트를 준 셈이었어, 약점은 분명히 있다. 그건……'

토온의 입속.

이하가 노리는 약점은 그것이었다.

분명 외골격은 단단할 것이다. 그러나 입안까지 간다면?

그곳에서는 뇌를 직접 노릴 수 있다!

'입만 벌려라, 입만!'

그러나 토온은 쉽사리 입을 벌리지 않았다.

이하를 잡았다는 기쁨 때문인지 주절주절 떠들기만 할 뿐, 기회는 쉽사리 오지 않았다.

결국 이하는 선택해야만 했다.

젤라퐁을 그대로 입속으로 가져가 물어뜯게 만들 수는 없었으니까. 결국 이하는 또 하나의 선택을 할 수밖에 없었다.

"〈할루시네이션 : 바하무트〉"

폭발적인 빛과 함께 바하무트가 생성되는 순간, 카모플라쥬는 이미 벗겨진 다음이었다.

이하는 납작 엎드렸다.

바하무트가 하는 모든 말은 '이하가 조종할 수 있는' 말이다.

토온의 정신을 최대한 쏙 빼놓는 동시에, 녀석의 아가리를 벌리게 하려면?

무언가 대단한 게 있다는 듯 계속해서 말을 거는 수밖에 없었다.

아니, 이하 자신의 안전을 위해서라도!

토온이 한순간이라도 고개를 돌린다면 카모플라쥬가 벗겨진 이하가 발각될 테니까!

'넘어갔어. 분명히 쓴다, 광역 디스펠! 마魔의 근거지에서 봤어, 그때라면 입을 벌리지 않을 수가 없을 거야!'

이하는 조용히 가방을 뒤적였다.

꺼낸 것은 두 개, 색깔이 칠해진 탄창과 소음기였다.

이하는 기결합된 탄창을 제거한 후, 두 가지 아이템을 재빨리 블랙 베스에 부착했다.

그 순간, 바하무트와의 말다툼을 끝내며 토온은 디스펠을 사용했고.

이하는 조용히 외쳤다.

"〈고스트 인 더 쉘Ghost in the Shell〉."

블랙 베스의 다섯 번째 퀘스트를 성공하며 얻었던 스킬, 고스트 인 더 쉘은 퐃, 하는 소리와 함께 발동되었다.

공기가 떨릴 정도로 포효하는 토온이 그 소리를 들을 가능성은 0%였다.

### 〈고스트 인 더 쉘〉

설명 : 강의 폭군 베스가 거주할 수 없는 강은 없다. 모든 강을 자신의 거처로 만드는 폭군! 자신을 다루는 사용자의 육신과 영혼을 발사체 속에 담을 수 있다는 것은 블랙 베스를 완벽히 사용할 수 있는 첫 번째 단계에 들어선 증거이다.

효과 : 시전 후 첫 번째 탄환의 탄착 지점으로 이동

   (거리 제한 없음, 공간 이동 제한 없음)

마나 : 1,500

쿨타임 : 3시간

이하의 몸은 순식간에 토온의 입안으로 이동되었다.

그 순간, 이하는 승리를 직감할 수 있었다.

'됐어, 됐다! 이게…… 이래서 다섯 번째 퀘스트도 클리어 하지 못했냐고 말한 거였어!'

마魔의 근거지에서 엘리자베스가 이하의 상태를 즉각 알아봤던 것!

블랙 베스의 다섯 번째 퀘스트 보상 스킬은 말하자면 '도주기'였다.

공간 잠금과도 관계없이 자신의 몸을 이동시킬 수 있는, 최후의 생존기!

단, 좌표나 수정구의 저장된 장소를 이용할 수 있는 것도 아니고, 블랙 베스의 최장 사거리 이내에서만 가능한 셈이었지만 어쨌든 어지간한 공격 범위에서 벗어나는 것은 충분하다!

즉, 엘리자베스가 다가오며 절체절명의 상황이 되었음에도 이하가 도망을 가지 못하자 엘리자베스는 그 순간 알아챘던 것이다.

이하가 다섯 번째 스킬을 배우지 못했음을.

'쳇! 가르쳐 줄 거면 좀 더 친절하게 가르쳐 줄 것이지!'

이하는 투덜거리며 마음을 다잡았다.

입까지 이동한 이하가 할 일은 하나뿐이었다.

'으, 망할 공룡 놈, 이것까지 버티나 보자. 〈플래티넘 쉴드〉.'

혹여 토온이 입을 콱, 닫아 버리면 그 순간 자신은 죽는다!

토온의 혓바닥 위에서, 이하는 보호 스킬부터 사용했다.

[흥, 꺼져라, 거집 브래곰…… 음?]

'웃!?'

그리고 말하는 토온의 입 위에서 이하는 가까스로 중심을 잡았다.

말을 하는 내내 잇몸과 혀가 쉴 새 없이 꿀렁거리며 이하를 괴롭혔으나 이하는 크게 개의치 않았다.

플래티넘 쉴드가 있는 이상 한 번에 죽는 일은 없을 테니까.

이것을 깨뜨리려면 일정 수준 이상의 데미지가 계속해서 들어와야 한다.

이하가 자신의 신체 지지를 위해 거침없이 토온의 송곳니를 잡을 수 있었던 것도 그 때문이었다.

"다 했어?"

[음? 이, 이 목소리는…… 하이하?]

이하는 터져 나오는 웃음을 가까스로 참았다.

"아니, 당연히 나지. 그럼 누구겠어? 무슨 당연한 말씀을 하시나?"

그리고 그 순간, 〈첩자 영웅 코주부의 안경〉의 지속 시간이 끝났다.

제3자인 토온이 대상, 즉 젤라퐁이 하이하가 아님을 의심하는 순간, 젤라퐁도 원상태로 돌아가 버렸다.

[뭉뭉?]

[너, 너는, 너는 또 뭐야!]

이하가 젤라퐁을 근력형으로 만들어 놓은 것도 모두 이것 때문이었다.

혹시라도 토온이 분노에 사로잡혀 젤라퐁을 향해 공격할 경우, 최대한 오래 버텨 줄 수 있도록 방어력과 HP가 높은 형태가 필요했던 것이다.

토온의 사고가 잠깐 동안 정지한 사이, 그 잠깐은 0.5초도 되지 않았다.

"끝이다, 빌어먹을 공룡 새끼야."

그러나 충분했다.

이하의 다탄두탄은 캐스팅을 필요로 하지 않기 때문이다.


─────────────────!!


공룡의 입안에서 서른여섯 발의 탄환이 쏘아져 나갔다.

더 이상 공격을 막아 줄 것은 아무것도 없었다. 근접 거리에서 쏘아져 나간 탄환은 공룡의 단단한 뼈를 완전히 박살 내기에 충분했다.

목젖을 찢고 입천장을 뚫으며 나아간 탄환들이 배출된 곳은 토온의 뒤통수였다.

공룡의 거체가 잿빛으로 변하기 시작했다.

"제, 젤라퐁!"

[뭉뭉!]

젤라퐁이 슈우우우욱-! 달려와 이하의 몸에 달라붙었다.

방탄조끼처럼 붙은 후, 이하의 온몸을 감싸 쓰러지는 토온과 함께 입어야 할 물리적 충격 데미지를 모두 흡수!

쿠우우웅......!

토온의 거체가 쓰러지며 대지가 진동했다.

대지의 진동보다 눈에 들어오는 것은 이하의 몸에서 끝없이 빛나는 백색 광휘 그리고 시스템 알림 창이었다.

[레벨이 올랐습니다.]
[레벨이 올랐습니다.]
[레벨이 올랐습니다.]

  ·

  ·

  ·


[푸른 수염의 극대노 업적을 획득하였습니다.]
[거대 괴수 사령관을 몰락시킨 자 업적을 획득하였습니다.]
[사우르스족 탕아의 최후 업적을 획득하였습니다.]
[최고最古 최강最强 감정感情 지배支配 업적을 획득하였습니다.]

"휘유, 이게 대체 몇 개야? 세기도 힘드네."

몇 개인지 제대로 보지도 못한 레벨 업 알림 창만으로도 이하의 입은 찢어지기 직전이건만, 심지어 업적과 관련된 알림도 무려 네 개나 떴다.

　토온은 과연 토온이었다.

　이하에게 최초로 저격의 공포를 느끼게 해 주었고, 모든 유저들을 신대륙까지 불러와 가장 고생시킨 장본인 중 한 명의 사망은 확실히 엄청난 가치를 선사하고 있었다.

　[모두 축하해 주세요! 마왕군 푸른 수염 측 3인자, 대형종 몬스터의 총지휘관 공룡恐龍 토온의 사망이 확인되었습니다!]
　[사살자 : 하이하, 머스킷티어, 퓌비엘 국가 소속]

　동시에 알람이 온 미들 어스에 퍼졌다.

　"……아…….."
　이하는 귓속말을 꺼야 하는지 고민했다.

　"……그래서 어떻게 된 거라고?"
　"치요 '님'이 없을 때, 기사단 발을 묶어 둘 겸, 제가 잠깐 활약 좀 했다는 말이죠. 헤헷."

"그건 이미 알고 있어요. 그 말이 아니라, 푸른 수염과 무슨 거래를 했냐는 말이지. 그리고 토온은 대체 어디 간 건데?"

"우우웅…… 뭐 거래라고 할 게 있나요? 그냥 얘기를 나눈 것뿐인데. 그리고 토온이 어디 갔는지 제가 어떻게……."

콰아아앙———!

프레아가 해실거리며 말하는 모습을 더 이상은 두고 볼 수 없다는 듯, 치요는 책상을 강하게 내리쳤다.

하얀 눈의 정령사는 짐짓 놀란 척했으나 그녀의 표정은 변함없이 웃고 있었다.

"아이 참, 왜 화를 내고 그러실까?"

"……프레아. 피차 알 거 다 알면서 이제 그만 가면 좀 벗지?"

"우웅? 그게 무슨 말씀이시래요?"

프레아가 볼을 부풀리며 고개를 갸우뚱거리자 치요는 이를 악물었다.

'쌍년…… 처음부터 이딴 년을 받아 주는 게 아니었어. 대체 무슨 수로 푸른 수염을 자빠뜨린 거지?'

치요가 비예미에게 사망한 후 다시 접속했을 때, 이미 판세는 많이 변한 다음이었다.

자신의 능력을 한껏 보이며 푸른 수염에게 총애를 받기 시작한 것은 프레아였고, 치요는 푸른 수염에게 불려 가는 일 조차 없을 정도로 버림패 취급을 받는 중이었다.

도대체 무슨 수를 쓴 것인가.

치요는 프레아에게 묻고 싶었으나, 〈성령〉이 맺히기 전까지 토온의 환영을 소환, 유지하며 기사단의 눈길을 끌어야만 했던 그녀를 직접 추궁할 기회가 없었다.

그리고 마침내 오늘, 새롭게 옮긴 아지트에서 프레아를 앞혀 놓고 대질심문을 할 수 있게 된 참이었다.

물론 지금까지 치요의 물음에 프레아가 성실하고 온전하게 답하는 일은 없었고, 그녀의 건들거리는 태도가 치요의 성질을 폭발시켜 버린 것이다.

"자꾸 그렇게 비협조적으로 나오면 나도 어쩔 수 없어요. 푸른 수염과 모종의 거래를 했을 것이고, 분명히 정령과 관계가 있겠지?"

"뭐, 생각하시는 대로."

"하지만 당신이 원하는 건 푸른 수염의 힘만으로 될 게 아닐 텐데. 나한테 구해 달라고 한 아이템을 생각해 보자면……."

"구했어요?! 그거 구했어요?!"

프레아가 갑자기 상체를 들이밀자 치요는 화들짝 놀랐다.

방금 전까지 밀당의 대가처럼 굴더니만 이렇게까지 본심을 드러내는 것은 또 무엇일까.

'알다가도 모를 년이라니까…… 이게 연기인지, 아닌지조차 분간할 수 없다는 게 재미있는 점이지만.'

프레아가 이렇게나 강력히 원하는 것을 구해 줄 수 있는 유일한 사람은 결국 자신뿐이다.

그렇다면 이년은 다시금 치요의 영향력 안에 있을 수밖에 없건만, 굳이 이런 티를 내다니?

협상의 자리에선 아무리 필요한 게 있어도 필요 없는 척, 관심 없는 척을 하는 게 기본이다.

때로는 협상의 달인처럼 굴면서 때로는 어린아이처럼 구는 프레아.

치요는 이 하얀 눈의 우드 엘프를 보며 입맛을 다셨다.

"아직 구하진 않았지만 소재 파악은 거의 다해 가고 있어요. 미니스에는 존재하지도 않는 아이템이라고 하더군."

"그……럼?"

"아직은 말할 수 없지만…… 미니스의 컬러 드래곤 중 한 개체에게 들은 얘기니까 틀림없을 거예요. 크라벤과 관련이 있다는데, 깊은 바닷속 어디라던가……? 어차피 당신이 갈 만한 곳은 아네요. 소재가 조금 더 명확하게 파악되면 얘기해 주도록 하지."

치요는 웃바람을 잡은 자의 표정을 지었다.

주도권을 쥔 사람은 명백하게 나다, 라고 주장하는 얼굴을 보며 프레아는 순순히 고개를 끄덕였다.

"알겠슴다! 저는 기다리고 있지요."

"그래서…… 토온은? 어떻게 됐다고? 요즘 한창 별초의 마스터케이가 날뛰고 있던데, 그 일과 관련이 있나요?"

치요는 이미 상당량의 정보를 파악하고 있었다.

다행이라면 그것이 [2차 전직, 홀리 나이트]라는 것까지를 모를 뿐.

그러나 기정이 별초와 팔라딘을 이끄는 것을 본 것으로도, 그녀는 무언가 중대한 퀘스트가 연관되어 있다는 것을 눈치채고 있었다.

"글쎄요? 관련이 있다면 있고, 없다면 없고……."

"자꾸 그런 식으로 나오면……."

"아니, 아니! 정말로 그래서 그래요. 토온은 지금 토온이 태어나고 자란 마을로 간 거거든요."

프레아는 들었던 내용을 순순히 풀었다.

'태어나고 자란' 것까지야 알 수 없었으나, 어쨌든 그의 고향이라는 표현이 있었으니 프레아로서도 딱히 틀린 말을 했다곤 생각하지 않았다.

프레아의 이야기를 전부 들은 치요의 두 눈이 튀어나올 듯 커졌다.

"공룡들의 왕국이 있다고?"

"그렇다고 들었어요. 그다음부턴 진짜 모르고요. 푸른 수염이 토온에게 그걸 시키긴 했는데……."

"그, 그걸 진작 말했어야지! 어디? 어디에 그런 게 있죠?"

"어디라고 했더라~?"

"프레아!"

"킥, 장난이에요! 진짜 너무 화내신다, 치요 언니."

"언니?"

프레아가 언니라 부르는 것만으로도 치요는 인상을 찌푸렸다.

'빌어먹을, 호기심을 일으키는 것도 하이하랑 닮았는데, 열받게 하는 것까지 똑같으니까 돌아 버리겠군!'

그 어떤 도발에서도 침착한 치요였건만, 어째서 프레아 앞에서는 이렇게나 치밀어 오르는 화를 억누를 수 없을까.

"극동……이라고 했어요. 뭐, 동쪽 *끄트머리*쯤인가? 그다음은 진짜 저도 몰라요!"

"극동…….."

치요는 즉각 사스케에게 귓속말을 넣었다. 아니, 넣으려했다.


슈와아아앗-!


"이런, 이런. 치요! 오랜만이군."

"배, 백작님을 뵙습니다."

"오, 푸른 수염 님, 오랜만!"

갑작스레 치요의 새로운 아지트로 모습을 드러낸 것은 레였다.

그를 보며 치요는 고개를 숙였으나 프레아는 손을 들어 흔들어 댈 뿐이었다.

그것은 아주 기묘한 광경이었다.

푸른 수염 또한 이 기묘한 관계를 명확하게 파악하고 있었다.

"킬킬, 이런 개족보가 있나! 그래, 잘됐어. 어차피 치요한테도 시킬 게 좀 있었으니까."

푸른 수염은 웃으며 의자를 끌어와 앉았다.

치요는 그의 말을 들으며 입술을 지그시 깨물었다.

마치 지금 이 자리에서 가장 필요 없는 사람 취급을 받고 있지 않은가.

적어도 구대륙에 있을 때 그녀가 단 한 번도 겪어 본 적 없는 상황이었다.

"요즘 날뛰는 놈들이 있는 건 알고 있을 거야."

"마스터케이라는 자입니다. 퓌비엘 국가 소속 템플러로, 교황청에도 제법 가까운 인물이지요."

"오! 역시! 역시! 바로 그 녀석 때문에 문제가 생길 것 같거든."

"무슨 문제 말씀이십니까."

"기브리드가 맨티코어를 보내서 놈들이 대체 왜 날뛰는가 이야기를 좀 들어 봤더니, 아주 골치 아픈 단어가 하나 튀어나왔단 말이지."

"무슨 단어가……?"

조심한다고 했어도 주변에 다른 유저나 NPC의 기척이 없는 한, 틈틈이 이런저런 질문을 주고받는 건 당연한 일이었다.

더군다나 2차 전직과 관련된 말이라면 별초의 다른 유저 누구라도 궁금해하는 게 어쩔 수 없는 일이었고, 착한 기정은 최소한의 정보 정도는 충분히 공유하고 있었다.

"홀리 나이트Holy Knight."

다만 기브리드의 눈과 귀를 대신하는 전달자, 맨티코어.

놈이 보고 듣는 모든 것이 기브리드에게 전달된다는 사실을 기정조차 모르고 있었을 뿐이다.

"홀리…… 나이트?"

치요는 푸른 수염의 입에서 나온 단어를 곱씹었다.

그녀로서도 처음 듣는 단어였다.

"아직 모르나 보군. 그것에 대해 조사해 봐. 설마 지금 날뛰는 허접한 템플러가 홀리 나이트가 되는 건지, 아닌지 말이야. 빌어먹을 신의 대리인 쪽과 관련된 거야."

"템플러가 홀리 나이트로…… 알겠습니다. 에즈웬 교국에 전력을 집중하겠습니다."

그러나 푸른 수염은 '충분한' 힌트를 주었다.

템플러에서 홀리 나이트가 된다?

2차 전직이라는 것을 치요는 즉각 이해했다.

해당 2차 전직 퀘스트가 교황과 관련이 있다면 당연히 에즈웬 교국을 파헤치면 밝혀지리라.

"그래, 그래. 그리고 프레아는, 카학!?"

프레아에게 말을 걸려던 푸른 수염이 갑자기 머리를 감싸 쥐었다.

"배, 백작님?"

"어머, 왜 그러세요?"

푸른 수염의 괴로워하는 표정을 처음 본 치요와 프레아는 진심으로 당황했다.

그러나 레는 더 이상 말을 잇지도 못했다.

"……누구냐…… 누가…….."

"네?"

온통 인상을 찌푸린 채 푸른 수염이 혼잣말을 중얼거릴 때, 마침내 치요와 프레아도 그 이유를 알 수 있게 되었다.

[모두 축하해 주세요! 마왕군 푸른 수염 측 3인자, 대형종 몬스터의 총지휘관 공룡恐龍 토온의 사망이 확인되었습니다!]

[사살자 : 하이하, 머스킷티어, 퓌비엘 국가 소속]

"……토온?"

"……사망?"

치요와 프레아는 서로의 얼굴을 쳐다보았다.

그 와중에도 이게 어떻게 된 일인지를 상대방에게서 캐내려는 본능적인 동작들이었다.

물론 두 사람이 알 리가 없었다.

사살자의 이름이 하이하라는 것을 발견하기까지도 그녀들은 제법 오랜 시간이 걸릴 정도로 패닉에 빠졌다.

*Dr. Frankle Quintar*

"어디 보자, 레벨이…… 키야! 열두 개? 미친놈은 미친놈이구나. 토온이 망할 선물 보따리 자식! 낄낄."

단 한 마리의 사냥으로 12개의 레벨 업!

이하는 245가 된 자신의 레벨을 보며 혀를 내둘렀다.

레벨이 200대에 접어들고 어떻게 해도 레벨을 올리기 힘들었건만, 지금 이 시점에 무려 12개나 오를 줄이야.

"업적은 또 무슨…… 아니다. 업적 확인이 급한 게 아니야."

이하는 자신의 곁에 쓰러진 거대한 사체를 보았다.

잿빛으로 변한 토온의 사체가 언제 사라질지 모른다.

지금 당장 중요한 것은?

"당연히 루팅이지!"

토온의 사체에선 어떤 아이템이 나올 것인가? 이하는 가방에서 재빨리 줄톱과 가위, 단도 등을 꺼내어 들었다.

반자동 루팅 시스템인 미들 어스에선 어쨌든 사체를 향해 동작을 취해 주어야 아이템이 나오는 법, 우선적으로 토온의 기다란 팔을 향해 달려가는 이하의 몸이 갑자기 휘청거렸다.

―어어, 어어어! 어어어엉아!?

　―이하 씨! 뭐야 또! 어디예요? 무슨 일이에요? 토온을 잡았다니?

　―그냥 하이하 씨가 랭커하세요. 이거 보고 나니까 '궁귀'라고 불리는 게 민망해졌어.

　―하아아아…… 좌표나 불러 주시죠. 구경이나 하게.

　―키, 키킷. 사람 당황하게 하는 것도 정도가 있는 법인데…… 하이하이 씨는 언제나 논외라니까.


　겹쳐지듯 울린 여러 사람의 목소리였지만 이하는 명확하게 구별해 내었다.

　가장 먼저 연락이 온 사람들은 기정과 신나라 그리고 나머지는 별초의 인원들이었다.

　'이 뽕 맛을 느끼기 위해 귓속말을 끌 수가 없다니까. 흐흐.'

　사람들을 놀라게 만드는 것.

　이하는 새삼 삐뜨르의 영혼이 자신에게 빙의되었나, 하는 생각을 했다.

　그들에게 답장을 보내려는 순간, 다시 한 번 웅웅거리는 진동이 느껴졌다.


　―하이하 당신? 토온을 잡았어? 그 토온 맞아? 잡기 전에 말이라도 해 주지! 대형종 몬스터 추가 데미지 붙은 아이템 사

재기 중이었는데! 이익! 당신 때문에 손해 본 건 많이 안 바랄 테니까, 토온 손톱 같은 거 하나만 가져다줘.

　—오빠. 나빴어. 나도. 가고 싶어. 치사해.

　—빌어먹을 놈이? 지도에 토온도 나와 있었나? 분명히 그건 못 본 것 같았는데! 어디냐! 대체 어디야!

　—……하여튼 사람 놀라게 하는 재주가 있습니다. 소장님이 감탄하는 표정을 보니, 당신에게도 내 〈무음 사격〉의 맛을 보여 주고 싶어집니다.


　두 번째 귓속말의 인원들은 람화연과 람화정 그리고 루거와 키드.

　첫 번째 인원들이 순수한 감탄에 가까웠다면 두 번째 인원들은 어딘지 모르게 손익(?)과 관련이 있었다.

　'킥, 하여튼 뻔뻔한 사람들이야.'

　은근슬쩍 전리품을 요구하는 람화연과 은근슬쩍 협박하는 키드까지.

　대놓고 삐진 람화정과 루거에 비하면 오히려 전자의 인원들이 더욱 고단수에 가까웠다.


　—하이하 님! 저한테 말도 안 해 주시고! 그러시기 있어요? 로드께서 갑자기 '응? 토온이 보이잖아?'라고 하시기에 제가 얼마나 놀랐는지 아세요!?

―어, 어? 블라우그룬 씨? 지금 바하무트 님이랑 같이 계신가 보죠?

세 번째 귓속말은 블라우그룬이었다.

그의 말을 들으며 이하는 새삼 당황했다.

'〈할루시네이션〉은 단순한 환영 소환 아니었어?'

소환된 환영 '바하무트'가 보는 것은, 본체인 '바하무트'에게 전달되는 거였나?!

이하로서도 처음 알게 된 사실이었다.

―로드께서 엄청 즐거워하고 계세요.

―휴, 뭐, 그럼 다행이네요. 근데 블라우그룬 씨 목소리가 왜 이렇게 어두워요?

―……로드께서 즐거워하시는 이유가…… 앞으로 푸른 수염이 결코 하이하 님을 가만두지 않을 거기 때문이라는데요.

―뭐, 뭐? 이―

'영감탱이가!'

남의 고생을 보고 즐기는 메탈 드래곤의 수장이라니!

그러나 이하로서도 어렴풋이 느끼고 있었다.

업적 내용을 전부 확인하지는 못했지만, 첫 번째 뜬 업적의 알림 창은 분명히 보았으니까.

'업적 이름 자체가 그런 느낌이었지.'

### 〈업적 : 푸른 수염의 극대노極大怒(S)〉

그대에게 영광 있으리! 당신은 마왕군 푸른 수염, '레'의 보좌를 죽음에 이르도록 만들었습니다! 레의 정신과도 연동된 보좌는 푸른 수염 군 측 서열 3위 '공룡 토온'과 서열 2위 '피의 처녀處女 바토리' 둘뿐. 당신은 그 둘 중 하나를 죽임으로써, 푸른 수염의 분노를 사게 된 것입니다.

토온을 죽인 당신께서 쉽게 당할 거라 생각지 않지만, 부디 조심해 주세요. 노인의 집착만큼 무서운 것은 세상에 없으니까요. 그는 결코 당신을 포기하지 않을 겁니다.

보상 : 스탯 포인트 25개

푸른 수염 군 측 소속 몬스터들에게 추가 데미지 +10%

주변에 푸른 수염이 존재 시 알람 기능


〈푸른 수염의 극대노極大怒〉 업적의 첫 번째 등록자입니다.

업적의 세 번째 등록자까지 명예의 전당에 기록되며, 기존 효과의 200%가 추가로 적용됩니다.

효과 : 스탯 포인트 50개

푸른 수염 군 측 소속 몬스터들에게 추가 데미지 +20%


"우왓, S급!……이긴 한데……?"

'노인의 집착만큼 무서운 것은 없다'는 둥, '결코 당신을 포기하지 않을 것'이라는 둥.

정신을 쏙 빼놓는 단어들 때문에 순수하게 기뻐하기 힘들 지경이었다.

'주변에 푸른 수염이 존재 시 알람 기능이라. 그나마 이걸 다행으로 여겨야 하려나.'

그러나 알람이 무슨 소용일까, 하는 생각이 드는 이하였다.

알람이 어떤 기능인지는 모르겠지만 푸른 수염이라면 알람이 두 번 이상 울리기 전에 이하의 목을 따 내기에 충분한 힘이 있다.


─게다가 지금 계신 곳은 영혼 동조로도 갈 수 없네요. 소환이나 출두가 먹히지 않는 곳이니까 각별히 주의해 주세요.

─아, 블라우그룬 씨도 못 오는구나. 진짜 공간에 관련된 건 아예 막힌 곳인 모양이에요.

─네. 로드께서도 쉽지 않다고 하셨어요.

─호오…… 바하무트 님이 못 오실 정도면 푸른 수염도 못 오겠네. 그 걱정은 안 해도 되겠구만. 알았어요. 나중에 돌아가면 다시 연락할게요.

─넵! 아, 그리고 로드의 전언이에요! '토온을 죽인 김에 동쪽의 끝까지 가라. 그곳에서 원하는 것을 찾을 수 있을지도 모른다.'라고 하시는데, 무슨 뜻인지 더 말씀은 안 해 주시네요.

조심히 돌아오세요!

　이하는 줄톱으로 토온의 손톱을 썰며 바하무트의 전언을
들었다.
　아주 예상할 수 없는 말은 아니었다.
　'동쪽의 끝, 극동.'
　애당초 토온이 가려던 곳이 어디였던가.
　그가 있던 '공룡들의 왕국'이 바로 극동이라고 했었다.
　"근데 원하는 것이라…… 내가 원하는 게 뭔 줄 알고? 내가
원하는 게 엘리자베스라는 걸 아는 건가?"
　지금 당장 이하가 원하는 것은 엘리자베스와 조우하는 일이
다.
　그러나 동쪽으로 오라는 그녀의 말과 토온의 '극동'을 연관
시키는 일은 쉽지 않았다.
　'같은 마왕군…… 아니, 마왕군이라고 보긴 힘든데.'
　엘리자베스와 토온을 '같은 편'이라고 확정 지어 버리면?
이하의 입장에서도 섣불리 움직이기가 쉽지 않다.
　'즉, 두 존재를 다른 편으로 인식해야만 나도 마음 놓고 움
직일 수가 있다는 얘긴데…… 토온의 고향이 - 아니, 잠깐.'
　토온의 손톱을 썰던 이하의 손이 잠시 멈추었다.
　토온은 어째서 이 시점에 자신의 고향으로 돌아가려고 했
을까?

'자신과 똑같은 공룡들이 즐비하게 깔린 곳이 있다고 치자…… 한 개체, 한 개체의 파괴력이 장난이 아닐 거야.'

그렇다면? 진작 그 녀석들을 동료로 끌어들이지 않은 이유가 있다는 뜻.

이하는 시스템 창을 켜곤 고개를 끄덕였다.

끌어들이지 않은 게 아니라 지금까지는 끌어들일 수 없었으리라.


**〈업적 : 사우르스족 탕아의 최후(S)〉**

축하합니다! 당신은 멸종되었다고 알려진 종족, 전설 속에서나 이름이 나오는 '사우르스족'을 확인하였습니다. 비록 죽음으로써 그가 사우르스 족임을 밝히게 되었으나, 그의 정체가 확인된 것만으로도 모든 고고학자와 생물학자들이 환호를 지를 것입니다!

사우르스의 국가는 어떻게 이루어져 있으며, 그들은 어디서, 어떤 식으로 사회생활을 하는 것인가! 미들 어스의 호사가들은 당신의 행보만을 기다리고 있습니다.

보상 : 스탯 포인트 25개

사우르스 종족 왕가 친밀도 +20%

사우르스 종족의 국가 통행 권한


〈사우르스족 탕아의 최후〉 업적의 첫 번째 등록자입니다.

업적의 세 번째 등록자까지 명예의 전당에 기록되며, 기존 효과의

200%가 추가로 적용됩니다.

    효과 : 스탯 포인트 50개

              사우르스 종족 왕가 친밀도 +40%


"역시……."

업적의 이름이 말해 주는 셈이었다.

사우르스족의 '탕아.'

보상은 어떠한가? 사우르스족의 입장에서 보기엔, 같은 종족의 생명체를 이하가 죽인 셈이다.

그럼에도 불구하고 업적 보상에는 '왕가 친밀도'와 '국가 통행 권한'이 있었다.

"즉, 토온은 사우르스족 안에서도 커다란 문제를 안고 있던 것으로 봐야 해. 그래서 토온도 처음부터 쉽게 돌아가지 못했던 거고…… 근데 이름 너무 막 지었다. 사우르스는 그냥 공룡이잖아?"

이하는 허탈한 웃음을 지으며 토온의 사체 루팅을 마무리했다.


[전설의 공룡이 담긴 날카로운 발톱을 획득하였습니다.]

[전설의 공룡이 담긴 날카로운 발톱을 획득하였습니다.]

[거대한 도마뱀의 전설 피부를 획득하였습니다.]

[타격이 통하지 않는 전설 속 토온의 뼈(대흉갑 조각)을 획득하였

습니다.]

[타격이 통하지 않는 전설 속 토온의 뼈(대흉갑 조각)을 획득하였습니다.]

[타격이 통하지 않는 전설 속 토온의 뼈(대흉갑 조각)을 획득하였습니다.]

[전설 속 토온의 성대를 획득하였습니다.]


"휘유우우우…… 공룡 고기랍시고 나온 거 몇 개 제외하면 이 정도. 킥, 전부 다 전설이네, 다 전설이야."

즉각 사용하진 못한다.

그러나 재료 아이템이라고 볼 수 있는 것들이 전부 전설급이라니!

이걸 어떤 식으로 가공해서 어떤 종류의 아이템을 만들 수 있을 것인가!?

이하는 아이템의 세부 정보를 살폈다.

검이나 창 등으로 사용할 수 있을 법한 발톱이 두 개, 외투로 바꿀 수 있는 피부가 하나, 갑옷이나 방패 등으로 개량할 수 있을 법한 뼈가 셋.

"역시. 예상대로 공격이 웬만해서 통하지 않는 이유는 뼈 때문이고. 살과 근육을 아무리 찢어도 결국 뼈를 갈라 낼 정도의 공격은 사실상 불가능에 가깝다는 거였나. 이 정도 크기면 굳이 방패로 안 바꾸고 그냥 써도 되겠구만."

그나마 조각난 뼈의 크기가 이 정도라니.

이하는 새삼 토온의 크기에 감탄했다.

"그리고 마지막 아이템이…… 성대? 설마 성대가 나올 줄은 몰랐는데. 성대모사라도 하라는 건가."

토온의 체구를 생각하면 성대 뼈조차 이하의 몸통만큼 커야 당연한 일이겠으나, 아이템으로 환원된 지금, 토온의 성대는 그다지 크지 않았다.

'그래도 거의 트럼펫 정도의 크기긴 하지만.'

이하는 가방 속으로 아이템들을 욱여넣었다.

토온의 가슴팍 부분에서 떼어낸 대흉갑이 너무나 커서 가방에 들어가지 않을까 걱정했으나, 다행히 그런 일은 없었다.

'머스킷만 안 들어가고 웬만한 건 다 들어가는군. 애당초 머스킷티어는 그런 곳에서부터 차별받고 있었다니까, 젠장.'

이하는 가방을 들쳐 메며 다시 발걸음을 옮겼다.

아직 확인하지 않은 업적이 2개 있었으나, 우선 이곳을 벗어나고 싶은 게 솔직한 심정이었다.

바하무트조차 즉각 텔레포트할 수 없는 곳.

그 사실은 확인했지만 푸른 수염도 오지 못하리란 보장은 없기 때문이었다.

"빨리 텔레포트 포인트를 찾아야 하는데…… 이렇게 다 들고 죽어 버리면 – 드랍 템이 뭐가 될지 모른다고!"

전설급 재료 템들을 잔뜩 들고 사망하여 드랍? 정말 생각하기도 끔찍한 일이었다.

"젤라퐁! 빨리 가자!"

[뭉뭉!]

젤라퐁의 입체 기동과 함께 이하의 몸이 빠르게 이동되기 시작했다.

슈욱, 슈욱!

빠르게 움직이는 이하의 뒤로 아주 작은 시선이 드리워지고 있었다.

Geschoss 4.

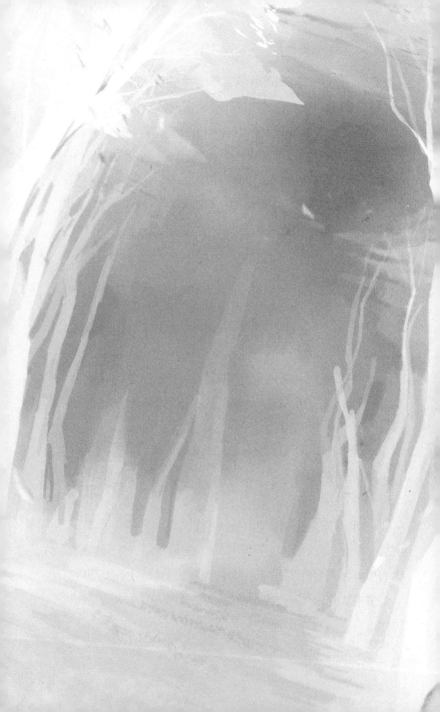

거리가 제법 멀어 그들이 있는 위치에서 이하는 점처럼 보일 지경이었다.

그러나 두 사람 모두 보조 아이템의 도움 따위 없이, 맨눈으로 이하를 바라보고 있었다.

이하를 관찰하는 사람은 둘, 그중 남성이 입을 열었다.

"도와주러 가지 않아도 되서 다행이네, 허니?"

"흐으으응…… 자기는 어떻게 생각해?"

여성이 남성에게 물었다.

남성은 멀리 사라지는 이하를 살피며 고개를 끄덕였다.

"내 후배나 브로우리스의 후배보다야 훨씬 나은 것 같은데? 아니, 실력은 모르겠지만, 적어도 '잔머리'만큼은 아주…… 아주 재미있었어. 카일이랑은 상성이 별로 안 좋을 것 같고."

이하를 관찰하고 있던 것은 브라운과 엘리자베스였다.

브라운은 이하에 대해 평하다 말고 뒤를 돌아보았다. 브라운과 엘리자베스에서 조금 떨어진 곳에선, 후드를 뒤집어쓴 카일이 쭈그려 앉아 있었다.

"너무 깜찍해."

"뭐, 뭐? 무슨…… 무슨 소리야, 허니?"

브라운이 황당한 눈으로 엘리자베스를 바라보았다.

물론 엘리자베스는 이하의 외모를 두고 한 말이 아니었다.

"나, 참! 무슨 생각을 하는 거야? 저 녀석, 저 하이하 녀석의 임기응변을 말한 거라고!"

"아, 아? 임기응변? 난 또 - 무슨…….'

"흐흥, 우리 자기는 잘 모르겠지만 베스의 다섯 번째 기술은 긴급 탈출용이거든? 그걸 저렇게 과감하게 공격용으로 사용할 수 있다니…… 나도 상상하지 못한 일이야. 그나저나 토온의 이빨은 어떻게 견뎠지? 저런 걸 견딜 수 있었다면 나와 만났을 때 사용했어도 됐을 텐데."

"저 속도라면 금방 마주칠 것 같은데. 만나면 물어봐."

엘리자베스가 눈을 반짝이며 말하자 브라운은 조금 놀랐다는 표정을 지어 보였다.

만나서 물어보라는 말에 엘리자베스는 고개를 획, 돌려 브라운을 바라보았다.

"힛, 여보?"

"응?"

"쟤가 저러는 거 보니까 만나기 싫어진 거 있지? 빨리 가자!"

그녀의 눈에선 장난기가 빛나고 있었다.

"……브로우리스였으면 허니가 그런 말하는 걸 절대 이해 못 했을 거야."

"그럼 자기는?"

"당연히 이해하지! 도망가자! 저놈 못 쫓아오게! 카일! 카일! 일어나! 괜찮니?"

브라운은 잠시 황당한 얼굴로 고개를 저었으나, 그는 역시 엘리자베스의 남편이었다.

이하가 들었으면 복장이 터질 말을 하며, 브라운과 엘리자베스는 카일을 부축하여 이동했다.

그럼에도 불구, 젤라퐁을 사용하여 이동하는 이하의 속도보다 최소 두 배 가까이 빠른 속도였다.

"뭐래요? 응? 하이하 씨는 뭐래요?"

"키킷, 이거야 원, 귓속말 하나 듣기 위해 다 같이 모여 있어야 하다니."

기정의 근처에 우르르 모인 별초 길드원들이 귀를 쫑긋거렸다.

워낙 많은 사람의 귓속말이 오가는 데다, 이하 개인의 일이 바빠 답변이 제대로 오지 않았기에 어쩔 수 없는 일이었다.

"쉿!"

대표자 한 명이 이하와 대화를 하는 수밖에.

그 대표자로 뽑힌 기정의 입꼬리가 헤벌쭉 올라갔다.

"오케이! 왔다, 왔어!"

"뭐가? 뭐가 왔대요?"

보배가 호기심 가득한 눈초리로 기정을 바라보았다.

보배를 비롯하여 별초의 다수가 기대하는 내용은 토온과 관련된 무용담이었다.

어떻게 그를 잡을 수 있었는가. 토온이 어디에 있는지는 어떻게 알았는가. 현재 이하의 위치는 어디인가. 특별한 공략 방법은 무엇이었는가.

누구와 함께했나 등등 궁금한 것은 한도 끝도 없을 지경!

"루비니 님 지금 접속했대요! 안 그래도 요즘 길드 내부 갈등 때문에 곤란하다는데! 진짜 비예미 씨 말대로 이참에 진짜 별초로 끌어들여 볼까?"

그런 모두의 궁금증을 뒤로하고, 기정은 손가락으로 V를 그렸다.

"……뭐야, 지금까지 하이하 씨랑 그 얘기하고 있었어요?"

"어, 어? 그럼요?"

"하아아아…… 실망이다, 케이. 아니, 실망이라고 말할 것까진 없지만."

"지금은 솔직해도 되네, 혜인 군. 나 또한 실망했으니까. 하이하 군의 전설적인 무용담을 들을 수 있는 기회를……."

"자, 잠깐만요! 뭐야! 왜들 그래요!? 그래도 내가 길드 마스턴데! 홀리 나이트가 더 중요하지 않나? 루비니 씨만 오면 퀘 달성률도 확 올라갈 건데!"

기정이 당황하여 이 사람, 저 사람을 둘러보았으나 모두 실망한 표정이 역력했다.

물론 별초의 인원들이 길드 마스터의 2차 전직을 가볍게 생각할 리는 없었다.

실제로 그들은 자신의 퀘스트와 사냥까지 전부 포기해 가며 기정의 퀘스트 클리어를 위해 모여 있는 것이었으니까.

그럼에도 이하가 토온을 사살했다는 사건은 작게 봤을 때 별초부터, 크게 보자면 미들 어스 전 커뮤니티를 떠들썩하게 만들 정도로 어마어마한 사건이었던 것이다.

"키킷, 길마님, 우리 확 하이하이 씨 쫓아가서 물어 버릴까요? 한 번 넘어뜨려야 속이 시원할 것 같은데. 징경경 씨도 합류한대요."

"제, 제가 언제 그런 말을 했어요, 비예미 님!?"

"됐어요. 루비니 님이 곧 오신다니까…… 조금 쉬었다가 그때 다들 인사하고 작전을 다시 짜죠."

허둥거리는 기정의 곁으로 유혹(?)이 다가왔으나, 기정은 한숨을 내쉬며 고개를 저었다.

별초의 인원들이 곳곳에서 자신의 장비를 점검하고 있을 때, 기정의 곁에서 웃던 보배가 갑자기 고개를 치켜들었다.

"……그럴 시간은 없을 것 같은데요, 기정 씨?"

"네?"

"뭔가 와요."

"뭐가요?"

"……아직 잘 모르겠어요. 저쪽! 누구, 관찰 스킬 있으신 분 있나요? 제가 아직 쿨 타임인데! 저쪽 확인 좀 해 주세요."

"제가 다녀오겠습니다! 〈폴리모프 : 스왈로우〉!"

보배가 가리킨 곳은 언덕이었다.

그래 봐야 150m도 채 떨어져 있지 않은 지형.

보배 정도의 랭커라면 보지 않아도 기척은 느낄 수 있는 상황이다.

그러나 정확한 확인을 위해 도움을 요청했고, 나선 것은 제비로 변한 징경경이었다.

갑작스레 긴장되는 상황이었으나 별초의 인원들과 팔라딘들은 즉각 전투 준비를 마쳤다.

어차피 이 근처에서 나오는 것이라면 몬스터들뿐이다.

방금 전 한 무리를 정리한 후였으므로 근방에 있는 녀석들의 수가 많지 않으리라는 믿음도 있었다.

"우선 진형부터 갖춥니다. 언덕에서부터 돌격한다면 충격력이 엄청날 거예요. 특히 거대 괴수랑은 절대 부딪치지 마시고."

Sir, Yes, Sir!

"비예미 씨는 독 웅덩이 준비해 주세요. 혜인 형님도 역중력 스킬이랑 가중력 스킬 준비해 주시고요. 캐스팅 순서는 아시죠?"

기정의 말에 비예미와 혜인이 엄지를 올렸다.

이번에 전투가 벌어지면 벌써 몇 번째던가.

온갖 지형의, 온갖 상황에서, 온갖 몬스터들을 상대로 별초와 팔라딘은 합동 전투를 치른 경력이 있다.

이미 이들에게 지금 상황은 '전략/전술'이라 부르기도 민망할 정도로 익숙해진 기본이었다.


─언덕 너머의 무리 확인했습니다!

─수는?

─수…… 아니, 잠깐만. 수가…….


징경경에게서 귓속말을 들으며 기정은 방패를 더욱 강하게 쥐었다.

그러나 징경경의 귓속말은 곧 끊겼다.

—징경경 씨? 수는 얼마나 되는데요? 많아요?
—아니, 아뇨. 어? 이거 몬스터가 아닙니다.
—엥?

"보배 씨, 몬스터가 아니라는데요?"
"어, 어라? 그럴 리가요? 유저는 아니고 이런 느낌은 NPC
랑은 좀 다른……. 아, 아아! 맞다! 이 느낌은 어디서 느껴 본
적이 있는데."

—파, 팔레오! 팔레오예요, 길마님!

"—팔레오?"

징경경의 귓속말과 보배의 깨달음이 동시에 이루어졌다.
기정은 사뭇 당황했다. 팔레오라니?
"팔레오가 여기 왜……."

—몬스터로 착각할 만합니다! 팔레오가 한, 두 부락이 아녜
요! 어 저, 저쪽에 뭐가 또 온다!
—징경경 씨! 침착하고 하나씩! 하나씩 말씀해 주세요!

―네! 우선, 우선 이쪽 언덕 너머에 있던 건 무슨 팔이 긴 원숭이 같은 녀석들이에요! 그들의 곁에 도마뱀? 아니, 뱀도 있네? 도마뱀과 뱀 종류의 팔레오도 있습니다!

―팔레오라는 건 어떻게 알았죠?

―인간 형태와 반인반수 형태가 함께 있으니까요!

징경경은 보고 있었다. 여러 가지의 팔레오 부락들이 한데 모여 달려가는 모습을.

문제는 그게 끝이 아니라는 점이었다.

―그리고 저 너머에서 또 움직이는 건……. 멧돼지! 멧돼지랑 버팔로 팔레오입니다! 개! 개도 있어요! 옥색―

―그 옥색 산의 개? 개 팔레오요? 멧돼지랑 소도 그 근처에 있던…….

기정은 고개를 돌렸다.

갑작스레 굳은 길드 마스터의 표정을 보며 길드원들의 표정 또한 굳었다.

"키, 키키…… 길마님이 그런 표정 지을 때 좋은 일이 일어난 적이 한 번도 없는데."

"무슨 일이야, 케이?"

"팔레오들이래요."

"역시! 팔레오였어! 근데 걔들이 왜 왔대요?"

"모르겠어요. 하지만 한, 둘이 아녜요. 징경경 씨가 확인한 팔레오 부락만 최소 여섯……. 여섯 개의 부락이 이동 중입니다."

"네?"

자신의 촉이 맞아 기뻐하던 보배도 더 이상 웃을 수 없었다.

팔레오가 무엇인가? 자신의 부락 근처에서 자연 친화적인 생활을 누리는 원시 부족 NPC이다.

팔레오의 근간이 되는 [영물]을 기준으로, 해당 [영물]의 동물력力을 이어 받아, 일반적인 인간 이상의 힘과 능력을 지니곤 하지만 그들은 결코 자신의 행동반경 밖을 나서지 않았다.

"걔들이 왜 모이는 걸까요?"

"보통 일은 아닐 겁니다. 붉은 염소 팔레오들은 지도도 없다고 했습니다. 외부 환경에 대해 아예 모른다고 봐도 과언이 아닌데……. 놀라워요."

보배의 질문에 혜인은 즉각 답했다.

역시 별초의 브레인다운 평가였다.

"기정 씨, 어떻게 할 거예요?"

"으음, 뭐. 루비니 님이랑 이쪽에서 만나기로 했으니까 우선 있어 볼까요?"

팔레오들이 마치 민족 대이동처럼 움직이는 건 보통의 사건이 아니다.

다만 그것이 자신들과 관계가 있냐, 없냐는 다른 문제였다.

홀리 나이트 전직을 위해 줄곧 몬스터 사냥이나 하던 별초와 팔라딘이 팔레오를 무서워할 이유는 없었던 것이다.

"뱀 팔레오도 있다는데, 키킷, 제가 그쪽 영물을 좀 알거든요. 잠깐 연락 좀."

"아, 맞네. 우리도 예전에 개 팔레오는 친밀도 업적 땄었으니까, 그쪽에 물어볼게요."

비예미의 말에 무언가 생각났다는 듯 기정은 즉각 영물에게 귓속말을 날렸다.

그러나 두 사람의 표정은 즉시 어두워졌다.

"어랏?"

"귓속말이 안 가는데……."

가능성은 두 개였다. 영물이 죽었을 경우가 하나 그리고 또 하나는…….

"차단?"

"키, 키킷. 설마? 설마 차단했으려고요."

기정과 비예미가 서로의 얼굴을 쳐다보았다.

그러나 '설마'라고 말하는 비예미조차 그 정도의 가능성밖에 생각할 수 없었다.

"귓속말이 안 되는 거라면 가능성 있죠. 안 그래도 〈제압〉 때문에 다들 난리였을 텐데."

"우웅, 하지만 나라가 라르크의 콧대를 꺾어서 요즘은 조용하다고 들었는데.”

“그건 베르튜르 기사단에 대한 거죠. 신나라 씨가 안 계실 때를 노리는 기사단이 어디 한둘이에요?”

혜인이 '차단' 가설에 힘을 실어 주었다.

실제로 라르크와 베르튜르 기사단은 더 이상 〈제압〉을 하지 않고 사냥에 열중하고 있었지만, 그 외의 기사단은 신나라가 개입하지 않는 순간만을 기다리며 각 팔레오 부락의 근처에서 캠핑을 하고 있을 정도였다.

팔레오들의 입장에서 보자면 베르튜르건 아니건 상관없이 인간들 자체에 대한 불신이 하늘을 찌를 수준인 것이다.

불신이 쌓이면 어떻게 될 것인가.

그 점이 별초에게는 불행이었다.

“하긴, 세이크리드가 몸이 열 개도 아니고. 그걸 다 막을 수는 없을 테니…….”

―고, 공격! 공격 받았…… 활을 쏩니다! 침팬지처럼 생긴 녀석들이 활을- 아니다, 총!? 총이 있어요! 쟤들 총을 가지고-

―네? 징징-

―끄악!

타아아아아―――……!

대화 도중 갑작스레 울린 총성.

이것은 결코 좋은 징조가 아니었다.

"젠장, 징경경 씨!"

"총성!? 뭐야, 기정 씨? 징경경 씨는 갑자기 왜요?"

"팔라딘 전부 따라오세요! 징경경 씨를 구출하러 갑니다!"

기정은 더 이상 설명하지 않았다.

그러나 갑작스레 울린 총성과 기정이 말한 단어만으로 모두 깨달을 수 있었다.

'공격받았어⋯⋯?'

'심지어⋯⋯.'

아이템을 사용했다.

언덕을 향해 달려가는 유저들의 머릿속이 복잡해지기 시작했다.

"저, 저희는 적이 아닙니다! 어째서 공격하시는지 모르겠지만 −"

"입 닥쳐라, 인간."

"심지어 저는 인간도 아니라고요! 자이언트 −"

"바다 건너에서 온 모든 녀석들은 이제부터 우리들의 적이다."

징경경은 허벅지를 부여잡으며 뒷걸음질 쳤다.

자신을 겨누고 있는 수없는 원거리 공격 무기들에게서 어차피 벗어날 방법은 없었다.

텔레포트 스크롤을 꺼내는 것보다 저들이 방아쇠를 당기는 게 더욱 빠를 테니까.

"처, 천천히. 천천히 말씀 나누시죠. 그쪽 여러분들은 저 기억하시잖아요! 예전에! 리자디아 종족이랑 저랑 같이 여러분들에게 음식물을 나눠 드린 적―"

"그게 너희들의 얕은 술수였다는 것을 이제야 깨달은 것이 수치스럽다! 컹!"

징경경은 반인반견의 모습을 한 팔레오 NPC를 가리켰다.

개 팔레오에 있는 '큰형'급 NPC는 징경경의 말을 들으며 더욱 적의를 불태웠다.

'미치겠네! 친밀도 100% 업적을 찍은 종족과 말이 안 통하다니!'

지금 이곳에서 처음 보는 뱀이나 도마뱀처럼 생긴 팔레오들과는 눈조차 마주칠 수 없을 지경이었다.

"우리를 본 이상 너를 살려 둘 수는 없다. 어차피 빠르냐, 늦느냐의 차이일 뿐이지. 잘 가라."

보노보 팔레오 중 하나가 등을 돌렸다.

공격 개시 신호를 보며 징경경이 눈을 질끈 감은 그 순간, 언덕 뒤에서 목소리가 들려왔다.

"안 돼에에에에———! 〈수호의 인장〉."


———————————————!


목소리 이후 들려온 것은 무수히 많은 콩알 탄이 터지는 소리였다.

딱딱! 이라든지 캉캉! 하는 소리들은 멈출 줄 모르고 울렸다.

"팔라딘 전원은 방벽을 형성한다. 홀리 쉴드."

홀리 쉴드!

팔라딘 삼백 명은 동시다발적으로 스킬을 사용했다.

징경경은 아직도 한참이나 앞에 있었으나, 별초는 더 이상 다가설 필요도 없었다.

"괜찮으세요, 징경경 씨?"

"두, 두 발 더 맞았어요. 아으으…… 아파."

어느새 공간 이동으로 징경경을 데려온 혜인은 보배, 태일 등과 함께 그의 상처를 돌보고 있었다.

기정의 스킬로도 모든 공격을 막을 수는 없었다는 뜻.

물론 죽지 않았으니 그건 별로 중요한 게 아니었다.

기정은 곧장 스킬을 해제하고 앞으로 나섰다.

"……대신 맞아 주기? 어떻게—"

보노보 팔레오는 말을 끊으며 미간을 구겼다.

"아니, 저 거인의 충직한 부하인가?"

그의 표정은 경악을 감추기 위해 일그러져 있었다.

대신 맞아 주었다면 앞선 인간 또한 넝마가 되어야 정상이건만, 자신을 향해 걸어오는 인간은 너무나 평온한 표정을 짓고 있었기 때문이다.

그것은 예비 홀리 나이트의 위엄이나 다름없었다.

오크나 코볼트의 조악한 아이템이 아니라, 〈강화〉를 할 수 있는 보노보 팔레오들이 성심성의껏 만든 물건조차 기정에겐 큰 데미지를 입히지 못한 것이다.

"부족 수호신을 위해서 몸과 마음을 다 바치는 당신들이 알리가 없지. 아래만 위를 지키는 게 아닙니다. 위에서 아래도 지켜야만 하는 법! 저는 길드 마스터이고 저분은 우리 길드원입니다. 따라서 묻겠습니다. 여러분은 뭡니까? 왜 저희 길드원을 갑자기 공격하는 겁니까."

캐릭터 창을 통해 자신의 HP를 확인한 후, 기정이 물었다.

마음 같아선 반격하고 싶었으나 지금 중요한 것은 저들의 '목적'을 파악하는 일이었다.

"길드…… 인간들의 단체를 그렇게 이야기한다지. 그렇다면 잘 알고 있겠군."

보노보 팔레오가 기정의 말을 들으며 고개를 끄덕였다.

기정은 눈앞에 있는 녀석이 결코 만만한 NPC가 아님을 알았다.

'영물도 아니고 일반 팔레오 주제에 이쪽에 대한 지식이 많다. 난 이런 팔레오 처음 봤는데…….'

붉은 염소나 흑두루미처럼 즈마 시티 인근에 있는 팔레오들조차 길드 등의 개념을 이해하는 데 상당한 시간이 소요되었다.

가족도 아니고, 친구도 아닌 자들이, 서로 뜻이 맞아 만든 집단.

'그 개념을 이 원숭이는 알고 있어. 이미 유저들이 많이 다녀간 곳인가?'

기정은 보노보 팔레오를 보며 물었다.

경어에 대한 답변이 하대였다면 더 이상 기정 또한 팔레오들을 존중할 마음은 없었다.

"내가 뭘 안다는 거지?"

"내가 저 거인을 건드렸을 때, 너는 '길드원을 보호한다'라고 했다. 그렇다면 우리가 그렇게 하지 않을 이유가 무엇인가."

"……음? 잘 이해가 안 되는데. 난 여기 모인 팔레오 부락의 그 누구도 건드린 적이 없어."

"아니, 건드렸어. 네가 건드리지 않았을 뿐!"

보노보 팔레오의 눈이 번뜩였다.

강단 있게 나섰던 기정이었으나 보노보 팔레오의 말을 점차 알아듣게 된 순간, 기세는 누그러들 수밖에 없었다.

"지금 무슨 얘기를…… 아니, 잠깐–"

"너희 인간들은 우리 팔레오를 건드렸다. 아이벡스 님과 후디드 님이 코바 님께 연락을 했지. 하르헤이 님도 동참했다고 들었다."

"무슨…… 무슨 말씀이신지."

보노보 팔레오는 점차 다가왔다. 기정은 한 걸음씩 물러섰다. 보노보의 기세에 밀렸기 때문만은 아니었다.

―케이, 돌아와. 지금은 물러서는 게 좋겠어.

―네? 무슨 말씀이세요, 혜인 형님. 얘기를 끝까지 들어 봐야…….

―아냐. 나는, 지금 이해했어. 돌아와야 해. 승산이 없어. 보배 씨가 파악하기론 주변에 깔린 팔레오가 천오백이 넘어. 우리 가지곤 안 돼.

보노보 팔레오가 하는 말을 완벽하게 알아듣은 혜인이 있었기 때문이다.

기정의 움직임에 맞춰 발걸음을 옮기는 보노보 팔레오의 눈빛은 더욱 강렬해졌다.

기정보다 한참 뒤에 있던 별초의 길드원들이나 팔라딘들은 알 수 없을 것이다.

그러나 기정은 보노보 팔레오의 눈빛을 잊을 수 없었다.

"인간 따위들한테 고마워할 일이 생길 줄은 몰랐다. 덕분에

마탑의
사수

300년 넘도록 소통이 없던 수호신님들이 서로 연락을 주고받았으니까. 너희 말로 하자면 '길드'가 된 거지."

한이 가득 담긴 눈빛은 쉽게 잊기 어려운 법이다.

"전부 죽─"

"케이! 빨리!"

"흐아아아아앗!"

"─〈매스 텔레포트〉!"

혜인은 즉각 앞으로 달려들며 기정을 끌어안고 사라졌다.

그와 동시에 혜인이 미리 지시를 내려놓았던 다른 모든 인원들의 모습 또한 연보랏빛에 휩싸였다.

"여……야 했는데. 눈치가 빠르군. 역시 인간들을 상대할 때는 공간부터 막았어야 했나."

보노보 팔레오가 혀를 쯧, 찼다.

그의 곁으로 멧돼지가 코를 킁킁거리며 다가왔다.

"와봉─ 와봉─ 어떻게 할 건가, 피그미."

"변하는 것은 없습니다. 우선은 신대륙 서부의 모든 팔레오들이 뭉쳐야만 하겠지요."

"그럼 수호신들도 그때 오시는 건가? 와봉─ 아─"

"맞습니다. 그리고……. 모두 힘을 합쳐 외부인들을 몰아내야만 하겠지요. 저 야만적인 인간 무리들을."

보노보 팔레오의 큰형, 피그미는 기정 등이 달려왔던 언덕을 바라보았다.

"생각해 보니까 텔레포트 포인트는 어떻게 구별하지? 젤라퐁, 너 그거 알 수 있어?"

　[뭉뭉?]

　"그럴 리가 없겠지. 으음…… 블라우그룬 씨랑 계속해서 소환, 출두를 쓰면서 테스트해야 하나? 완전 생노가다잖아? 차라리 루거한테 체인 텔레포트 계속 쓰라고 시킬까? 낄낄. 그놈이야 내가 있는 위치까지 단박에 이동할 수 있으니 손해 볼 것도 없……."

　―형! 형!

　대화도 통하지 않는 젤라퐁을 앞에 두고 혼잣말을 하던 이하는 화들짝 놀랐다.

　마치 못된 장난을 꾸미다 걸린 사람의 표정을 짓고 나서야, 귓속말의 정체를 깨달았다.

　―어, 기정쓰? 왜?

　―큰일 났어! 팔레오들이 연합했어!

　―응? 갑자기 뭔 소리야? 아, 맞다. 야! 내가 토온 뼈 주웠는데 이거 성능이―

—지, 지금 한가하게 아이템 얘기나 할 때가 아니라니까! 팔레오들이 연합했다고!

기정의 다급한 말을 들으며 이하는 고개를 갸웃거렸다.
이하가 그 말을 쉽게 알아들을 수 없는 것은 기정이 한 단어를 빼 먹었기 때문이기도 했다.

—그게 뭔 상관인데? 잘됐지! 연합했으면 앞으로 〈제압〉 따겠다고 깝죽대던 놈들도 다 얌전히 –
—그게 아냐! 내가 팔레오들한테 공격당했다고! 형, 기억 안 나?

그제야 이하의 표정도 심각해졌다.
오히려 팔레오의 편을 들어 주었던 기정의 '공격'당했다는 말이 무얼 뜻하는지 깨달았다.

—……설마.
—완전 '인간 혐오' 그 자체야. 아까 얼핏 본 것만 해도 천오백이 넘었어.
—팔레오들이 뭉쳐서 인간들을 공격한다고? 아니, 갑자기 –
—갑자기가 아니지. 그럴 징조는 계속 있었잖아. 형도 말했었고.

기정의 말에 이하는 더 이상 귓속말을 이을 수 없었다.

최초에 베르튜르 기사단이 나섰을 때부터, 라르크에게 총구를 겨누고 대치했을 때부터 이하가 생각했던 최악의 시나리오였다.

"하아아아……. 그 미친 새끼들 때문에!"

이하는 한숨을 내쉬었다. 팔레오들이 '갑자기' 그럴 리가 없다.

그동안 쌓이고 쌓인 게 마침내 터져 버린 것일 뿐.

눈앞의 작은 열매, 〈제압〉 업적만 바라보다 정작 더 큰 위험을 자초해 버린 셈이었다.

'신대륙 플레이가 어려워지는 정도가 아니잖아. 제기랄…….'

팔레오들의 협조가 없으면 신대륙의 플레이가 어려워질 가능성이 있다.

이하가 라르크를 위시한 〈제압〉 목적의 기사단들을 막은 것은 그 때문이었다.

하지만 지금은?

협조를 하지 않는 정도가 아니라 뭉쳐서 공격을 하려고 한다니?

—아 참! 영물들은?

—없었어.

─휴우우…… 불행 중 다행……일 리가 없겠구나.

─응. 활도 아니고 '총'을 사용한 팔레오들이 영물이라고 안 부르겠어? 자리가 완전히 잡히면 영물들까지 전부 모일 거라는 게 혜인 형님의 생각이야.

─총? 총이라고? 무슨 총?

─몰라. 근데 머스킷은 아니었어. 무슨 원숭이 같이 생긴 팔레오였는데…… 비예미 씨는 보노보 팔레오라고 부르더라고.


이하는 한 방 맞은 표정이 되었다.

그들은 보노보 팔레오가 맞을 것이다. 그렇다면 '머스킷' 따위의 총을 쓸 리는 없었다.

"미친…… 걔네한테 〈강화〉 맡겼던 게……."

지금에 와서는 악수가 되어 버린 셈이다.

적어도 이하의 블랙 베스와 루거의 코발트블루 파이톤은 그 분해도가 완벽하게 남아 있지 않은가.

'물론 이걸 그대로 만들어 낼 순 없겠지. 아니, 설마 그럴 수도 있나?'

아무리 그래도 전설급 아이템을?

전설급이 아니라는 것 정도는 확신할 수 있었다.

제아무리 보노보 팔레오라지만 그런 것을 뚝딱뚝딱 찍어 낼 수 있을 리가 없다.

천오백 명의 팔레오가 블랙 베스로 무장하고 있다면 미들 어스의 그 어떤 세력도 그들을 이길 수 없을 테니까.

'그래도 보통은 아닐 거야. 적어도 구대륙에서 파는 웬만한 머스킷보단 훨씬 나을 거다.'

숙련도는 과연 어떨까.

자신에게는 미치지 못할 것이다.

하지만 머스킷이 아니더라도 볼트 액션급에 가까운 아이 템이라면 숙련에 긴 시간을 필요로 하지 않는다는 것도 문제 였다.


—어쩔 거야, 형? 올 거야? 기세를 보아하니 며칠 안에 즈 마 시티로 몰려올 각이던데.

—……가고는 싶은데. 여기 텔레포트가 안 돼. 돌아가려면 최소 일주일은 걸려.

—휴우우…… 그래?


한숨을 쉬는 기정의 목소리를 들으며 이하는 누군가가 떠 올랐다.

이하의 얼굴이 사나워졌다.


—아, 맞다. 기정아, 내가 그쪽에다가는 연락해 볼게.

—그쪽? 어느 쪽?

―이 사태를 부른 새끼. 지금 와서도 무슨 개소리를 지껄이는지 들어나 보자.

―자, 잠깐만, 형! 괜히 사태 더 크게ㅡ

―이미 커진 사탠데 여기서 뭘 더 어떻게 키우냐? 기다려 봐.

이하는 즉각 귓속말을 넣었다.

―라르크 씨? 하이하입니다.

―……우왓? 어라? 진짜네? 진짜 하이하 씨네? 이야, 이거 반갑습니다! 난 또 나 차단되어 있는 줄 알고 먼저 귓말 하려다가…….

―헛소리 말고. 단도직입적으로 물을게요. 지금 팔레오들 들고 일어난 거 알고 있습니까?

―누가요? 뭘?

이하는 17과 19 사이의 숫자를 다섯 번 정도 세며 겨우 마음을 다스렸다.

별다른 얘기도 하지 않았건만, 목소리만 들려도 밉상인 사람과 도대체 무슨 대화를 해야 할지 고민이었다.

그래도 지금은 화를 낼 타이밍이 아니었다.

'이이제이라고 부를 것까진 아니지만…….'

적어도 책임은 지게 해야 하니까. 불씨를 지핀 놈이 산불을 꺼야 하는 법이다.

이하는 기정에게 들었던 말을 차근히 라르크에게 전달했다.

이 모든 게 네놈 탓이다, 라는 강력한 뉘앙스와 함께. 라르크는 이하의 말을 순순히 들었다.


—그것 참 큰일이네…… 근데 말이죠, 제가 지금 〈계약서〉에 묶인 게 있거든요.

—또 무슨…… 후우우, 뭔가요?

—햐, 이거 어쩌나. 제가 지금 팔레오들을 아예 공격할 수 없는 입장이라…… 어쩌지? 신 여사님한테 부탁해 봐야겠는데?

—나라 씨?

—네, 네. 그 '나라 씨'한테 제가 1:1에서 졌거든요. 나, 참. 딱 나만 잡으려고 아이템까지 준비한 집념에 두 손, 두 발 다 들었습니다. 하여튼 그래서 앞으로 거의 한 달쯤은 팔레오들에게 검 끝 하나 겨누지 않기로 약속을, 아니, 계약을 해 버렸단 말이죠. 허어…… 내가 나서지 않으면 베르튀르 기사단도 움직이지 않을 것이고. 하이하 씨의 말을 들어 보자니 팔레오 무리들이 더 크게 되기 전에 어떻게든 협의는 봐야 할 것이고…… 어떻게, 하이하 씨가 중간에서 다리 좀 놔 주신다면야 계약 파기 깔끔하게 하고. 겸사겸사 모인 팔레오들 싹 다 정리도 하고. 뭐 그러면 깨끗하게 마무리—

뚝.

이하의 이성이 끊어졌다.

잘못에 대한 반성도 아니고, 벌어진 것에 대해 책임을 지겠다는 말도 아니고, 그런 것과 전혀 상관없이 자신의 이득부터 생각하는 놈이라니…….

—야!!!이!!!!! 개!!!!!!!!! 넌 돌아가면 죽었어!

"젤라퐁! 멈춰! 텔레포트 포인트부터 찾는다!"
[묘, 뭉뭉?]

—루거! 키드! 두 사람 다 허튼 소리 말고 나한테 체인 텔레포트 계속 써, 활성화 켜고. 내가 멈추랄 때까지. 알았어?
—블라우그룬 씨! 출두 마법 계속 쓰세요. 마나 동조될 때까지.

라르크는 알 수 없었다.

아니, 미들 어스의 그 누구도 알 수 없었다.

이하의 '꼭지'를 완전히 돌게 만든 것은 미들 어스 사상 라르크가 처음이었으니까.

"뭐야, 무슨 일이야?"

"허이, 그놈. 성깔 있네. 퐁! 지금 고릴라 팔레오 제압하러 간 애들이 누구지?"

라르크는 귀를 후비며 퐁에게 물었다.

그들이라고 즈마 시티에서 대기만 할 리는 없었다.

팔레오를 향한 그 어떤 공격 행위조차 금지된 그들이 선택한 방법은 레드 우드 인근의 몬스터 사냥.

레벨을 올림과 동시에 베르튜르 기사단의 조직력 강화에도 단단히 한몫하는 방법이었다.

"어디 보자…… 오늘이 아마 피칸테 기사단인가."

"피칸테라. 그쪽 신대륙 총책임자가 누군지 알아?"

"당연하지. 재무감이 그것도 모르면 어떡하려고. 왜? 알려 드리?"

"응. 빨리."

라르크는 퐁에게 피칸테 기사단의 책임자 이름을 받았다.

그는 즉각 피칸테 기사단의 책임자에게 귓속말을 넣었다.

'팔레오들이 날뛴다? 불과 어제까지도 그런 일이 없었는데 이렇게 갑자기?'

물론 그것은 이하가 했던 말을 확인하기 위함이었다.

─아, 안녕하세요. 베르튜르 기사단의 라르크라고 합니다.

─⟨무지개의 기사⟩의 위명은 잘 듣고 있습니다.

─이거 별말씀을. 다름이 아니라…….


살가운 영업용 멘트를 하면서도 라르크의 얼굴은 완전히 굳어 있었다.

만약 눈앞에 피칸테 기사단의 책임자가 있었다면 흠칫, 하며 놀랐을 정도로 말과 얼굴의 괴리는 심했다.

"진짜네. 하르헤이랑 고릴라 팔레오들이 자리를 비웠대. 하여튼 겁쟁이 원숭이 새끼."

"뭐? 그게 무슨 소리야?"

"……팔레오들이 뭉치고 있다는 뜻이지. 하이하 놈은 이런 정보를 또 어디서 얻은 거야?"

라르크는 인상을 찌푸렸다.

그는 괜스레 이하를 자극한 게 아니었다.

'감히 내 공을…… 신대륙 데뷔는 그걸로 깔끔하게 하려고 한 건데.'

[토온을 죽인 자]로 갑작스레 신대륙이 시끌벅적해진 것은 라르크가 원한 그림이 아니었다.

만약 죽인다 하더라도 그것은 모두가 주목하는 전장에서, 자신의 힘으로 해치워야만 하는 일이었다.

'분명히 4차 웨이브인지 하는 그거였어. 그때가 예감상 토

온의 퇴장 시점이었다고.'

신대륙 생활을 오래 하지 않았음에도, 그는 일련의 흐름으로 말미암아 상당 부분을 예측하고 있었다.

실제로 이하가 토온을 죽이지 않았더라면?

4차 웨이브의 흐름이 어떻게 되었을지 아무도 장담할 수 없다.

토온과 동족인 사우르스들이 몇 기 추가되어 더욱 날뛰는 것조차 충분히 예상할 수 있는 부분이었다.

1, 2, 3차 웨이브를 거의 다 흘려보냈던 유저치고는 웬만한 웨이브 참석 유저보다도 훨씬 더 뛰어난 통찰력을 보이는 라르크였기에, 이하의 활약에 열이 받았던 셈이다.

'게다가 내가 모르는 정보까지 알고 있잖아. 하이하가 가진 정보 라인이라고 해 봐야 시티 가즈아의 성스러운 그릴인가 하는 것밖에 없을 텐데. 신대륙의 정보는…… 세이크리드 기사단? 세이크리드는 즈마 인근에만 있었어. 별초는? 요즘 별초는 뭐 하고 있지?'

라르크는 고개를 끄덕였다.

모든 생각을 마친 후였다.

"그래. 그쪽이군. 뭔가 새어 나가려면 그쪽밖에 없어."

"뭐?"

"어차피 우리가 할 일이야 하나뿐이겠지. 퐁! 전원 집합시켜."

"갑자기 왜?"

"두말하지 않겠어."

줄곧 장난스러웠던 라르크의 눈빛이 다시금 진지해지자, 재무감 퐁으로서도 더 이상의 의견을 낼 수는 없었다.

베르튜르 기사단의 신대륙 최종 통솔 권한은 어디까지나 라르크에게 있다.

"우리는 즈마 시티로 돌아가 완벽한 재정비를 마친다! 아마 모두들 본국에 다녀와야 할 거야. 기한은 이틀! 이틀 내로 모든 준비를 끝마치고 즈마로 모이도록!"

라르크가 외치자 베르튜르 기사단원들이 웅성거렸다.

그가 주먹을 들자 웅성임은 순식간에 멎었다.

"며칠 내로…… 즈마 시티 인근에서 아주 재미있는 일이 벌어질 거다. 어쩌면 팔레오 척살 업적을 딸 수 있을지도 모르니까…… 그에 상응할 정도로 준비해."

"척 – 척살이라니! 그런 짓을 했다가 교황청에……."

"아니, 아니. 이번엔 바로 그 교황님께서 허락해야만 하는 상황이 생길 것 같아서 하는 말이니까. 흐흐. 전원 복귀!"

Sir, Yes, Sir!

모두가 귀환 스크롤을 사용할 때, 라르크는 조용히 퐁을 불렀다.

"퐁."

"음?"

"팔레오 부락이 전부 표기된 지도 있었지."

"지금도 있어."

"그거 가져온 놈이 누구였어?"

"에스피온."

"에스피온…… 그 순둥순둥하게 생긴 NPC 말하는 거야?"

"응. 맞아."

"알았어. 특별한 일 있으면 연락해."

라르크는 풍의 어깨를 토닥이곤 즉각 즈마 시티로 이동했다.

기사단 본부는 언제나 외곽에만 형성했었기에, 정작 즈마 시티 내부에 베르튜르 기사단의 본진으로 쓸 만한 장소는 많지 않았다.

라르크가 본국으로의 귀환을 허락했던 이유도 모두 그 때문이었다. 재정비를 하려면 모두 본국을 가야만 한다.

숫자가 제법 많은 베르튜르 기사단이 단체 행동이 아니라 개별 행동으로 분산될 때였다.

"서 에스피온?"

"Sir! 부르셨습니까, 백인대장님."

라르크는 그때를 기다리고 있었다.

눈치 빠른 라르크가 '팔레오 부락이 모조리 표시된 지도'에 대한 의심을 갖지 않을 리가 없었다.

"그…… 지난번에 가져온 지도가 아주 좋더라고."

"지, 지도 말씀이십니까."

"응. 나랑 잠깐 얘기 좀 할까? 그걸 '어디서', '누구에게서' 입수했는지…… 나도 개인적인 루트 하나가 필요할 것 같아서 말이야."

"루트라 하심은……."

"나도 더 이상 뒤처지는 게 싫어서 말이지."

이하가 라르크에게 분노하며 텔레포트 포인트를 찾고 있을 때, 라르크 또한 하이하를 제칠 여러 가지 방법을 궁리하고 있었다.

Geschoss 5.

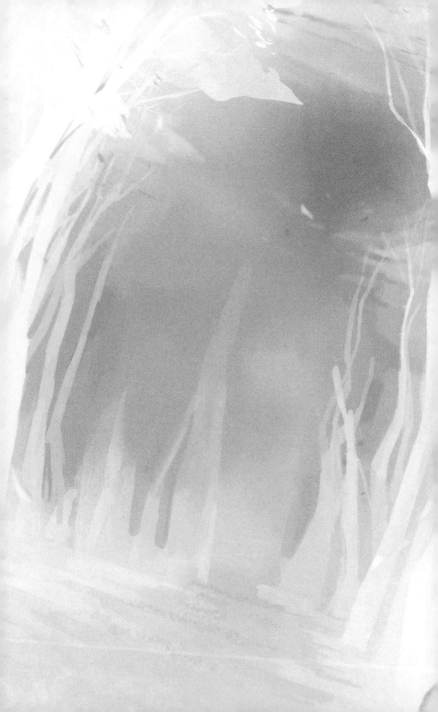

"후우우우…… 이제야 좀 가라앉네. 젤라퐁, 저쪽 개울가에
서 잠깐 멈추자."

[뭉!]

숲을 통과하던 이하는 젤라퐁을 멈추게 했다.

라르크로 인하여 치밀어 오른 화가 전부 식기까지 걸린 게
무려 6시간이었다.

그 시간 내내 주변을 싹 다 찾으며 텔레포트 포인트를 찾으
려 했으나, 신대륙 동부의 '휴식처'는 그렇게 쉽게 발견되지
않았다.

'키드는 로그아웃했고, 투덜거리는 루거만 협조 중…… 쩝,
급한 건 오히려 루거일 테니까.'

루거는 정말 한 걸음마다 한 번씩 삼총사의 텔레포트를 사

용하며 이하의 곁으로 오기 위해 노력하고 있었다.

토온의 그림자조차 보지 못한 루거에게 있어, 토온을 죽인 이하의 위치는 그야말로 가뭄 끝의 단비와 같았다.

당연히 자신보다 훨씬 더 앞서 나간 동쪽이라고 생각되었고, 실제로 이하가 루거보다 상당히 동쪽으로 치우친 상태였다.

그런 루거가 단박에 이하의 곁에 올 수만 있다면?

'이동 시간 단축은 물론이고, 꽁으로 저장 포인트 하나 찾는 거지.'

지금도 쉼 없이 귓속말을 통해 투덜대는 루거였으나, 이하에게 협조하는 이유가 바로 그것이었다.

"그 망할 놈 뚝배기는 한 번 꼭 깨야 하는데. 쩝, 걸어서 돌아가자니 여기까지 온 게 아깝고."

안 돌아가자니 라르크의 실실거리는 목소리가 머릿속에서 맴돌고.

이하로서도 선택하기 짜증 나는 상황이었다.

'역시 텔레포트 포인트를 찾는 게 제일인가. 근데 말이 쉽지! 이건 동쪽이니, 북쪽이니 하는 최소한의 힌트조차 없잖아!'

하다못해 어떻게 생겼는가, 어떤 식으로 텔레포트가 가능한 장소임을 나타내는가, 하는 기본적인 정보조차 없다.

이런 식으로 비효율적인 '맨땅에 헤딩'은 이하가 결코 원하는 게 아니었다.

"흐으음…… 결국은 하나뿐이라는 건데."

[뭉?]

"아마도 텔레포트 포인트가 어디인지 알고 있는 사람을 찾는 거지."

[뭉! 뭉뭉!]

"그런 좋은 방법이 있으면 왜 안 썼냐고? 그야 당연히……."

그 사람이라는 게 엘리자베스 또는 브라운을 뜻하기 때문이었다.

말하자면 토온을 죽인 장소 인근을 돌아다니며 포인트를 찾는 게 아니라, 더욱더 동쪽으로 나아가 엘리자베스를 발견해 내는 것!

'아마도…… 분명 알고 있을 거다.'

어둠의 정령 셰이드가 했던 말을 이하는 기억하고 있었다.

엘리자베스와 브라운은 암흑의 숲을 자주 드나들었다고 했다.

단순히 입구 근처에서만 들락거렸을까?

'횡단했겠지. 암흑의 숲 너머, 신대륙 동부에만 그들이 찾는 무언가가 있는 걸 테고, 그것을 찾기 위해 자주 다녔던 걸 거야. 그리고 아직까지 그들의 흔적조차 발견하지 못한 것으로 보자면, 그들이 찾는 건 이것보다 훨씬 더 동쪽으로 가야 발견되는 무언가겠지.'

과연 그것은 무엇일까?

무엇이기에 페르낭에게는 '이유를 말할 수 없었던 것'일까?

물론 이하도 나름대로의 추측은 하고 있었다.

"당연히 마탄의 사수와 관련된 것일 테고. 그 카일이라는 아들의 상태가 굉장히 안 좋다고 했으니까…… 아마 치료제 비슷한 뭐, 그런 건가?"

이하는 팔베개를 하고 벌렁 드러누웠다. 무조건 서두른다고 일이 풀리는 게 아님은 알고 있었다.

지금 중요한 것은 우선순위다.

'즈마 시티에도 슬슬 이야기가 퍼지고 있다고 했지. 소문은 금방 날 거야.'

기정이 이끄는 별초 등은 다행스럽게도 안전하게 빠져나왔다.

그 근방에서 사냥을 하던 일반 유저들 중 상당히 많은 수가 당했다는 소식도 들려왔다.

'팔레오들이 모이고…… 영물들까지 규합된다면……. 랭커들도 가만히 있긴 어려울 거야. 무엇보다…… 교황청에선 뭐라고 하려나? 그쪽부터 얘기해 봐야 하는 거 아닌가?'

영물과의 전투에 강한 흥미를 느끼는 베일리푸스는? 보고만 있을까?

벌써 영물을 죽인 경험이 있다는 소문이 도는 랭커, 이지원은?

〈뇌운〉 이상의 스킬을 얻기 위해서라도 랭킹 2위의 마검사는 날뛸 것이다.

'영물 한 마리, 한 마리는 어덜트 드래곤급 전후. 신대륙 서부의 팔레오들이 전부 모인다면…… 내가 모르는 팔레오 부락도 분명히 있을 테고.'

15개 부락 전후일까? 20개 부락?

이하는 고개를 가로저었다.

최대치로 잡아도 20개 부락 이상은 되지 않을 것이다.

'그렇다면 어덜트 드래곤이 스무 마리 정도라는 건데.'

가히 어마어마한 숫자가 아닐 수 없다.

메탈 드래곤과 컬러 드래곤의 일족들이 전부 모인 사태를 지켜본 이하였기에 더더욱 알 수 있었다.

'드래곤 한 종족의 전체 개체수가 마흔 기 전후였어.'

물론 어덜트급만 있는 것도 아니다.

개중에는 쥬브나일에서 어덜트로 넘어가기 직전의 드래곤도 있었고, 에인션트급의 드래곤도 있었다.

어쨌든 어덜트 드래곤에 근접한 힘을 가진 영물 스무 기는 결코 가벼운 전력으로 볼 수 없다.

"문제는 다 모였을 때고. 조금이라도 흐트러지면……."

오히려 신대륙 서부의 팔레오들이 몰살당할 가능성도 배제할 수 없었다.

그래도 어덜트 드래곤급의 힘을 지닌 영물들을 베일리푸스나 알렉산더 등이 '봐주면서' 공격할 수는 없을 테니까.

전력으로 두 세력이 부딪치는 상황.

절대 반길 일이 아니다.

"이겨도 피해 막심이고 지면 끝이야. 게다가 만약 이런 일이……."

'누군가'의 귀에 들어간다면 어떻게 될까.

누워 있던 이하는 자리에서 벌떡 일어났다.

"그래, 맞아. 모를 리가 없어. 그 여자가, 치요가 모를 리 없어. 그리고 그녀가 알고 있다면……."

만약 몰랐다 해도 몇 시간 이내에 이 정보를 알아챌 것이다.

치요에게 이 이야기가 들어간다면 그다음에 알게 될 존재는 누구인가?

"-푸른 수염! 빌어먹을! 영물들이 인간들이랑 부딪치는 걸 가장 좋아할 놈들이 그놈들이잖아!"

아직까진 푸른 수염이 직접 나서지 않고 있다.

그 점은 이하를 포함한 모든 인간에게 다행스러운 점이었다.

그러나 그가 직접 나서지 않은 이유가 무엇이었던가?

'대행자가 있었으니까. 그리고 푸른 수염 본인은 또 다른 할 일이 있었을 테니까.'

이제는 푸른 수염이 직접 움직이지 않으리라는 보장이 없었다.

"내가…… 내가 토온을 죽여서 -"

더 이상 그는 대행자가 없다.

언젠가 파우스트에게 로페 구대륙에서의 마왕군 총책을 맡긴 적은 있으나, 그때와 지금, 마왕군의 목적은 격이 다르다.

단순히 시선을 끌어 신대륙으로 향하지 못하게 방해하는 것과, 실질적으로 〈신의 지팡이〉를 꺾어 기브리드를 일깨워야만 하는 것의 차이는 크다.

"푸른 수염이 직접 나설 가능성이 커졌어! 푸른 수염이 직접 나서지 않더라도 -"

이하는 침을 삼켰다.

토온을 죽이며 획득했던 업적 중에 본 이름 하나가 떠올랐다. 푸른 수염 군 측 3인자 토온.

1인자는 말할 것도 없이 푸른 수염 레, 자신이리라.

그렇다면 2인자는?

왼팔임을 자처했던 토온 외에, 푸른 수염의 '오른팔'이 되는 존재는?

이하는 그 이름을 알고 있었다.

'피의 처녀魔女 바토리!'

누가 오든 최악의 상황으로 치닫게 될 것이다.

어느새 라르크를 향한 분노는 잊혀졌다. 한시라도 빨리 엘리자베스를 찾아야 한다.

이하는 젤라퐁의 입체 기동을 사용해 다시금 동쪽으로 향했다.

"……신기하네. 닌자처럼 입고 있다고 그렇게 정보도 막 닌자처럼 얻고 그러는 건가?"

"쓸데없는 소리는 피차 안 했으면 좋겠는데."

"아, 불편하셨어? 미안합니다. 불편하게 하려는 마음은 없었고. 푸른 수염 측에 유저가 끼어 있다는 건 대충 눈치채고 있었지만…… 이렇게 실제로 만나니까 흥분해서 그랬습니다."

라르크는 사람 좋은 미소를 지어 보였다.

그의 맞은편에 선 사람은 두꺼운 복면으로 얼굴을 가린 상태였다.

복면 남성이 별다른 반응이 없자 라르크는 다시금 입을 열었다.

"우리가 추적하고 있다는 걸 알자마자 이렇게 빨리 접근하는 걸 보면…… 뭐, 당연한 말이지만, 왕궁에도 상당히 많은 줄을 대고 있다는 뜻이겠네요."

"당신은 알 필요 없습니다."

"허, 참. 통성명도 안 하고 너무 짜게 구신다. 그래도 나한테 직접 연락해서, 이렇게 접선 장소까지 마련한 거 보면…… 그쪽도 나한테 할 말이 있을 것 같은데."

라르크는 검 손잡이를 톡, 톡 치며 말을 걸었다.

자신이 신대륙 어디쯤에 있다는 것 외에는, 장소조차 특정할 수 없었다.

빠르게 테스트해 본 텔레포트 스크롤과 수정구도 발동이 안 되는 것으로 보아 그저 꽤나 신경을 썼구나 하고 생각할 뿐이었다.

'에스피온에게 정보를 얻고, 왕궁으로 넘어가 NPC를 족치기 시작한 지 하루도 안 되서 연락이 왔어.'

팔레오 부락이 몽땅 표시된 지도를 왕궁 NPC에게 건넨 세력의 정보망이 그만큼 빠르다는 뜻이 된다.

'단순히 정보만 빠른 건 아닌 거지. 나를 불러낼 정도라면……'

라르크는 복면 남성을 유심히 바라보았다.

조명이 어두워 상대의 눈은 제대로 보이지 않았다.

'내 성격도 파악했다고 봐야 하려나?'

꾀어내 죽이는 것도 아니고, 텔레포트나 장소 저장이 되지 않는 특별한 장소로 자신을 불러낸 이유는 무엇인가?

그것도 라르크 자신은 보통의 유저가 아니지 않은가.

라르크는 슬쩍 미소 지으며 검 손잡이를 쥐었다.

"그래서, 내가 할 일은? 미니스의 수도방위기사단의 입장에서 '마魔와 결탁한' 당신과 - 음, 주변에 한 다섯 명 정도 더 있는 것 같은데. 도합 여섯 명의 모가지를 따서 왕궁으로 가면 되는 건가?"

왕국의 기사단 소속!

왕궁의 명령에 절대적으로 복종해야 하며 특히 신대륙에선 마魔의 대척점에 있는 에즈웬 교황청의 지시를 따라야만 한다.

그런 자신을 불러낼 정도라면 눈앞의 남성은 다양한 정보망만 있는 게 아니라 사람을 읽고 판단, 결정하는 속도 또한 만만치 않게 대단하다는 뜻이었다.

"그럴 거였으면 애당초 오지도 않았겠지."

"왜? 당신들 얼굴이랑 이름 싹 다 외운 다음에 미니스에다 현상 수배 걸면 되는 건데?"

"그게 가능하다고 생각하면 해 봐도 좋습니다."

"……호오, 호오! 그쪽도 이미 손이 닿아 있다? 내가 그렇게 하는 걸 막을 자신감이 있다 이거지? 이래 봬도 〈베르튜르 기사단〉인데!?"

라르크는 흥미롭다는 표정을 지었다.

실제로 라르크가 말한 방식이라면 이들은 미들 어스에서 온전한 플레이를 이어 갈 수 없을지도 모른다.

그러나 상대방은 자신감을 내비치고 있었다.

라르크가 그런 식으로 해도, 막아 낼 수 있다는 자신감!

'현상 수배에 손이 닿을 정도라면 왕궁 내에서도 입김이 강한 NPC들까지 매수했다는 건데…… 그 정도의 능력이 되는 집단이라고? 아니면 뻥카인가?'

상대방은 거짓말을 하고 있는가, 아닌가.

"의미 없는 신경전은 그만둡시다. 나도 당신을 전적으로 끌어들이고자 하는 건 아니니까."

"그러면?"

"내 이름은 사스케. 라르크 당신에게 사소한 부탁이 있습니다."

"쩝, 근데 어쨌든 나는 명목상 기사란 말입니다. 마魔에 물든 당신들의 부탁으로 누구를 죽이거나 하면……."

"우리 ─ 아니, 나는 당신에게 살인 청부 같은 걸 하려는 게 아닙니다."

사스케는 황급히 말을 고쳤다.

그러나 라르크는 벌써 고개를 끄덕인 후였다.

"그러면 아예 책임자를 불러 주시죠? 사스케 님 말고……
뒤에 누가 계시나 본데."

아주 사소한 말실수를 라르크는 놓치지 않았다.

'우리'라는 단어는 최종 책임자가 결코 꺼낼 말이 아니다.

최종 책임자는 홀로 결정하고 판단할 수 있으니까.

즉, '우리'라는 말 자체가 사스케보다 높은 자가 있다는 뜻이었다.

사스케가 황급히 연기하며 무슨 소리를 하냐는 표정을 지었으나, 그런 것에 속아 넘어갈 라르크가 아니었다.

정적이 흐르길 몇 초나 되었을까.

"흐음, 아직은 모습을 드러내지 않으시겠다? 오케이. 알겠습니다. 서로 간의 신뢰가 없으면 이런 일은 할 수가 없지. 난 이만……."

또각, 또각, 또각.

라르크가 등을 휙 돌리려 하자, 구둣발의 소리가 공간을 울렸다.

"오호홋…… 성격도 급하시긴. 사스케 님? 그만 돌아가셔도 좋아요."

치요는 사스케를 향한 귓속말로 각오하라는 말을 단단히 일러두고는, 마침내 라르크의 앞에 섰다.

〈베르튀르 기사단〉의 신대륙 책임자 앞에 모습을 드러내는 것은 치요로서도 원하던 일이 아니었다.

만에 하나라도 자신 또한 위험해질 염려가 있었기 때문이다.

하지만 라르크의 눈치가 예상보다 뛰어나다는 것을 알아챈 이상, 그녀도 더 이상 숨길 수는 없었다.

"얼라리? 여성 분이시네?"

"치요라고 해요. 직접 뵙는 건 처음이네요."

단 두 마디. 처음부터 밝히는 이름.

그것만으로 라르크는 치요가 사스케보다 윗선이라는 걸 파악할 수 있었다.

'랭커 치요. 이런 곳에 있었던 건가? 랭커가 마왕의 조각 편으로 붙었다고……? 쩝, 하필 또 미니스의 랭커네.'

라르크는 당황을 숨기기 위해 연신 싱글벙글 미소를 지어야 했다.

사스케라는 유저의 뒷배가 있음은 짐작했으나 설마 그게 미니스의 랭커, 그것도 Top10에 들어가는 치요일 줄이야.

"'우리'의 부탁은 간단해요. 마스터케이의 사냥을 방해해 주세요."

치요는 일부러 웃으며 '우리'라는 단어에 힘을 주었다.

그러나 라르크는 속지 않았다.

사스케의 자연스러운 실수와 달리, 이번엔 누가 봐도 치요가 자신을 헷갈리게 만들 속셈이라는 게 보였기 때문이다.

"마스터케이…… 별초? 아까도 말했지만……."

"유저를 향해 칼을 휘두를 순 없다."

치요는 자연스럽게 라르크의 말을 잘랐다.

"알고 있어요, 라르크. 무엇보다 저는 마스터케이를 죽여달라고 하지 않았잖아요. 그저 요즘 그들이 사냥하는 곳 근처에 팔레오들이 많이 모인다고 하던데……."

"……그것들을 이용하란 말인가? 뭐, 나는 팔레오를 공격하지 못하는 상황이니…… 그들에게 '쫓기는 행위'야 당연한 일일 테고. 그 도망가는 방면에 별초 사람들이 있다고 해서 크게 문제 될 게 없긴 하네요."

치요가 툭, 던진 한마디로 라르크는 계획을 짰다.

아주 작은 힌트만 던진 치요와, 그 힌트를 가지고 순식간에 정답을 찾아낸 라르크.

두 사람의 눈빛이 허공에서 뒤엉켰다.

자신이 '정답'을 말했음에도 치요의 반응을 알아보기 쉽지 않자 결국 라르크가 다시 입을 열었다.

"아주 쉬운 일인데. 왜 그런 일을 하시려나? 별초랑 원수라도 졌수?"

라르크는 눈치가 빠르다.

그러나 치요 또한 빠르다.

"유저들에게야 기분 좋은 일이겠지만, 제 입장에서는 그가 2차 전직 하는 걸 막고 싶거든요. 그것도 교황청과 관련된 2차 전직이라니…… 생각만 해도 무섭네요."

치요는 눈웃음을 슬쩍 지었다. 줄곧 여유로웠던 라르크의 표정이 일순 굳었다.

2차 전직!

치요는 자연스럽게 자신이 얻어 낸 정보를 흘리며 라르크의 경쟁 심리를 자극하고 있었다.

"내가 그걸 막으러 뛰면? 당신이 얻는 것은?"

"뭐, 이왕 마魔의 편에 선 거, 마魔가 이기도록 더 열심히 응원할 수 있겠죠?"

"그럼 내가 얻는 것은? 마스터케이가 2차 전직을 하든 말든 사실 나랑 상관없는 건데."

방금 전까지 라이벌 의식을 불태웠던 라르크는 어느새 평온한 표정을 짓고 있었다.

다른 사람이었다면 라르크의 급변한 태도를 꼬집었겠지만 치요는 그러지 않았다.

라르크가 하는 행동의 의미를 잘 알고 있었기 때문이다.

"물론 그것 가지고는 수지 타산이 안 맞겠죠. 제가 알고 있는 신대륙 중앙부의 팔레오 정보와 지형 정보라면 어떨까요."

"나쁘지 않지. 나쁘지 않지만 내가 별초를 방해하려면 나름대로 목숨을 걸어야 할 겁니다. 굉장히 힘든 일이 될 거라고. 근데 그거는…… 글쎄, 좀 작지 않나?"

치요에게서 지형 정보와 팔레오 관련 정보를 받는다면 〈베르튀르 기사단〉의 입장에선 엄청난 시간 절약을 할 수 있다.

무엇보다 팔레오들의 특성 등을 미리 파악한다면? 그들을 〈제압〉하기 위한 공략을 짜는 것 또한 라르크에겐 식은 죽 먹기다.

'어차피 팔레오들이 날뛰기까지는 꾁해야 사나흘이고. 그 사이에만 별초를 방해하면 되는 일인가?'

라르크는 일의 본질을 꿰뚫고 있었다.

고작 3일에서 4일 사이 고생하는 것치고 치요에게 저런 정보를 받을 수만 있다면, 자신이 남는 장사임이 확실했다.

그럼에도 그는 배짱을 부리고 있었던 것이다.

"그 정보로도 부족하시다?"

"뭐, 우리 초면 아닙니까. 치요 님께서 선심 좀 베푸십사 하는 거지."

"좋아요. 그렇다면 출혈 서비스를 한 번 해 드리죠."

치요는 졌다는 듯 가볍게 손바닥을 들어 올렸다.

라르크는 그 모습을 보면서도 결코 기쁜 티를 내지 않았다.

치요의 눈꼬리가 반달처럼 휠 때, 그녀의 입에서 아주 작은
목소리가 속삭여졌다.

"아까 그것들에 추가해서⋯⋯. 당신의 검과 관련된 재미있
는 사실 몇 가지라면 어떨까요?"

"뭐!?"

라르크의 표정이 굳었다.

반사적으로 자신의 검 손잡이를 꽉, 움켜쥐는 라르크를 보
며 치요가 웃었다.

"우후훗, 흥미가 생기시나요?"

"⋯⋯아니, 말도 안 돼. 어허, 치요 님, 허풍이 심하시네. 내
검이 뭔 줄 알고? 그리고 내가 쓰는, 내 검에 대한 정보나 소
문, 사실 같은 걸⋯⋯ 내가 안 찾아봤을 거라 생각하는 건 아
니겠죠? 나, 이래 봬도 〈베르튜르 기사단〉 소속입니다."

라르크가 다시 한 번 자신의 소속을 밝히는 행위는 많은 뜻
을 담고 있었다.

물론 치요는 그것을 알아들었다.

"당연히 알고 있어요. 베르튜르 기사단 소속으로 왕가와도
'어느 정도' 연줄도 닿아 있으실 거고⋯⋯ 상당한 조사를 했겠

죠. 하지만 실제로 비밀을 다 풀지 못한 게 사실이잖아요?"

"근데 내가 모르는 그 비밀을 당신이 안다?"

"믿는 건 라르크 님의 자유죠."

치요는 입을 가리며 미소 지었다.

반달처럼 휘는 그녀의 눈을 보며 라르크는 처음으로 마른 침을 삼켰다.

이곳에 와서 줄곧 쥐고 있던 주도권이 상대방에게 넘어갔다는 것을 인정할 수밖에 없었다.

"아무리 그래도……. 미끼 안 걸고 낚시하려는 심보는 좀 고약한 것 같은데."

"미끼 안 걸어도 낚이는 고기가 있는데 굳이?"

치요는 다시 한 번 웃었다. 라르크는 결정해야만 했다.

이 여자가 진실을 말하는 것인가? 아니면 자신을 이용하려고 거짓말을 하는 것인가?

서로의 머릿속을 읽으려는 치열한 수 싸움이 불똥을 만들어 낼 정도였으나, 겉보기에는 그저 허허실실 웃는 남녀의 모습일 뿐이었다.

그리고 시노비구미의 수장은 사람의 눈빛을 정확히 읽을 줄 알았다.

지금 이 순간, 라르크가 무슨 생각을 하는지까지도.

"일곱 개로 알려져 있지만 일곱 개가 아닌 것…… 색깔이자 빛인 것…… 아니, 색도 빛도 되는 것. 이라고 하던가요?"

치요의 말을 들으며 라르크는 아예 눈을 감았다.

놀란 표정을 드러낼 수 없었기에.

"오우케이. 알겠습니다. 그럼 일단은, 치요 님이라고 하셨나? 치요 님의 말씀대로 해 보죠."

"후훗. '일단'으로 끝나지 않을 거예요. 이단, 삼단, 사단까지 쮸우우욱, 같이하셔야지."

"그거야 서로가 서로를 얼마나 믿을 수 있냐, 에 달린 거니까. 안 그래요?"

"동감."

치요는 손을 내밀었다. 라르크는 그 손을 잡았다.

잠시 후, 라르크는 몇 가지의 위치 정보와 좌표를 전해 들었다.

"성공했습니다, 백작님. 그가 계획대로 움직여 준다면 홀리나이트의 출현은 막을 수 있을 것입니다."

"……부족해."

"네?"

"부족해…… 움직일 놈이 부족해."

치요의 보고를 들으면서도 푸른 수염의 인상은 펴지지 않았다.

토온의 사망 이후, 레가 웃는 모습을 단 한 번도 보지 못했던 치요로서는 또 그가 어떤 짜증을 낼지 노심초사할 뿐이었다.

"부, 부족한 점이 있으시면 저를 통해—"

"어림없지. 뒷구멍에서 움직이는 걸 너만큼 잘하는 인간도 드물겠지만, 내가 말하는 건 앞장설 녀석이야."

"백작님께서 직접 나서시면—"

"그럼 피로트—코크리는 누가 찾나. 이럴 때 바토리 그 녀석이라도 있으면 믿을 만할 텐데……."

푸른 수염이 한숨을 내쉬자 치요는 다시 고개를 숙였다.

'바토리……? 처음 듣는 이름인 걸? 후훗, 좋아.'

푸른 수염에게 무시당하면서도 그녀가 마魔의 편이 된 이유 중 하나, 일반 유저들은 어림도 없는 정보를 누구보다 빠르게 획득할 수 있다는 점이었다.

—사스케, 바토리라는 NPC에 대해 조사해 봐요. 푸른 수염과 아주 가까울 거야. 인마대전 자료 위주로.

—아, 알겠습니다, 오카상.

—빨리 알아 온다면 라르크에게 꼬리 잡힌 건 봐줄 테니까. 서둘러 줘요.

—핫!

바토리라는 캐릭터의 존재를 이하가 먼저 알았다는 것을

치요가 깨닫는다면, 눈이 뒤집힐 정도로 화가 나겠지만 그것까지 알 수는 없었다.

"그래서. 영물 놈들이랑 인간들이 붙는 때가 언제라고?"

"정확한 일자는 파악되지 않았습니다만, 길어도 사흘 내로 추정됩니다."

"사흘 내라…… 너는 우선 그 시점부터 정확하게 확인해."

푸른 수염이 가벼운 한숨과 섞어 말한 것만으로도 치요는 그의 의도를 파악할 수 있었다.

"직접…… 나서실 겁니까?"

"우선 〈신의 지팡이〉를 꺾어 놓으려면 어쩔 수 없지. 모습을 드러내는 건 가급적 미루고 싶었지만……."

푸른 수염은 과연 이하의 예측대로 행동하려 했다.

팔레오와 인간들의 전투는 격렬할 것이다.

신의 지팡이 인근의 경계 병력까지 상당수 동원되어 몇 시간 이상 지속되는 전투라도 벌어진다면?

비어 버리는 시공간의 틈을 푸른 수염은 노리려고 했던 것!

푸른 수염은 그 후로도 무언가를 골몰히 생각했다.

"만약 신의 지팡이를 꺾지 못한다면…… 결국 그렇게 해야겠군."

"네? 무슨 말씀이신지……."

"아직 자네는 알 필요 없네. 끙."

푸른 수염은 자리에서 일어났다.

붉은 수정체 안에 찐득하게 눌어붙어 있는 형체, 기브리드를 향해 걸어간 그는 통, 통, 수정체의 외벽을 쳤다.

"이 친구야, 이제 자네 밥그릇은 자네가 챙겨야 할지도 모르겠어."

통, 통, 통.

붉은 수정체 안에 봉인된 기브리드의 눈동자가 스르륵 떠졌다.

그러나 그뿐, 푸른 수염은 더 이상 아무런 말도 하지 않았다.


그 시각, 이하도 또 다른 변화를 맞이하고 있었다.

다시 움직인 지 얼마의 시간이 지났을까.

라르크와 관련된 기정의 욕설 귓말을 듣기 시작한 지 적어도 하루 이상이 지난 상태에서, 마침내 무언가를 발견했다.

"……비행형 몬스터……? 아니, 저게 뭐지?"

적어도 일반적인 새는 아니었다.

'아니, 근데 꼬리 ─ 저걸 꼬리라고 해야 하는 건지. 뭐야, 저건?'

이하는 수풀 아래로 몸을 더욱 낮추며 그들을 관찰했다.

풍선처럼 둥그스름한 몸체와 그 아래로 주렁주렁 늘어진 촉수들. 이하는 그것이 팔과 다리라고 생각했다.

그러나 더욱 신기한 것은 늘어진 촉수의 양 끝에 있는 두개는 그들의 몸체 위로 올라가 엄청난 속도로 회전하고 있다는 점이었다.

'오징어? 마치 오징어 다리 중에 제일 긴 두 개를 프로펠러처럼 쓰는 셈인가.'

하늘을 날아다니는 거대한 오징어.

이하는 그들을 그렇게밖에 설명할 수 없었다.

오징어에 비하면 몸체가 훨씬 더 둥글고 크다는 점에서 마치 문어 대가리와 같았으나, 어쨌든 큰 형태는 그런 식이었다.

그리고 보기 흉한 모습이 일러 주는 사실은 하나뿐이었다.

'몬스터일 확률이 높겠어. 팔레오는…… 그래도 좀 인간다운 모습이었는데.'

젤라퐁을 활용해 이동하는 것의 장점이었다.

전방의 장애물에 신경 쓰지 않고 언제든 하늘을 관찰할 수 있었기에 망정이지, 땅만 보며 달렸으면 그들에게 즉각 발각되었을 것이다.

이하는 조심스레 아음속 탄과 소음기를 블랙 베스에 장착했다.

마음 같아선 위험 요소를 미리 제거하고 싶었으나 그들의 정체를 완벽하게 파악하지 않는 이상 섣불리 움직여선 안 된다.

'일단 수를 특정할 수 없어.'

집단으로 움직이는가 싶더니 어느 순간 뿔뿔이 흩어져 움직이는 모습.

어디서 솟아오르고 어디로 내려앉는지조차 제대로 파악할 수 없으니, 이하는 녀석들의 정확한 숫자를 파악할 수 없었다.

이런 상황에서 굉음을 울리는 블랙 베스로 선공을 가한다는 것은 불리한 일이다.

"젤라퐁, 천천히 가자."

[뭉.]

젤라퐁의 팔이 스르르륵, 움직였다.

놈들이 얼마나 위험한지 알 수 없는 현재, 반격을 위한 준비와 선공을 위한 대비까지 생각해야 하는 건 당연한 일이었다.

'소리가 안 나는 스킬로 빠르게 사격한다. 카모플라쥬도 쓸 수 있으니까, 최악의 경우라도 한 턴은 넘길 수 있어.'

다만 카모플라쥬로 대기하고 있어야 하는 시간이 늘어날수록 이하 자신에게는 물론, 신대륙의 유저 전체가 피해를 볼 것이다.

'공격 스킬이 많지 않은— 아, 맞다.'

모습을 감추며 정체 모를 비행종의 시선을 피할 생각을 하던 이하에게 불현듯 무엇인가가 떠올랐다.

"업적이 2개 더 있었는데……."

토온을 사살하며 받았던 네 개의 업적.

그중 두 개는 이미 확인이 끝난 바였으나 나머지 두 개는 아직 살펴보지도 않은 상태였다.

'하여튼 라르크 그 자식 때문이야. 갑자기 기분이 확 상하는 바람에 – 분명히 그 업적 이름이…….'

괜스레 민망해져 라르크를 욕하고 나서야 이하는 업적을 살폈다.

### 〈업적 : 거대 괴수 사령관을 몰락시킨 자(S)〉

축하합니다! 당신은 인류 연합을 공포에서 해방시켰습니다. 1, 2차 인마대전 당시 인류 연합을 공포에 떨게 만들었던 것은 무한으로 느껴질 정도의 몬스터 수가 아닙니다. 인외의 실력을 자랑하던 마왕의 조각들도 아닙니다.

대다수의 인류 연합이 공포를 느꼈던 것은 마왕군 측 거대 괴수들의 압도적인 모습! 바로 그 거대 괴수들의 총사령관 '사우르스족' 토온이야말로 인류 연합에게 있어 공포의 집약체나 다름없었습니다.

그러나 총사령관을 잃은 지금, 거대 괴수들의 조직력은 와해되고 전열은 붕괴될 것입니다. 공포의 집약체였던 거대 괴수들이 바로 지금! 총사령관을 무너뜨린 당신을 두려워하고 있습니다!

보상 : 거대 괴수에 대한 지배력 +50%

　　　(명예의 전당이 없는 업적입니다)

"흐흐, 역시 S급인데, 뭐야? 스탯 영향이 없어? 포, 포인트도 안 주고?"

이하는 당황했다.

웬만한 등급의 업적만 되어도 스탯을 주는 게 인지상정(?)
인 미들 어스에서 S급 업적임에도 스탯에 영향이 없다니?

'……거대 괴수에 대한 지배력? 정령 친밀도 비슷한 건가?
아니, 근데 명예의 전당도 없는 업적이라면서 이 애매한 50%
는 뭐야, 대체?'

거대 괴수의 총사령관을 몰락시켰으니 깔끔하게 스탯 포인
트 50개!

대형종 몬스터에 대한 추가 피해량 +100%!

이런 걸 기대했던 이하였다. 그러나 이 빈약한 보상의 숫자
와 그 와중에도 애매한 수치는 대체 무엇인가.

'평소 같으면 당황했겠지. 아주, 아주 당황했을 거야. 하지
만 지금의 난 당황하지 않아. 왜냐. 사람을 더 열 받게 하고 당
황시키는 라르크가 있기 때문이지.'

이걸 좋다고 표현해야 할까.

이하는 정말 라르크 덕분에 업적의 내용을 보면서도 당황
치 않을 수 있었다.

S급이나 되며, 토온을 사살했을 때만 획득할 수 있는 업적
이 빈약할 리가 없다.

'남은 것은 업적의 내용 안에 무언가 비밀이 숨어 있다……
라는 것 정도겠군.'

이하는 고개를 끄덕이며 업적 창을 껐다.

"좋아! 까짓 거, 언젠가 풀어 주지! 지금은 말고."

그러곤 곧장 다음 창을 켰다.

### 〈업적 : 최고最古 최강最強 감정感情 지배支配(S)〉

가장 오래되고, 가장 강력한 감정, '공포'. 당신은 모든 미들 어스 생명체를 공포에 떨게 만들었던 '토온'을 죽음에 이르도록 만들었습니다. 따라서 당신은 그가 지금까지 쌓아 왔던 공포와 관련된 모든 위엄과 업적을 승계하게 됩니다.

공포를 지배함으로써 당신은 이름만으로 우는 아이를 그치게 하고, 포효 한 번으로 모든 이를 혼비백산하게 만들 수도 있습니다. 그 위용을 부디, 올바른 길에 사용하기를 바라고 또 바랄 뿐입니다.

보상 : 스탯 포인트 75개

　　　일회성 스킬 : 정령 계약 획득

　　　〈상태 이상 : 공포〉에 대한 저항력 +100%

　　　(명예의 전당이 없는 업적입니다.)

"엉? 제, 젤라퐁! 잠깐 멈춰."

[퐁?]

공포를 지배한다? 이하는 업적 창에 뜬 설명을 다시 한 번 훑었다.

토온 사살로 비롯된 업적 네 개가 모두 S급이라는 것에 기뻐할 새도 없을 정도로 혼란스러운 기분이 들었다.

'정령……? 여기서 갑자기 정령이라고?'

토온의 힘을 승계한다고 적혀 있다. 그러면서 정령은 또 뭐야?

그렇다면 해당 정령은 토온과도 관련이 있다는 뜻일까?

"스킬, 스킬!"

이하는 빠르게 스킬 창을 열어 보았다. 단 한 번으로 소멸하는 일회성 스킬이 그의 눈에 들어왔다.


### 〈정령 계약(공포)〉

설명 : 토온의 힘을 이어받은 자는 공포의 정령과 계약할 수 있다. 정령 친밀도에 따라 정령의 등급이 정해진다.

효과 : 공포의 정령 소환

마나 : 1


'공포의 정령……! 진짜로? 설마 그럼 내가 그 개고생을 한 게?'

공포의 정령 때문이었을까? 이하는 다소 황당한 기분이 들었다.

'맨 처음 저격했을 때, 놈의 눈두덩이를 후벼 팠을 때. 토온과 눈이 마주친 그 처음 순간에 공포의 정령이 나에게 달라붙은 건가? 아니지, 그거 〈상태 이상〉 아닌가?'

상태 이상이라면 분명히 알림 창이 떠야 할 것이다.

만약 그게 아니라 할지라도 이하가 다른 정령들을 살펴봤듯, 공포의 정령의 모습이 보였어야 할 것이다.

"흐으음…… 수상한데. 등급도, 레벨도 없는 일회성 스킬이라."

토온의 힘을 이어받는다는 게 갑자기 마魔에 물든다는 그런 뜻일까.

단순하게 적힌 스킬 설명을 보며 이하는 잠시 고개를 갸웃거렸다.

호기심과 흥분으로 뒤덮인 자신의 감정 속에서도 이하는 최선의 선택을 할 줄 알았다.

'마음 같아서야 당장 써 보고 싶지만…… 녀석들의 눈에 띌수도 있어. 그게 조금 문제로군.'

여전히 하늘을 날아다니는 정체 모를 것들을 잠시 살피며, 이하는 우선 스킬 창을 닫았다.

만약 이 설명을 그대로 믿고 사용한다 하더라도 그때는 완벽하게 안전이 보장될 때이리라.

"흐흐, 그래도 〈상태 이상 : 공포〉 저항은 좋네. 역시 S급 보상이라면 이 정도는 떠 줘야지!"

워록을 비롯한 사술 계통 직업군이 가장 많이 사용하는 스킬 유형이지 않은가.

'그러고 보니 꼬마를 잡고…… 아니, 꼬마를 잡았다고 하니

이상하네. 불곰을 잡았을 때 나온 템들의 세트 효과 중에 그런 게 있었는데.'

공포와 화염에 대한 저항이 어렴풋이 기억난 이하는 그때와 여실히 달라진 자신의 모습을 보며 미소 지었다.

'강해졌어. 확실히.'

자신의 성장에 대한 확신.

그것이 정체 모를 생명체를 향한 두려움을 줄어들게 만들었다.

"공포를 지배하는 사람이라는 업적까지 얻었는데, 내가 쫄면 안 되겠지. 젤라퐁, 다시 가자. 우선 놈들이 이착륙하는 장소가 보이는 곳으로."

[뭉뭉!]

마음만 먹으면 피해 갈 수 있다. 그러나 이하가 굳이 그쪽을 향한 이유가 있었다.

'저런 사회적 생명체가 있는 장소라면…….'

텔레포트가 가능한 장소일 확률이 있으니까.

아직 엘리자베스를 찾기 전이었으나 텔레포트가 가능한 구역을 발견한다면? 이하는 그곳을 수정구에 저장하고 즉각 돌아갈 생각이었다.


—와……. 형, 라르크 또 왔어. 저거 완전 미친놈인데?

—팔레오들 상황은?

—영물은 셋 정도 모였어. 속도로 봐서는 내일이나 모레쯤
전부 모일 것 같아.

이미 루비니와 접촉한 기정은 팔레오 무리들을 최대한 피하
며 4차 웨이브를 위해 집결하는 몬스터들을 격파하고 있었다.
그러나 어제부터 훼방꾼으로 등장한 사람이 바로 라르크와
베르튜르 기사단!
'도대체 무슨 꿍꿍이야? 분명히 팔레오들을 향해 공격도 못
한다고 했는데…… 굳이 팔레오들을 이끌고 기정이네를 방해
하는 거지?'
이하는 인상을 찌푸렸다. 기정에게 들은 말은 있었다.
라르크의 주장이 논리적이고 합당하다는 건 분명했다.

"〈제압〉 때문에 이런 일이 일어났으니까! 제가 팔레오들을
찾아다니면서 용서라도 구하려고 이러는 거 아닙니까. 근데
너무 공세가 심해서 잠깐 피하는 것뿐이고, 그 피하는 길에 별
초 여러분이 계시는 건데. 제가 뭘 어떻게 합니까? 팔레오들
한테 그냥 죽어 줄 수는 없잖아요. 안 그래요?"

분명 일리는 있다.
그러나 이제 와서 그런 행동을 한다는 건 이하로선 믿을 수
가 없는 일이었다.

기정에게 전해 듣기만 했음에도 속이 부글부글 끓는 이하였건만, 만약 그 자리에 있었다면 정말로 라르크의 머리통을 날려 버렸을지도 모른다.

'당장 내일이나 모레 영물들이 공습을 시작하면…… 끔찍한 일이군.'

신나라를 통해서도 즈마 시티에 관한 이야기는 전해 듣고 있던 이하였다.

즈마 시티에는 알렉산더와 이지원 등 쟁쟁한 유저들이 이미 모여들고 있었다.

팔레오들이 즈마 시티를 습격한다는 소문이 퍼지기까지는 하루의 시간도 필요치 않았으니까.

'내 귓말로도 통하지 않았는데, 알렉산더나 이지원이 싸움을 거부할 리가 없어.'

싸움을 막을 명분도 없는 게 사실이었다.

'영물들을 죽이는 건 싫지만, 즈마 시티를 보호하기 위해 어쩔 수 없다…….'

실제로 알렉산더와 베일리푸스는 몇몇 영물과 접촉을 진행했었지만, 대화는 결렬되었다고 했다.

이지원의 경우는 그저 신이 나서 칼을 갈고 있을 뿐.

'이게 푸른 수염의 작전일지도 모른다는 걸…… 아니, 작전이 아니라도 이 순간을 두고 보기만 할 푸른 수염이 아니라는 걸 알아줘야 할 텐데.'

그러나 그렇게 생각한다 하더라도 문제였다.

어쨌든 팔레오들의 마음은 이미 돌아선 상황이다. 그것을 다시금 되돌릴 방도가 과연 있을까?

영물들이 존중해 주었던 에인션트 드래곤 베일리푸스조차 대화를 거부당하는 상황에서, 그들을 다시 원래의 자리로 돌아가게 만들려면 무엇을 해야 하는가?

[뮹.]

"아, 고마워."

머리가 빠지도록 고민하던 이하를 젤라퐁이 톡, 건드렸다.

어느새 이하는 괴생명체들이 착륙한 장소 인근으로 이동되어 있었다.

'〈독수리의 눈〉'

혹여 스코프의 렌즈가 반사될까, 이하는 스킬을 먼저 사용하며 녀석들을 관찰했다.

"……저게 뭐 하는 거지?"

괴생명체들은 어쩌면 땅에 발을 아예 대지 않을지도 모른다는 생각이 이하의 머리를 스쳤다.

그들은 땅에 놓인 무언가를 촉수로 감싸 쥐고는 다시 하늘로 이륙하거나, 혹은 이미 촉수에 쥐고 있던 무언가를 특정 장소에 내려놓는 행위를 하고 있었다.

그 '무언가'라는 게 크기와 형태 모두 달라 특정할 수 없었지만, 이하가 보기에 그들의 작업은 '현실의 어떤 것'과 매우 닮아 있었다.

"저거 설마…… 택배 – 택배 상하차는 아니지?"

그곳은 마치 '집하장'을 보는 듯, 그 형태가 매우 유사했다.

실제 용도까지 알 수는 없었지만 바쁘게 움직이는 녀석들을 보며 이하는 그런 생각을 거둘 수가 없었다.

"푸핫, 뭐야, 이게? 몬스터들의 택배 – 아니지, 몬스터가 아니라. 음…… 저건 도대체 – 흡!"

웃음을 겨우 눌러 참으며 관찰을 계속하려던 이하의 뒤통수에 차가운 금속이 느껴진 것은 그때였다.

"꼼짝 마."

갑작스레 들려온 낯선 목소리에 이하는 당황했다.

'뭐야……? 저 몬스터들인가?'

목소리는 거의 인간의 것과 같았다.

무엇보다 이하가 당황한 이유는 젤라퐁에게서 아무런 신호도 오지 않았다는 점 때문이었다.

뭔지 모를 생명체가 이하의 등 뒤로 다가와 뒤통수에 무기를 대고 위협하기까지 젤라퐁이 눈치를 못 챘다?

만약 그게 사실이라면 자신의 목숨은 풍전등화나 다름없다는 뜻이다.

"해치려는 의도는 없었습니다. 지나가던 길에 처음 보는 광경에 잠시 눈을 빼앗겼을 뿐입니다."

"그렇겠지. 나도 저 녀석들을 처음 봤을 때는 엄청 신기했으니까."

"어라? 이 목소리 — 흡!"

이하의 말에 답한 것은 여성의 목소리였다.

그것도 제법 익숙해진 목소리.

이하가 뒤를 돌아보려는 순간, 그의 머리에 두꺼운 두건이 씌워졌다.

당황스러운 순간 속에서도 이하는 침착했다.

아니, 웃고 있었다.

'됐어!'

자신을 구속하려는 자들이 누구인지 충분히 알 수 있었기 때문이다.

"조심히 따라와."

"조심히 따라오게 하실 거면 두건을 벗겨 주셔도 좋을 것 같은데요. 발밑이 영 안 보여서."

여성의 목소리에 이하가 웃으며 답하자, 남성의 목소리가 뒤이어 들려왔다.

"……확실히 배짱 하나는 허니랑 닮았군."

미스터 브라운의 투덜거리는 소리를 들으며 이하는 아주 약간의 소름이 돋았다.

'허니라니……. 아직도 —'

금슬이 좋단 생각을 하면서, 이하는 마침내 신대륙의 동부에서 엘리자베스와 조우했다.

마탄의 사수

Geschoss 6.

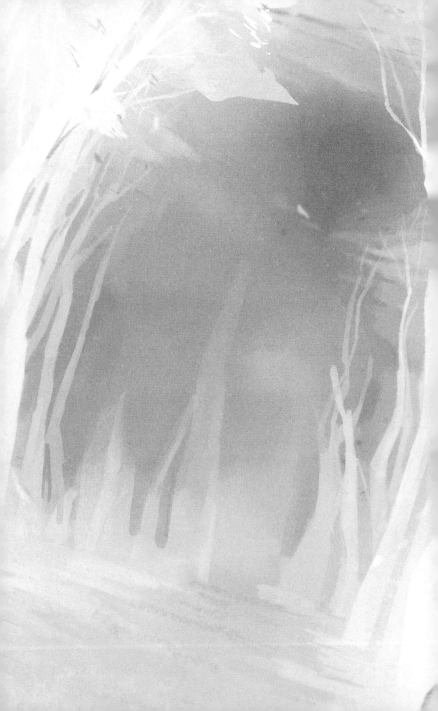

"푸하! 일부러 빙빙 돌지 않으셔도 됐을 텐데. 제가 그렇게 입이 가벼워 보였습니까?"

복면이 벗겨지자마자 이하는 숨을 몰아쉬었다.

마치 미로처럼 한참 동안 '뺑뺑이'를 돌았으나, 멀리 가지 않았다는 것은 직감적으로 알 수 있었다.

그것은 단지 멀어졌다고 느껴지게끔 만들려는 일종의 페이크일 뿐.

이하의 말에 엘리자베스의 입꼬리가 귀까지 올라갔다.

"봤지? 봤지, 여보? 얘가 이렇더라니까! 재미있지?"

"……브로우리스가 엄청 싫어할 법한 성격인데. 너, 브로우리스한테 많이 혼났지?"

엘리자베스가 박수까지 치자 브라운이 고개를 저으며 물

었다.

이하는 브라운의 물음에 순순히 고개를 끄덕였다.

그 와중에도 주변을 빠르게 탐색하는 것을 잊지 않았다.

'동굴……. 아까 그 오징어 괴물들이 있던 곳에서 동굴이 있을 만한 지형이라면—'

절벽 내지 산악 형태의 지형이 근방에 있었던 것을 이하는 기억했다.

불과 10여 분밖에 안 되는 거리로 보였으나, 자신이 이곳에 도달하기까지는 1시간이 넘게 걸렸다.

브라운과 엘리자베스가 철두철미하게 이곳을 숨긴 의미는 무엇일까?

자신들이 초대한 대상이 도착했음에도 이렇게까지 하는 이유는?

'일단 날 죽이려는 건 아니라는 것에 만족해야 하나?'

아마도 그럴 것이라 생각했지만 끝끝내 확신까지는 하지 못했었다.

하지만 자신의 안전 보장이 완전히 느껴지자 이하도 여유가 생기기 시작했다.

"내 후배는? 어디쯤이지? 비슷하게 출발했을 거라고 생각했는데."

"어, 루거는……. 제가 토온이랑 싸웠던 그 지점 근처를 지나고 있나 보네요. 워낙 요령이 없어서 여기까지 오려면 일주일은 더 걸릴걸요."

젤라퐁도 없는 루거는 순수 육체의 활용만으로 온갖 지형지물을 극복해야 한다.

이하가 이틀도 채 안 되어 도착한 거리지만, 이곳까지 루거가 오려면 아직도 한참은 더 있어야 하리라.

"응, 그건 잘 봤어."

"……아는 정도가 아니라 보셨다고요?"

이하는 황당한 눈으로 엘리자베스를 쳐다보았다.

일부러 '토온이랑 싸웠던' 따위의 말을 한 것은 이들이 토온의 현 상태를 인지하고 있는지 확인하기 위해서였다.

근데 토온이 죽은 걸 아는 정도가 아니라 아예 봤다고?

"그렇게 시끌벅적하게 난리를 치는데 안 볼 수가 있겠니?"

"자, 잠시만요. 그럼 그때 제 근처에……."

"응. 있었지."

아니, 그러면 왜 그때 말 안 걸고? 이하는 목구멍까지 올라온 질문을 꿀꺽 삼켰다.

장난기 가득한 표정으로 웃고 있는 엘리자베스를 보아하니, 그런 질문을 해 봤자 이하의 혈압만 오를 것 같은 기분이 들었기 때문이다.

어차피 조우한 현 상황에서 중요한 건 지나간 일을 따지고 드는 게 아니다.

이하가 주변을 빠르게 훑자, 엘리자베스가 물었다.

"카일 찾아?"

"아, 네. 네?"

"지금은 잠든 상태지. 그러니까 우리 둘 다 네 녀석한테 관심을 가질 수 있는 거고."

이하의 어벙한 답변을 들으며 브라운도 입을 열었다.

동굴 같은 곳의 내부 끝은 이하에게 제대로 보이지 않았다.

이곳을 임시 거처처럼 사용하고 있었다면, 동굴 안쪽 어딘가에는 카일이 있을 수도 있다는 뜻.

방금 전까지의 농담 같은 상황은 순식간에 굳었다.

브라운은 이하의 곁으로 의자를 더 끌고 와 앉아 낮은 목소리로 물었다.

"브로우리스는 뭐라고 하던가?"

"네? 소장님이요?"

"그래. 아무리 늦어도 지금쯤이면 편지를 뜯었을 텐데. 그에 대해 전하라는 말이 없었나?"

"편……지?"

이하가 고개를 갸웃거렸다.

브라운과 엘리자베스의 표정이 구겨졌다.

"빌어먹을 모험가 녀석. 아예 얘기조차 안 한 건가."

"자기도 그럴 가능성은 있다고 했었잖아. 그래도 우리의 의지가 담긴 이상, 교황도 반드시 뜯어 봐야 할 텐데. 영원히 묻어 둘 수는 없을 거야."

이하는 어리둥절한 얼굴로 브라운과 엘리자베스를 쳐다보았다.

이하도 눈치가 느린 편은 아니었다.

이들이 무슨 이야기를 하는지 잠시 헷갈렸으나, 그들의 대화를 들으며 금세 유추할 수 있었다.

"브로우리스 소장님께도 편지를 남기셨군요?! 아니, 그게 당연하겠죠. 그래서 키드에게 브로우리스 소장님 곁을 지키라고……."

"그래. 그 편지 안에 담긴 사실이 밝혀지면 브로우리스가 위험해질 수도 있으니까."

"무슨…… 무슨 내용이었죠? 지금 저한테 말씀해 주시면 제가─"

이하가 물었으나 브라운은 고개를 저었다.

엘리자베스는 단칼에 거부하는 자신의 남편을 바라보고만 있었다.

말해 주고 싶으나 브라운의 판단이라면 엘리자베스 또한 말할 수 없다는 뜻.

이하는 이를 악물었다.

"여기까지 오느라 보통 고생한 게 아니었습니다. 어쨌든 여러분은 마魔의 근거지에서 토온의 회복을 도우셨으니까요. 제 입장에서도 적으로 생각하기 충분했습니다. 하지만…… 그래도 저는 왔습니다. 여러분들을 믿었으니까. 설사 제가 죽는다

하더라도 한 번 뵈어야 한다고 생각했으니까, 남겨 주신 쪽지의 조건처럼 다른 누구도 대동하지 않고 홀로 온 거라고요. 혼자 오라는 내용 자체가 비밀스럽게 남길 말이 있으셔서 그런 거 아니었습니까?"

"네가 죽어."

"……네?"

"지금 그 편지 안의 내용을 너에게 말해 주면-"

브라운은 매서운 눈빛으로 이하를 노려보았다.

"-네가 죽는다고."

엘리자베스의 장난스러운 성격과 달리 진지하기만 한 그를 보며 이하는 더 이상 말을 할 수 없었다.

"말로 모든 것을 끝낼 수 있었다면 애당초 우리가 이곳에 있을 것 같나? 우리가 그렇게 가벼운 마음으로-"

"여보!"

이를 부드득, 가는 브라운을 엘리자베스가 말렸다.

그러나 브라운은 말을 멈추지 않았다. 오히려 눈에 더욱 핏대를 세우는 브라운을 보며 이하는 소름이 돋을 정도였다.

"-조국과 친구를, 피를 나눈 형제와도 같은 전우를 버리고 이곳으로 온 게 어떤 뜻인지도-"

"허니? 그만하라고 했따아?"

엘리자베스가 웃으면서 브라운의 어깨를 톡, 톡 때리자 브라운의 표정이 급변했다.

"……넵, 여보."

방금 전까지 귀기 어린 얼굴을 하고 있던 브라운이 순식간에 동네 바보 아저씨로 변하는 마술!

극과 극을 달리는 분위기에 적응하지 못한 채 이하는 엘리자베스와 브라운의 얼굴을 번갈아 볼 뿐이었다.

'역시 집에서는…… 부인 입김이 세구나.'

단순히 부인이어서 입김이 센 것인지, 그게 엘리자베스여서 그런 것인지 이하는 명확하게 알 수 없었다.

중요한 것은 이들의 말을 따라야만 한다는 점이다.

"알겠습니다. 그럼 저는 이제부터 뭘 하면 되죠? 이곳까지 오라고 하신 건……."

"휴, 브로우리스에 대한 건도 있어서 그런 거였는데. 어쩔 수 없지. 너, 다시 돌아가 줘야겠어."

엘리자베스는 이마를 짚으며 고개를 저었다.

이하는 화들짝 놀랐다.

"네?! 여, 여기까지 어떻게 왔는데요! 여기 공간 이동도 안 돼서 -"

"공간 이동은 괜찮아, '하우스하우스'들이 있으니까."

"하우스하우스?"

"저것들 말이야."

엘리자베스는 동굴 밖 하늘을 날아가는 괴생명체를 가리켰다.

"……저거 몬스터 아닌가요?"

"몬스터라니. 그렇게 말했다가 하우스하우스들이 기분 나빠 할걸? 하긴, 몬스터처럼 생기긴 했다만."

"말하자면 이곳, 신대륙의 '마차'라고 보면 된다. 그것이 물건이든, 생명이든, 원하는 곳에서 원하는 곳까지. 모든 것을 배달해 주는 배달부들이지."

브라운이 이하의 궁금증을 풀어 주었다.

물론 단박에 이해될 리는 없었다.

"엥? 저것들이……."

오징어처럼 생겨서 공중을 날아다니는 게 배달부라니.

'아니, 자세히 보면 드론의 비행 방식 같기도 하네. 무인 드론 택배, 이런 느낌인가.'

철컥, 갑작스레 들린 쇳소리에 이하의 고개가 휙 돌았다.

방금 전까지 주변에 아무것도 없다고 생각했건만, 어느새 엘리자베스는 총을 지팡이처럼 짚은 상태였다.

이하가 언젠가 보았던, 무지막지하게 기다란 총이었다.

"하지만 지금 당장 보낼 수는 없어. 브로우리스를 지켜야 할 네 녀석이 이렇게 허약해 빠져선 짐만 될 테니까."

"너무…… 너무 직설적이어서 약간 상처받을 것 같습니다만."

"그래도 사실이야. 토온과 싸우는 방식은 아주 창의적이었지만 결국 네가 토온을 단발로 죽일 수 없었기 때문이잖아?"

"그, 그거야— 그렇죠. 토온은 그래도 푸른 수염 측 서열 3위인데. 그걸 어떻게 한 방에—"

"나랑 우리 허니였으면 가능했을 거야."

"네?"

이하가 황당한 얼굴을 하자 엘리자베스는 브라운을 바라보았다.

브라운은 엘리자베스의 말이 사실이라는 듯 고개를 끄덕였다.

"최초의 [관통] 한 발, 그걸로 토온의 아가리를 벌리게 했겠지."

"그리고 입이 벌어진 그 틈을 노리고 내 탄환이 녀석의 목젖을 [명중]시켰을 거고. 뭐, 단발이라는 건 정정해야겠네. 우리 허니가 한 발, 내가 한 발이니까 총 두 발. 토온은 그거면 죽일 수 있다고."

자신만만하게 웃는 두 사람을 보며 이하는 말을 잇지 못했다.

이곳까지 오는 길에 아무것도 하지 않은 게 아니었다.

'하우스하우스'들을 만나기 전, 라르크의 귓속말에 뚜껑이 열린 와중에도 이하는 토온에게서 나온 아이템들을 확인했었다.

'토온의 대흉갑 조각, 그 뼛조각 하나가 갖는 어마어마한 방어력이 있었는데…….'

아이템의 방어력 따위는 이들에게 아무런 가치도 없다는 것일까.

"그럼 저는 어떻게 해야─"

"방법이 없는 건 아니야."

엘리자베스는 웃었다. 지금까지 이하를 보며 미소 지은 것은 몇 번 정도 있었다.

그러나 그것은 흥미 본위의 웃음이었다.

이하의 언행이 엘리자베스 자신의 즐거움을 충족시켜 주었기 때문에.

'근데 저 미소는⋯⋯.'

하지만 지금은 아니었다. 적어도 이하가 느끼기엔 그랬다.

어쩌면 저런 느낌의 미소를 몇 번이나 봤기 때문일지도 몰랐다. 엘리자베스가 아닌 다른 사람에게서.

이하에게 떠오른 사람은 김 상사와 브로우리스였다.

하지만 그들과도 묘하게 다른 느낌이었다.

"지금의 너니까 가능해진 한 가지 기술을 알려 줄게. 그 정도만 배워 가도 네 몸을 지키며 싸우는 데 큰 무리는 없을 거야."

엘리자베스의 미소, 그것은 출중한 제자를 바라보는 스승의 그것이었다.

"그, 그 말씀은 저에게 어떤 종류의 스킬을⋯⋯ 알려 주신다는 뜻이죠?"

"맞아. 배우기 싫으니? 나도 바쁜 사람이야."

"당연히! 너무너무! 배우고 싶습니다. 하지만 너무 – 그, 뭐랄까. 친절하신 게 일단 좀…….."

이하로서는 당황스러울 정도의 친절함이지 않은가.

어떤 스탯이 얼마나 부족한지까지 알려 주면서 스킬의 습득을 장려한다고?

적어도 미들 어스를 하는 내내 이하에겐 단 한 번도 없던 일이었다.

그 말을 엘리자베스는 알아들었다.

그 순간, 이하는 엘리자베스의 미소와 김 반장 그리고 브로우리스의 미소가 가진 차이를 이해했다.

"여태껏 구세대의 삼총사랍시고 너한테 가르쳐 준 게 하나도 없잖아. 원래대로라면 [명중]의 스승은 나였을 거고, 수도의 아카데미에서 이런 것 하나하나까지 다 배웠겠지."

단순히 출중한 능력을 지닌 제자를 바라보는 게 아니라, 의무감 또는 부채감에 가까운 미소!

무언가를 알려 주고 싶었으나 줄곧 그럴 수 없었던 엘리자베스는 능력이 뛰어난 이하를 마음에 들어 하면서도 묘하게 마음에 걸려 할 수밖에 없었던 것이다.

"……아!"

지금껏 제대로 관리조차 해 줄 수 없었던, 같은 속성을 계승한 후배이자 제자에게 알려 주는 기회!

이하의 추측은 확신이 되었다.

눈앞의 홀로그램 창이 말해 주고 있었다.


[나를 찾아 줘 퀘스트를 완료하였습니다.]

[레벨이 올랐습니다.]


**[속성! 쪽집게 선생님]**

설명 : "사실 이걸 배우기엔, 아직 너의 능력이 조금 부족하긴 해. 하지만 어쩔 수 없어. 나랑 여보가 이곳에 있을 시간이 얼마 없으니까. 뭐, 아무래도 천재인 내가 알려 주는 걸 범인凡人인 네가 이해하기가 쉽지 않다는 문제가 가장 크겠지만 말이지."

엘리자베스와 브라운이 마음을 놓을 수 있는 시간은 길지 않다. 그들의 불안 요소는 언제나 그들을 압박하고 있기 때문이다.

두 번 다시없을 기회에 그들로부터 최대한 많은 지식과 기술을 전수받도록 하자.


내용 : 일주일간 엘리자베스와의 특별 교습 진행 및 최종 시험에서의 합격 (0/1)

보상 : 스킬-커브 샷Curve shot

실패 조건 : 최종 시험 실패 시

실패 시 : 스킬 획득 기회 소멸

— 수락하시겠습니까?

이하는 빠르게 홀로그램 창을 훑어보았다. 일주일간 교육 그리고 해당 교육에 대한 시험을 말하고 있었다.

시험의 내용은 정확히 밝혀지지 않았으나, 일주일의 교육 과 연관이 있으리라.

달성률이 아니라 횟수로 되어 있는 것으로 보아 단 한 가지 의 미션을 클리어 하면 퀘스트 성공이 되는 셈이다.

'실패 조건도 단순하다. 어쩌면 지금까지의 퀘스트 중 제일 쉬울지도!?'

이하가 이런 생각을 하는 것도 당연한 일이었다.

엘리자베스 본인이 직접 말했듯 스승이 제자에게 가르침을 주는 기회이지 않은가.

굳이 사람을 들들 볶는(?) 종류의 일이 아닐 것이라고 이하 는 믿었다.

"지금의 저니까 가능하다는 말씀은—"

"응. 네 '능력'이라면. 100%는 아니어도 가까스로 배울 수 는 있겠지."

"능력…… 아아!"

문구 중에서 다소 의심스러운 부분에 대해 묻는 이하. 엘리자베스의 대답으로 그것 또한 금방 파악할 수 있었다.

수준급 NPC들은 레벨과 스탯을 볼 수 있다.

'수준'과 '능력'이라는 단어로 대체해 가며.

그렇다면 지금 엘리자베스가 말한 능력이라는 말은?


'캐릭터 창!'


이름 : 하이하 / 종족 : 인간

직업 : 머스킷티어 / 레벨 : 246 (1.7%)

칭호 : 그림자 암살자 / 업적 : 140개

HP : 8,170(5,719)

MP : 2,425

스탯 : 근력 675(+590)

　　　민첩 3,632(+1,319)

　　　지능 444(+299)

　　　체력 291(+198)

　　　정신력 125(+115)


남은 스탯 포인트: 295


'내 스탯이 – 헐…… 미친, 이백구십오 개?'

12개의 레벨 상승과 스탯을 보상으로 줬던 S급 업적 세 개,

거기에 레벨이 10단위로 오르며 오른 보너스 스탯 다섯 개까지.

이하에게 남은 스탯 포인트는 무려 295개였다.

"제 수준이라는 게 – 음…… 민첩성과 연관이 있는 건가요?"

"응."

"알겠습니다."

이하는 고민하지 않았다.

엘리자베스는 이미 어떠한 계산을 끝내 놓았다는 뜻.

'민첩'과 관련이 있으면서 약간의 수준 미달이다, 라는 식으로 표현한 이유가 무엇이었을까.

'현재 내 민첩 3,632에 남은 스탯 포인트 295개를 더하면?'

민첩 3,927.

4,000에서 약간 부족한 형태의 숫자. 이게 정답이리라.

스탯을 찍을 때까지만 해도 그저 싱글벙글이었던 이하였으나, 다시금 고민하지 않을 수 없었다.

'무조건 배워야지. 무조건. 근데……. 배울 시간이 될까?'

잠시 찌푸려진 이하의 미간을 못 볼 엘리자베스가 아니었다.

"왜 또? 의심 돼?"

"아뇨. 의심이 아닙니다. 다만……."

이하는 잠시 어물거리다 신대륙 서부의 일들을 브라운과 엘리자베스에게 설명했다.

팔레오들이 연합하여 인간과 대치 중인 상황.

하루 또는 이틀 안에 대규모 전투가 벌어질 가능성이 있다.

그 전투를 말리지 않는다면 푸른 수염이 〈신의 지팡이〉를 파훼할 가능성 또한 있다.

즉, 자신은 가야 한다.

그 사실을 여러 사람들에게 알리기 위해서라도. 미약한 힘이나마 최선의 방법을 찾기 위해서라도.

"흐으으음…… 너, 메신저 마법은 가능하지? 팔레오들과 전투가 벌어질 때, 그 상황을 알려 줄 사람은 있고?"

"메신─ 아, 네. 있습니다."

귓속말 기능에 대한 언급을 들으며 이하는 고개를 끄덕였다.

기정과 별초는 물론이고 신나라 등도 있다.

팔레오들과의 전투가 본격적으로 시작되면 그들은 즉각 연락하리라.

"수업 도중에 다녀오거나 할 수도 있습니까?"

"글쎄. 나는 네 사정만 봐줄 수 없어. 무슨 뜻인지 알지?"

수업 도중 신대륙 서부를 다녀오는 순간, 엘리자베스와 브라운은 사라진 다음일 수도 있다.

"원래는 최소 한 달쯤의 시간이 필요한 기술이야. 결코 쉽게 배울 수 없어. 일주일을 기한으로 잡은 것도 네가 그 개념에 대한 이해나 하길 기대하고 있는 거거든."

스킬을 배우기 위한 숙련 기간에 대한 언급을 들으며 이하는 고개를 끄덕였다.

스킬을 완전히 습득하기까지가 무려 한 달이라고 했다.

미들 어스에서 필요로 하는 시간치고는 매우 긴 시간이었다.

습득 기간과 난이도가 비례한다는 점을 생각하면?

"그럼……."

"네가 배움에 성공하고, 실패하고는 내 알 바 아니지. 하물며 하루, 이틀 안에 돌아올 기약도 없이 떠나야 한다면…… 알려 주기도 난감하잖아? 애매하게 배우느니 안 배우는 게 나은 기술이야."

엘리자베스는 은연중에 말하고 있었다.

자신이 내세울 수 있는 최소한의 교육 조건, 그것이 바로 일주일의 시간이라는 것을.

즉, 일주일간의 여유가 없다면 가르쳐 주지 않겠다는 의미였다.

'젠장…….'

이하는 결정해야 했다.

당장 퀘스트를 수락한다면 신대륙 서부를 다녀올 수 없다.

팔레오와 인간들의 충돌과 그로 인한 마왕군 측의 어부지리 이득을 알면서도 당해야만 한다.

그렇다고 퀘스트를 포기한다?

'그것도 어림없는 소리지.'

말 그대로 다시없을 기회였다.

브로우리스와 달리 [명중]의 엘리자베스에게 1:1 과외를 받는 일은 두 번 다시 없을지도 모른다.

'역시…… 이럴 땐…….'

지금과 같은 상황에서 이하가 할 수 있는 말은 하나뿐이었다.

상대방이 고집을 꺾지 않는다면?

'꺾게 만들어야지. 〈흥정〉'

어떻게든 원하는 조건으로 내려야만 한다.

이하 자신이 퀘스트의 난이도를 급상승시키는 한이 있더라도 말이다.

"하루…… 아니, 이틀 안에 깨우치겠습니다. 알려 주십시오."

철컥, 철컥, 철……!

총기를 매만지던 엘리자베스의 손길이 멈췄다.

그녀의 표정이 다채롭게 변했다.

"이틀 안에 할 수 있다고? 네가? 나조차도 3일 걸렸는데?"

방금 전 습득까지 최소 한 달, 개념에 대한 이해도 일주일이 필요하다고 말했던 엘리자베스다.

그런데 자신은 3일 만에 배웠다고 말하다니.

그 와중에도 자신에 대한 어필을 하는 그녀를 보며 이하의 마음에도 불이 붙었다.

"제자는 스승을 뛰어넘으라고 있는 거 아니겠습니까? 이틀만에 해내겠습니다. 원하시는 테스트까지 당당하게 통과하면서 말이죠."

이하의 눈이 반짝였다.

"흐으, 흐으…… 허니! 들었지? 얘가 이렇다니까! 좋아, 일어나! 시간이 없어. 당장 연습 들어간다! 하우스하우스들을 활용하면 신대륙 중앙부 세계수의 숲까지 2시간 안에 갈 수 있어. 전투 개시 메시지가 올 때까지 특훈이야!"

슈와아아아……!

그 순간, 눈앞의 홀로그램 창이 바뀌었다.

**[속성! 쪽집게 선생님]**

내용 : 이틀간 엘리자베스와의 특별 교습 진행 및 최종 시험에서의 합격 (0/1)

보상 : 스킬-커브 샷Curve shot, 업적-청출어람

실패 조건 : 최종 시험 실패 시

실패 시 : 스킬 획득 기회 소멸

이하는 바뀐 홀로그램 창을 다시 보았다.

'업적-청출어람! 보상이 하나 더 생겼어!'

스킬 '흥정'은 하이 리스크, 하이 리턴을 추구한다.

리스크를 감안한 이하에게 추가적인 보상이 생기는 건 당

연한 일이었다.

"알겠습니다!"

이하는 벌떡 일어나 탄창을 꺼냈다. 수락 버튼을 누르는 이하의 의지는 그 어느 때보다 굳건했다.

빠밤-!

단지 퀘스트의 수락만으로도 또 하나의 업적이 성취되는 순간이었다.


[전설의 특별 과외 업적을 획득하였습니다.]

### 〈업적 : 전설의 특별 과외(S-)〉

축하합니다! 당신은 전설과도 같은 인물의 특별 과외를 받게 되었습니다! 흔치 않은 기회는 당신의 수준을 더욱 올려 줄 것이며, 당신이 생각하고 있던 패러다임을 바꿔 줄 것입니다. 전설에게 한 발자국 더 가까워지는 기회를 통해, 지금보다 더 나은 사람으로 탈바꿈하세요!

보상 : 민첩 +21

　　　해당 무기의 마스터리 스킬 등급 상향 조정

　　　(마스터급 상한 최대치)


〈전설의 특별 과외〉 업적의 세 번째 등록자입니다.

업적의 세 번째 등록자까지 명예의 전당에 기록되며, 기존 효과의

200%가 추가로 적용됩니다.

효과 : 민첩 +42


'오오! 수락만 했는데 업적이!? 민첩이 63개나 더 올라가면 –'

이하는 캐릭터 창을 다시 살폈다.

현재 민첩 3,990.

그야말로 4천을 목전에 둔 상황이 된다.

'게다가 마스터리 스킬 등급 상향이라니. 쩝, 아쉬운 건 이미 내 머스킷 마스터리 스킬이 마스터급이라는 건데…….'

이하는 스킬 창을 열어 머스킷 마스터리의 스킬 숙련도를 살펴보았다.

오직 무기 하나만을 써 왔던 이하는 이미 머스킷 마스터리가 마스터급으로 오른 상태였다.

그러나 '상한 최대치'라는 의미가 무엇인가.

'음? 마스터급에 Lv.9……? 부, 분명히 마스터급에 레벨은 2밖에 안 됐는데?'

말 그대로 마스터급 중 가장 높은 단계까지 올려 주겠다는 말! 마스터급 Lv.9 다음은 또 다른 등급의 상향이었다.

이제 머스킷 마스터리 숙련도가 조금만 더 쌓이면 '전설의 머스킷 마스터리 Lv.1'이 된다는 의미.

"흐흐흐흐……."

"뭘 실실대고 있어!? 얼른 나와!"

"알겠습니다, 스승님!"

"스승 — 크흠, 그건 너무 나이 들어 보이잖아! 스승은 브로
우리스에게나 하고! 나는 '선배'로서! 딱 하나만 알려 주는 거
야, 알았지?"

"흐흐, 알겠습니다, 선배님!"

아직 본격적인 교육을 시작도 안 한 시점에서, 벌써 상당한
이득을 본 이하의 입은 헤벌쭉 벌어져 있었다.

그러나 이하는 명확하게 이해해야만 했다.

전설이 가르쳐 주는 특별 수업은 말 그대로 전설의 인물들
이기에 가능했다는 것을.


엘리자베스를 따라 나가 널찍한 공터에 도착한 이하는,
수업 개시 직후부터 머릿속에 의문을 한가득 가질 수밖에 없
었다.

"그…… 그게 무슨 말씀이시죠?"

"일단 해 봐. 말해도 소용없어."

엘리자베스는 총구에서 뿜어져 나오는 화약 연기를 불어
냈다.

"자, 잠깐만요! 그게 — 그게 그냥 한다고 되는 게 아니잖아요!"

"원래 처음에는 안 돼."

"아뇨, 처음이 문제가 아니라……."

"하기 싫음 관두든가. 해 봐."

턱을 까딱이며 이하에게 타깃을 가리키는 엘리자베스.

그러나 이하는 타깃을 향해 쉽사리 총구를 겨눌 수 없었다.

거리가 멀어서? 타깃이 살아 있어서?

그런 게 아니었다.

단순한 표적지를 붙여 놓은 나무판자 따위에겐 아무런 감정도 들지 않았다.

문제는 표적지가 붙은 나무판자가 이하의 위치에서는 보이지 않는다는 것뿐.

표적과 이하 사이에는 시야를 가로막는 커다란 바위가 있었기 때문이다.

"뭐 해? 안 쏴?"

이하는 엘리자베스의 재촉을 들으며 마른침을 삼켰다.

엘리자베스의 수업 내용은 간단했다.


*방아쇠를 당겨서, 탄환이 바위를 〈우회하도록 만들어〉 표적에 적중시키는 것.*


지극히 심플한 명령이긴 한데…… 말도 안 되는 소리 아닌가?

'미친…… 이거, 예전에 영화에서 본 적 있는데…… 아니, 그 전에! 이거 앞뒤가 바뀐 거잖아!'

퀘스트의 보상에도 분명히 적혀 있었다.

퀘스트를 클리어 할 경우 습득하게 되는 스킬이 바로, 커브 샷Curve shot이라고!

지금 이하가 해야 하는 테스트는, 말 그대로 커브 샷이 가능해야만 통과할 수 있는 테스트이지 않은가!

'이런 건 스킬을 배운 다음에 해야 하는 거지! 무, 무슨 소리를 하는 거야, 이 아줌마?! 아직 스킬을 안 배웠는데⋯⋯ 이걸 해내면 스킬을 알려 주겠다고? 그게 말이야, 방구야!?'

이곳은 미들 어스다. 현실에서 불가능한 것도 얼마든지 하게 만들어 준다.

그러나 그것은 '스킬의 힘을 빌렸을 때'이지 않은가?

"안 해?"

"하, 합니다. 해야죠. 크흠. 그럼 [명중]의 하이하! 초탄 격발하겠습니다!"

이하는 커다란 바위를 노려보았다.

바위 너머에 표적지가 있다는 것을 머릿속으로 이미지화한 후⋯⋯.

영화와 같은 행동을 했다.

방아쇠를 당기는 순간, 총열을 쥔 왼손까지 비틀며 총기 전체에 손목의 스냅을 더하는 것!

투콰아아아아아—————⋯⋯!!

바위의 끄트머리가 버석거리며 쪼개졌다.

'당연하지! 이게 어떻게 가능해!'

당구의 기법을 생각한다면, 탄알이 총열을 통하는 그 타이밍에 맞춰 적당한 스핀을…… 먹이는, 일종의 찍어 치기 같은 그런…….

이하의 머릿속에서 말도 안 되는 공식들이 주르르륵, 흘러지나갔다.

물론 이하가 그러거나 말거나 엘리자베스는 태연하게 말했다.

"이틀 남은 거 알지?"

마치 후식은 커피야, 라고 말하는 것 같은 목소리였다.

"아…… 네."

앞으로 이틀.

그 안에 이하는 스킬의 도움 따위도 없이 커브 샷을 완성해야만 했다.

로그아웃 따위는 사치다. 휴식도 사치다.

이하는 그나마 가방에 수북하게 있는 탄창을 보며 안심했다.

'혹시 몰라 탄창이라도 많이 챙겨서 다행이지, 큰일 날 뻔했네.'

벌써 갈아 버린 탄창이 몇 개인가?

그럼에도 아직 비축은 많았다.

물론 갈아 버린 게 많은 것과 이하가 깨달음을 얻은 것은 비례하지 않았다.

팔목의 스냅 정도가 아니라 온몸을 비틀며 방아쇠를 당겨 보지만 바위를 우회시키기는커녕, 가끔은 터무니없이 빗나가기까지 할 뿐이었다.

"너 무슨 자신감으로 이틀 만에 하겠다고 한 거야? 이틀은 커녕 일주일도 어림없겠는데? 벌써 몇 시간째인지 알아?"

"열…… 시간 정도 됐죠?"

"열 시간이면 비슷하게라도 휘기는 해야지. 어째 점점 더 중앙으로 향하는 것 같아. 혹시 바위 중앙에 구멍 내서 그곳을 통과시키려는 거니? 그런 꼼수는 브로우리스에게나 통했지 나한텐 안 통한다~"

엘리자베스는 기지개를 켜며 말했다.

처음부터 꼼수를 부릴 마음도 없던 이하였지만 듣다 보니 울컥하는 것도 현실이다.

전설로 칭송되는 인물에게 1:1 과외를 받는다고 기뻐하던 마음은 2시간이 지날 때쯤엔 이미 저 먼 하늘 끝까지 사라진 상태였다.

"후우우……. 저기, 제가 총에 대해서 아주 해박하다는 건 아니지만 그래도 조금 알거든요."

"응. 아까 소음기라고 했었나? 그거 진짜 재미있더라. 나중에 나도 꼭 하나 만들어 줘. 보틀넥 그 털털보 아저씨 녀석, 그런 재미있는 게 있으면 진작 좀 줄 것이지."

미션을 성공하기 위해 소음기를 달거나 스태빌라이져까지 붙여 가며 온갖 쇼를 해 보기도 했다.

당연히 결과는 전부 실패였다.

소음기와 아음속 탄에 엘리자베스가 진한 관심을 보였다는 게 그나마 다행인 점이었다.

"아니, 제가 드리고 싶은 말씀은…… 이게 물리학적으로 불가능하다는 거죠. 외부의 힘이 작용하지 않는 상황에서 총알이 휜다는 게…… 말이 안 되잖아요."

손목에 스냅을 주며 쏘거나, 팔을 휘두르며 쏘거나, 온몸을 비틀며 쏘아도 '방아쇠를 당기는 순간' 고정된 총구 방향을 향해 총알이 나아갈 뿐이다.

그게 이하에게 있어선 당연한 일이기도 했다.

엘리자베스는 열심히 설명하는 이하를 물끄러미 바라보고 있었다.

민망해진 이하는 다시 입을 열어 보충했다.

"만약 가능하다고 한다면…… 총열 안의 강선을 조정해서? 으음, 총알 자체에 스핀을 어떻게 가할 수 있다면 모르겠는데. 어쨌든 지금 당장 블랙 베스의 강선 상태를 바꿀 수 있는 것도 아니고, 무엇보다 강선을 함부로 조정했다간 총열

내부에서 총신을 뚫고 나올 가능성 등도 생각해 봐야 하니 위
험도가―”

“아, 아, 말이 많네, 말 많아.”

엘리자베스가 팔을 훅, 훅 저으며 자리에서 일어났다.

이하로서는 현실에서 설명 가능한 모든 것을 들이대 보았
지만 그건 어디까지나 이하 기준의 지식이었다.

엘리자베스는 탄환 한 발을 장전했다.

노리쇠를 당기는 쇳소리에 이하는 새삼 감탄했다.

‘당연한 거지. 블랙 베스의 〈강화〉를 위해 분해해 본 보노
보 팔레오들도 머스킷 이상의 화기를 만들었다. 하물며 블랙
베스를 평생 썼던 엘리자베스가…… 일반 머스킷을 쓸 리는
없어.’

단순 머스킷과 블랙 베스 또는 현재 엘리자베스의 비정상
적 총기를 비교하자면 몇 세대 이상의 차이가 나리라.

“답은 너도 알고 있잖아. 외부에서 힘을 가하면 방향이 변
한다며? 총알 자체에 그렇게 스핀을 주면 된다며?”

“네? 아, 네. 그니까 그게 가능할 경우에…….”

“그니까 마나를 운용하는 거지. 이렇게.”

엘리자베스는 팔을 휘두르며 장총의 방아쇠를 당겼다.

투콰아아아아아아―――――――――――!!

블랙 베스에 비해 훨씬 큰 총성이 울렸다.

이하의 눈앞에 있는 바위는 이전과 아무런 다름도 없이 그 자리에 서 있었다.

엘리자베스는 굳이 표적지를 가지러 가지 않았다. 그것은 이하 또한 마찬가지였다.

자신만만하게 간이 의자에 앉는 그녀의 얼굴을 보며, 결코 실패했을 거라는 생각은 할 수 없었으니까.

이하는 더 이상 아무런 토도 달 수 없었다.

묵묵히 연습을 재개하며 세 개의 탄창을 갈아 치우고 나서야 이하는 다시 입을 열었다.

엘리자베스에게 특별 과외를 받을 수 있는 소중한 시간은, 바꿔 말하면 그녀와 단둘이 있을 수 있는 시간이라는 뜻이다.

"동쪽으로, 라는 단서만 남겨 주셨던 것은 하우스하우스…… 저 녀석들 때문이었습니까?"

즉, 어떠한 종류가 되었든 값진 정보를 얻을 수 있는 기회이기도 했다.

"맞아. 뭐, 명색이 삼총사의 이름을 이어받은 사람들이 하우스하우스의 모습을 보고 그냥 숨어서 지나칠 리는 없다고 생각했거든."

역시. 이하는 고개를 끄덕였다.

엘리자베스와 브라운이 특정 지점을 설명하지 않고 '동쪽'이라고 말한 이유는 예상대로였다.

하지만 여기서 대화를 끊을 수는 없었다.

진짜 원하는 정보는 따로 있었으니까.

"그렇다면 쪽지에 하우스하우스의 이름을 적어 주셨어도 됐을 텐데요. 아니면 녀석들의 생김새를 설명해 주시거나……."

"그건 안 돼."

"왜죠? 급하게 작성하셔서 —"

"아니. 편지가 새어 나갈 가능성이 있었으니까."

새어 나갈 가능성.

엘리자베스의 단언을 들으며 이하는 침을 삼켰다.

"다른 사람들이 혹 두 분을 잡으러 올까 걱정했던 겁니까?"

"응? 핫. 너 재미있구나? 누가? 우리를 잡으러 올 만한 사람이 있을 것 같아?"

"……하긴. 한 10km 밖에서라도 위협적인 인물이 보인다면 쏴 버리시겠죠."

"요즘은 그렇게 멀리 못 맞춰. 네가 알다시피 이쪽은 지형도 영 거지 같아서 그럴 만한 자리가 나오지도 않고."

이하는 벌어지는 턱을 다물기 위해 안간힘을 써야 했다. 정말로 10km를 쐈단 말인가.

'아니, 그건 마탄의 사수가 쐈다고 생각했는데…… 심지어 엘리자베스가 쏜 거였어?'

다시 한 번 방아쇠를 당기며 타아아앙!

바위가 버스럭거리고 난 후 이하는 엘리자베스의 총기를

보았다.

여전히 스코프는 없었다.

"그, 그 거리가 보이세요?"

"글쎄, 10km는 나도 모르겠는데? 엄밀히 말하면 8km를 약간 넘는 거리였어. 그리고 그 정도가 되면 '보고 쏘는 게' 아니야."

이하는 커브 샷의 연습 동작을 멈췄다.

그러곤 엘리자베스를 향해 몸을 돌렸다.

"보고 쏘는 게 아니라면요? 그럼 어떻게……."

"뭐라고 말해야 할까. '믿고 쏘는 것'이라고 할 수 있으려나? 으음, 말로 설명하려니까 무지 어렵네."

다리를 꼬고 턱을 괸 엘리자베스는 인상을 쓰며 고개를 갸웃거렸다.

"믿고 쏜다."

이하는 엘리자베스의 말을 되뇌어 보았지만 전혀 와닿지 않았다.

적어도 이하의 개념 속에서 '저격'은 믿고 쏘는 게 아니었다.

완벽하게 보고, 완벽하게 측정하여 격발하는 것.

확률도 아니고 도박도 아닌 것.

두 발째가 결코 용납되지 않는 상황을 감수해야만 하는 것.

그런데 제대로 보지도 않고 쏜다? 맞을 것이라는 믿음 하나로?

'김 반장님이 있었으면 아주 재밌는 상황이 벌어졌겠는데.'

저격론論으로 2박 3일 꼬박 밤을 새우며 토론할 가능성도 있었다.

어쩌면 두 사람 모두 머스킷을 들고 저격 시합을 하자고 나설지도…… 거기까지 생각하던 이하는 고개를 저어 잡념을 털어 냈다.

"아니, 그런데 선배님을 잡으러 올 사람이 없다고 하셨잖아요? 근데 새어 나갈 가능성에 대비하는 건 어째서 그런 겁니까?"

그 순간, 이하에게 어떠한 모순이 느껴졌다.

엘리자베스가 했던 말에는 분명한 모순이 있었다.

그 누구도 두려워하지 않는 두 사람이다. 근데 위치가 드러날까 걱정했던 이유는 무엇인가.

"……"

엘리자베스의 표정이 일순 굳었다.

이하와 잠시 눈을 마주친 후, 그녀는 곧 다른 방향을 바라보았다.

"에즈웬의 떠돌이한테도 얘기했던 건데. 말할 수 없어."

페르낭을 '에즈웬의 떠돌이'라고 칭한 것은 이하의 머릿속에 남지도 않았다.

방금 자신이 했던 질문 그리고 엘리자베스의 답.

이것이 그들이 갖고 있는 가장 큰 정보이자 비밀일 거라는 생각이 들었기 때문이다.

'말할 수 없다……. 단순히 말 못 할 비밀 같은 느낌이 아닌데.'

말 못 해.

말할 수 없어.

비슷하면서도 미묘하게 다른 뉘앙스의 차이. 이하는 그것에 집중했다.

전자가 조금 더 개인적이고 내재적인 느낌이라면 후자는?

'외부의…… 외부의 압력. 무언가가, 아니, 누군가가 있다? 평소와 다르게 굳은 표정도 그렇고…….'

이하는 당장 떠오른 생각을 입 밖으로 내지 않았다.

아직 시간은 많았다.

천천히, 다른 일상적인 대화로 엘리자베스는 물론 브라운까지 엮어 가며 문제를 풀어야만 할 것이다.

'아니, 커브 샷 1회 성공까지 38시간밖에 안 남았으니 많은 건 아니지.'

대화할 시간과 퀘스트 연습 시간의 상대적인 흐름을 느끼며, 이하는 우선 머릿속을 정리했다.

"아 참, 아까 마나를 운용하신다고 했죠?"

"응? 아, 그래. 쏘는 순간, 네 마나를 탄환에 넣는다고 생각하면 돼. 으음, 탄환이 나아갈 방향을 곡선형으로 삼아 그 중앙부를 마나로 잡아당긴다는 느낌인데. 알겠니?"

방금 전까지 굳었던 표정은 온데간데없었다.

진지한 얼굴이었으나 장난스러운 몸짓으로 마나의 흐름을 표현하려는 엘리자베스를 보며 이하는 고개를 끄덕였다.

당연히 그녀의 말을 이해했다는 뜻은 아니었다.

들어 봐야 더 헷갈리기만 하는 말은 안 듣는 게 상책이라는 몸짓에 가까웠다.

'마나…… 마나…… 마나를 다뤄 본 적이 있어야 말이지. 스탯에 뻔히 적혀 있지만 머스킷티어가 무슨 마나 쓸 일이 있다고.'

적어도 머스킷티어 기준으로는 그냥 스킬 이름을 되뇌면 알아서 MP가 차감되며 스킬이 사용되는 게 전부이지 않은가.

사실상 이하는 마나를 운용하는 감각 자체가 전혀 없는 상황이나 다름없었다.

'아니지, 그래. 마나를 다뤄 본 적이 없어서 그런 거지만―'

마나를 다뤄 본 사람은 지금 이하를 보며 뭐라고 말할까?

어쩌면 엘리자베스처럼 이 쉬운 걸 왜 못 하고 있냐고 하지 않을까?

이하는 즉각 친구 창을 열었다.

적어도 마나를 운용한다는 점에 있어서는 미들 어스에서 가장 유명한 천재를 알고 있지 않은가!

각 스킬마다 필요로 하는 MP가 있음에도, 그보다 적은 마나를 활용하여 스킬이 가까스로 발동될 정도로 조절하는가 하면, 보유한 모든 마나를 불어넣어 스킬의 효력을 극대화시키기도 하는 사람!

　—람화정 씨? 바빠요?
　—바빠도 안 바빠.

칼같이 돌아오는 답변에 이하는 미소 지었다.
커브 샷 습득에 한 걸음 다가서는 기분이 들었다.

Geschoss 7.

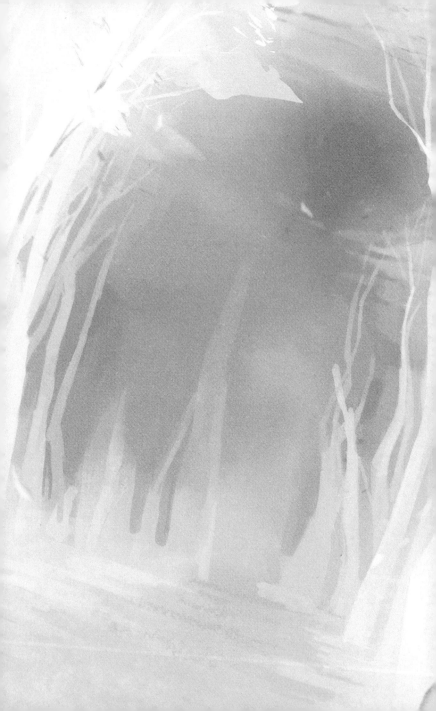

"북북서 방향으로 대략 600m 떨어진 거리…… 옵니다."

"망할! 누구냐고 물어볼 필요도 없겠지. 하아아…… 다들 준비합시다! 저주받을 놈이 또 오는 중이라니까!"

기정이 소리 지르며 검을 휘둘렀다.

전투가 한창인 팔라딘과 별초의 인원들은 따로 답하지 않았다.

이번이 벌써 몇 번째인가, 이미 익숙할 대로 익숙해졌기 때문이다.

"수는 얼마나 되요, 루비니 님?"

"평소와 같아요. 아마도 가장 후방에 있는 게 라르크 님일 테고, 그 외의 베르튜르 기사단이 약 열 명. 그들을 쫓는 팔레오들의 수는 적게 잡아도 팔백입니다."

기정의 물음에 루비니가 답했다.

이하가 연결해 준 후로 루비니는 별초의 인원들과 함께 움직이고 있었다.

예상했던 대로 그녀의 스킬은 기정에게 있어 어마어마한 도움이 되고 있었다.

몬스터를 잡는 인원의 수가 많아 경험치를 나눠 먹는다고 볼 수도 없고, 드랍템도 대체로 잡템에 불과해 사실상 루비니에게 돌아가는 이익은 거의 없다.

그럼에도 그녀는 자원봉사에 가까운 도움을 주고 있던 것!

감동한 기정이 별초의 금고를 털려고 했을 정도로 그녀는 아무것도 바라지 않았다.

물론 그녀가 바라지 않은 이유는 별초의 인원이나 기정의 퀘스트 따위 때문이 아니었음을 그들은 알지 못했다.

"이하 님은…… 언제 오시나요?"

"이하 형요? 으음, 지금 무슨 퀘스트 하느라 바쁜 것 같다던데. 그래도 팔레오들이 본격적으로 싸움을 걸어올 때는 분명히 올 거예요."

"그쵸…… 그때는 오시겠죠."

루비니는 작게 속삭이며 고개를 숙였다.

큼지막한 안대 때문에 그녀의 눈은 보이지 않았다. 따라서 기정은 그녀가 어떤 표정을 짓고 있는지 알 수 없었다.

"기정 씨! 몬스터 정리는 거의 끝났어요!"

"후우, 루비니 님, 다음 포인트는 어디로 가면 됩니까?"

이동 중이던 마魔의 무리 하나를 토벌한 후, 보배와 혜인이 다가왔다.

루비니는 다시금 홀로그램 지도를 띄우며 주변을 살폈다.

"가장 가까운 곳의 몬스터 무리는 정북향으로 약 1km입니다. 가는 길에 '그들'과 마주칠지도 몰라요."

루비니가 말하는 그들은 물론 라르크를 비롯한 방해꾼들이었다. 기정은 턱을 긁었다.

마음 같아선 즈마 시티로 피신하고 싶었다.

라르크를 죽일 수도 없고, 팔레오와 전면 전투를 벌일 수도 없는 입장에선 피하는 것 외에 선택할 방법이 많지 않았으니까.

"이제 달성률이 49.7%거든요……. 저 한 무더기 잡으면 50% 찍을 것 같기는 한데."

그러나 한 번 즈마 시티로 피신하고 나면?

이동하는 마魔의 무리들을 포착할 기회는 그만큼 줄어들게 된다.

한 마리라도 더 죽이고픈 기정의 욕심도 충분히 이해가 되는 점이었다.

"이쪽으로 꺾어 돌아서…… 마지막 한 무리만 잡고 가죠."

길드 마스터의 결정에 토를 다는 사람은 없었다.

에즈웬의 팔라딘들과 별초의 인원들은 즉각 이동 준비를

마쳤다.

"루비니 님, 저쪽은요?"

"방향 변화 없습니다. 저들은 그대로 남서향을 향해 가고 있어요."

"오케이, 그럼 되겠다. 빨리, 빨리! 모두 서두르세요!"

기정은 재빨리 인원들을 통솔하며 달렸다.

루비니는 홀로그램 지도를 보며 능숙하게 그들을 안내했다.

루비니가 기정 그룹에 합류하고 난 이후, 홀리 나이트 전직을 위한 퀘스트 달성률은 가파르게 상승했다.

몬스터를 찾아 돌아다니는 게 아니라, 몬스터가 있는 포인트만 골라서 빼 먹을 수 있었으니 어찌 보면 당연한 일이기도 했다.

더군다나 기정은 이번 몬스터들의 진행 방향을 보며 알아차린 사실도 있었다.

'좋아, 저 녀석들만 마주치지 않는다면…… 아마도 이번이 패턴 17. 아직 루비니 님 지도에는 나오지 않지만 근방에 몬스터 무리 몇 개는 더 있을 거야.'

4차 웨이브를 위해 몬스터들이 집결하는 위치는 매번 바뀌었다.

간혹 규칙성을 띨 때가 있어 길목을 차단하는 방법도 있었으나, 그런 날은 이틀도 채 되지 않았다.

그러나 현재 몬스터들의 이동 방향이나 이동 개체의 수는 분명히 겪어 본 적이 있었다.

녀석들을 처리하고 약 20여 분 후, 같은 자리로 한 무리의 몬스터 떼가 또다시 올 것이다.

'두 무리를 잡으면 50% 달성은 확실하지. 아직도 한참 더 잡아야 하긴 하지만…….'

비교적 순조롭게 나아가고 있다고 볼 수 있다. 적어도 기정이 예상했던 것보다는 훨씬 무난한 퀘스트였다.

물론 그것은 기정만의 생각이었다. 벌써 별초라는 소수 정예의 압도적 전력을 이끌고 있다.

하물며 단체전의 통솔 경험이 워낙 많아 삼백의 팔라딘을 적재적소에 활용, 심지어 로테이션 개념까지 도입하여 NPC들에게 적절한 휴식까지 주어 끊임없는 전투를 가능케 만들었다.

무엇보다 기정 자신의 능력!

신대륙에서 플레이할 수 있는 레벨의 유저 열댓 명을 순식간에 날려 버리는 거대 괴수들의 돌진을 한 손으로 막아 내는 '미친 탱킹력'을 보유했기 때문에 무난하게 느껴질 뿐이었다.

지극히 일반적인 수준의 유저가 해당 퀘스트를 받았다면 달성률은 아직도 한 자릿수일 것이다.

"오, 보인다, 보인다! 흙먼지가 보인…….”

"적군 급선회! 라르크와 베르튜르 기사단이 방향을 꺾었습니다!"

"어? 네?"

마침내 기정의 눈에 몬스터 무리가 들어왔을 때, 루비니로부터 급보가 들려왔다.

홀로그램 지도 속, 하얀 점들은 달리던 방향을 꺾어 기정들이 있는 곳을 향하기 시작했다.

"으음? 저들이 어떻게 우리 쪽을 알고?"

"키킷. 재수가 없는 것과 별개로 능력은 역시나 〈베르튜르 기사단〉이라는 건가."

태일과 비예미의 인상이 구겨졌다.

그러나 더 놀란 사람은 보배였다.

라르크와 팔레오들이 있을 법한 방향을 쳐다보고 있는 그녀에게도 아무런 기척이 느껴지지 않았기 때문이다.

"아니, 관찰 스킬 정도로 볼 수 있는 위치가 아닌데요. 지형의 요철이 이렇게 심한 곳에서 우리를 알아보다니? 마나 탐지를 막는 스크롤은 이미 쓴 상탠데……."

적어도 그녀의 입장에선 이해할 수 없는 일이었다.

물론 그녀의 이해 여부와 관계없이 라르크는 실제로 팔레오 무리를 이끌고 기정을 향해 오는 중이었다.

"케이. 돌아가려면 지금도 괜찮아."

혜인이 스태프를 들고 기정의 곁에 섰다. 기정은 고민했다.

어차피 라르크가 달려오면 전투는 즉각 멈추고 복귀해야 한다.

그게 가장 일반적이고 확실한 선택이었다. 지금까지 그래 왔다. 줄곧, 벌써 며칠째.

"아뇨. 일단 몬스터 쪽으로 가죠."

"뭐?"

따라서 기정은 피하지 않을 생각이었다. 적어도 이번만큼은.

그간 대화도 제대로 안 하고 저들의 행적을 보자마자 내빼기 일쑤였으나 더 이상 참을 수는 없었다.

라르크나 베르튀르 등에게 방해만 받지 않았어도 최소 60% 이상은 달성했을 것이 분명하다.

"거대 괴수만 없으면 저 없어도 사냥은 충분하잖아요? 라르크랑 팔레오들은 제가 막을 테니까 그사이에 여러분들이 몬스터 무리만 없애 주세요. 라르크나 베르튀르 기사단이 공간 잠금 해 봤자 혜인 형님은 어차피 뚫을 수 있으니까. 그죠? 루비니 님, 거리는요?"

"몬스터 무리까지는 앞으로 150m, 라르크 등은 270m 거리입니다."

다행히 라르크는 기정과 별초의 '이동 전' 장소를 향해 가고 있었으므로 거리는 역전된 상황이었다.

"다시 가죠, 얼른!"

기정은 두말하지 않았다.

별초와 팔라딘들은 몬스터 무리를 향해 달렸다.

기괴한 소리를 내지르던 몬스터 무리 또한 별초와 팔라딘들을 발견했다.

"보배 씨! 기선 제압부터! 최대한 빨리 정리해야—"

"나, 참. 기정 씨! 나 너무 무시하는 거 아녜요? 말 안 해도 그 정도는 알고 있다고요! 〈스파이럴 애로우〉!"

보배는 시위를 꼬아 당겼다.

쏘아진 화살은 마치 총알처럼 회전력이 포함된 상태였다.

무지막지한 관통력은 두말할 것도 없었다.

몬스터 무리 가장 앞에 있던 투 헤드 오우거는 딱 한 방의 화살에 피격된 채 뒤로 넘어지는 중이었다.

쿠우우웅……!

그 충격음을 기준으로 전투가 개시되었다.

모두를 전진시킨 후에야 기정은 뒤를 돌았다.

"라르크……."

멀찍이 라르크의 모습이 보이기 시작했다.

그의 뒤를 쫓는 팔레오들의 어마어마한 흙먼지 또한 눈에 들어왔다.

"우와아아아아아, 마스터케이 님! 도와주세요! 팔레오들이 절

죽이려고 해요!"

"같잖은 연기 집어치웁시다, 라르크 님."

기정은 이를 갈았다.

얼굴색 하나 변하지 않고 허둥대는 라르크를 보아하니 부아가 치밀었다.

"왜, 왜 또 화를 내고 그러실까아!? 우리도 몬스터 무리들 죽이려고 온 거였는데! 저 팔레오 놈들은 나랑 원수졌나? 툭하면 나를 쫓아오고—"

"왜 이런 짓을 하는 겁니까?"

"왜라니? 4차 웨이브를 막기 위해서 그런 거 아니겠습니까? 나도 미니스의 기사단이라고요! 당연히 교황청의 임무를 수행해야 하니까 그런 거죠!"

라르크의 주장은 언제나 똑같았다.


'당신과 같은 이유로' 몬스터 무리를 토벌하기 위해 왔으나, 어찌 된 일인지 팔레오들이 자신을 항상 쫓아온다.

그러나 자신은 신나라와의 계약에 의해 팔레오에게 검을 휘두를 수 없는 상태, 자연히 도망칠 수밖에 없다. 도와 달라.


일견 맞는 말이었다.

적어도 그가 몬스터들을 사냥하고 있다는 건 기정도 몇 번쯤 관찰했었으니까.

그러나 동시에 말도 안 되는 소리였다.

도망갈 거였으면 그냥 귀환 스크롤을 사용해도 된다. 수정구나 텔레포트 스크롤을 써도 된다.

'하지만 그러지 않았지. 언제나 달려서 도망쳤어.'

스크롤을 아끼기 위해서라는 변명 같지도 않은 변명을 믿을 기정이 아니었다.

순진하고 순박한 건 맞지만 적어도 바보는 아니다.

도망친 방향이 언제나 기정 자신이 있는 쪽이라면 의심을 하는 게 당연한 일이었다.

적어도 오늘만큼은 기정도 물러서지 않았다.

"나도 참을 만큼 참았어. 한마디만 더 하면 그때는 둘 중 하나가 죽을 거야."

기정은 라르크를 향해 검을 뽑았다.

이미 라르크보다 앞서 있던 베르튜르 기사단원 전원도 전투 준비 태세를 갖췄다.

울상을 짓고 있던 라르크의 표정도 순식간에 진지해졌다.

"으음, 근데 한마디를 하면 싸워야 하고. 안 해도 이 상태라면 싸워야 할 텐데……."

라르크는 자신의 뒤편을 향해 턱짓했다.

그의 뒤에선 여전히 팔레오들이 쫓아오는 상태였다.

그들이 이곳까지 도착하는 것은 1분이 채 걸리지 않으리라.

"그럼 차라리 대화로 푸는 게 낫지 않겠어요, 마스터케이 님? 내가 저것들을 막고 있는다 해도 우리 애들을 1분 안에 정리하시긴 힘들 거 아냐. 방어라면 몰라도 공격이라면 시간이 좀 부족하실 텐데."

기정이 라르크를 싫어하면서도 경계할 수밖에 없는 이유가 이것이었다.

그는 팔레오들에게서 도망칠 때, 언제나 최후미를 담당했다.

'루비니 님의 지도상에서도 그랬어. 자신이 언제나 맨 뒤였다, 즉, 팔레오들과 가장 거리가 가까운 상태.'

이기적이고 못된 사람이라면 부하들에게 후미를 책임지게 했을 것이다.

팔레오들의 모든 전력이 드러나지 않은 현 상황에선 어떤 사태가 발생할지 모르니까.

그러나 라르크는 언제나 본인이 가장 뒤에 섰다.

적어도 두 가지, 리더로서의 자질과 팔레오 전원을 상대해도 일정 시간 이상은 버티다 도망갈 수 있다는 자신감이 그에게 있다는 뜻으로 봐야 한다.

"방해하지 마세요. 마지막 경고입니다. 다음번에도 저희 근처에 계시면 고의적 방해로 간주하고…… 저희가 먼저 찾아가겠습니다."

믿다. 방해꾼일 확률이 아주 높다.

그럼에도 명분과 실력, 심지어 리더의 자질을 갖춘 자를 어떻게 대해야 하는가?

사람 착한 기정에게 있어 그 점은 무척 결정하기 어려운 것이었다.

겨눈 검은 여전히 내리지 않은 상태였으나 기정의 어투가 바뀌었다는 사실만으로도 라르크는 다시 미소 지었다.

"왕궁의 지시를 받은 우리를 배제하려고 하신다면…… 우리도 그 말을 듣고 그냥 넘길 수는 없겠는데. 어떻게 생각하세요? 지금 한판 뜰까? 아니면 다음에 왕궁 공문 챙겨 와서 보여 드린 다음에 한판 떠야 하나?"

상대방이 다가오면 물러서고, 물러서면 다가간다.

적절한 거리를 지키며 대상을 도발하고 끌어들이는 능력 하나만큼은 미들 어스의 그 누구에게도 지지 않는 자가 바로 라르크일 것이다.

웬만한 유저라면 이 시점에서 돌아갔을 것이다.

벌써 팔레오들은 20초 거리까지 다가와 그들의 면면이 보일 지경이었으니까.

'평소의' 기정도 마찬가지였다.

선결 과제부터 해결하고, 기왕이면 좋게 좋게 끝내려 했을 것이다.

성격적인 면에서 이하와 꽤나 닮은 면이 있기 때문이다.

그러나 안타까운 점이라면 지금의 기정은 '평소의' 기정이 아니라는 점. 순진하고 순박하고 믿음이 있는 사람들이 있다.

그런 사람들의 '선'은 절대로 넘어선 안 된다.

그것 또한 기정과 이하는 닮아 있었다.

"덤벼, 개새끼야."

이들 사촌 형제에게 있어서 극과 극으로 섞이지 않는 유저가 바로 라르크였다.

"어…… 엥? 뭐라고요?"

"〈방패 강화〉, 〈수호의 광휘〉, 〈삼중 갑옷〉. 누가 먼저 죽는지 보자."

화아아앗――――!

순식간에 자체 버프를 마친 기정은 라르크를 향해 달리기 시작했다.

라르크로서도 예상외의 순간이었다.

황급히 검을 꺼내어 들었으나 그도 적절한 상황 판단을 내리기 어려웠다.

"와봉―아! 죽여라!"

"레드 고트! 인간들의 씨를 말려라!"

"블랙―――― 크레인!"

파아아아아―――――……!

뒤에선 팔레오들이 변신하기 시작했고, 앞에선 미친 멧돼지처럼 기정이 달려드는 상황!

"자, 잠깐만! 잠깐― 〈허리케인―"

슈우우우우………… 팡!

"−블− 음?"
"응?"
라르크가 스킬을 시전하려는 순간, 먼 곳에서 불꽃이 터졌다.

폭죽과는 다른, 순수한 불덩어리는 하늘에서 방사형으로 퍼졌다.

아름답거나 놀랍다는 감상보다는 섬뜩한 감상이 먼저 드는 그것을 보며, 팔레오들은 진격을 멈췄다.

"……빌어먹을 인간 놈들, 목숨 하루 늘린 줄 알아라."

"와봉, 와봉− 돌아간다, 와봉−!"

라르크의 코앞까지 발톱을 들이댔던 팔레오들은 모두 등을 돌렸다.

베르튜르 기사단원과 첫 번째 합을 나눈 기정도 더 이상 검을 움직일 수 없었다.

"돌아가……?"

"지금?"

팔레오들이 어째서 이곳 근처에 있었는지는 라르크와 기정 모두 알고 있었다. 따라서 이유를 예상하는 건 어렵지 않았다.

어째서 그들이 돌아갔는가? 갑자기 터져 버린 불꽃은 무엇인가?

마탑의 사수

"다 모였군."

"여, 영물들이 – 영물들이 다 모여서 –"

"캬하…… 아쉽네. 마스터케이 님 실력 좀 보려고 했더니만. 그럼 우리는 돌아가겠습니다. 몸조심하시고!"

라르크는 웃으며 귀환 스크롤을 찢었다.

어느새 기정에게서 거리를 벌린 베르튜르 기사단원도 전원그와 타이밍을 맞췄다.

"기정 씨!"

"케이! 무슨 일이야?"

"모두 즈마 시티로 돌아가죠."

기정은 입술을 지그시 물었다.

"키킷, 갑자기? 아직 몬스터가 좀 남았는데요?"

"그게 중요한 게 아니에요. 우선…… 즈마 시티를 막아야하니까. 아니, 막아야 한다는 게 결국…… 후우."

기정은 관자놀이를 문질렀다.

여간 복잡한 사안이 아니었다. 이걸 어떻게 해결해야 하는가. 아니, 애초에 해결할 수 없는 것이었는지도 모른다.

"왜요? 왜?"

보배의 물음에 기정은 한숨을 내쉬며 답했다.

"영물들이 모두 모였어요. 팔레오들이 전부 돌아갔습니다. 아마도 내일, 즈마 시티로 진격할 거예요."

주사위는 던져졌다.

이제 남은 것은 전쟁뿐이었다.

원주민으로서의 지위를 잃고 하위 계급으로 전락해 버리기 일보 직전인 팔레오들과, 구대륙에서 각종 지원을 등에 업고 '신의 이름으로' 힘을 기를 의무가 있는 유저들의 충돌.

어쩌면 신대륙 원정대원이 처음 이곳에 상륙했을 때부터 정해진 운명인지도 몰랐다.

아무런 협의도 없이 두 개의 문명이 공존하는 것은 인류 문명의 흐름에도 존재하지 않았던 꿈에 불과하니까.

"정말로 싸울 생각이 있는 거예요, 알렉산더 씨?"

신나라는 양팔까지 벌리며 격정적으로 설득했다.

하루 전, 팔레오들의 성대한 '집결 완료 표식'은 신대륙 곳곳에 있던 유저들이 모두 보았다.

팔레오 부락들이 하나, 둘 비워지기 시작한 것은 벌써 나흘 전이었고 그때부터 돌던 소문이 마침내 확정되는 순간이었다.

즉, 오늘, 팔레오들이 즈마 시티에 총공격을 감행한다는 것은 신대륙에 있는 거의 모든 유저들에게 알려진 사실이었다.

따라서 이른 아침의 즈마 시티는 수없이 많은 유저들로 북적거리고 있었다.

그들에게 있어선 이것 또한 '웨이브'와 다름없는 이벤트처럼 느껴졌으니까.

오히려 웨이브보다 더 나은 환경이라고 할 수 있었다.

그때는 단순한 유저들의 집합체였으나 현재는 구대륙에서 파견된 온갖 종류의 기사단까지 포함된 상태다.

즉, '꽁으로' 레벨 업 하기에 더욱 좋은 상태란 말이다.

어느새 방어 진형을 갖춘 무리의 선두에 선 알렉산더에게 신나라는 끊임없이 따라붙었다.

현 상황에서 상호 간의 피해를 최소화할 방법은 오직 그밖에 없어 보였기 때문이다.

"……이번 일의 정의는 우리에게 없다. 과욕에서 비롯된 인간들의 우행愚行이 초래한 결과다. 나는 끼어들고 싶지 않다."

[나 또한 마찬가지.]

"그, 그러면! 그럼 이곳에 나타나지 않았어야—"

"허나, 더 큰 정의를 위해 즈마 시티를 수호하는 것만큼은 양보할 수 없다. 저들을 향해 선제공격을 가할 마음은 없으나, 나와 나의 교우는 즈마 시티를 지키기 위해 최선을 다할 것이다."

"결국 싸우겠다는 거잖아요!"

신나라의 말에 알렉산더는 더 이상 답하지 않았다.

'컨셉충'을 향해 분노가 일었으나, 그녀는 더 이상 알렉산더에게 따지고 들 수 없었다.

[여검사, 신나라. 영물들은 멍청하지 않다.]

"네?"

[나를 비롯해, 마魔의 공격을 막아 낸 자들이 이곳에 있다는 것을 알고 있다. 그럼에도 저들이 이곳을 공격한다는 게 무슨 의미인지 생각해 보았나.]

"……아뇨."

[결사의 각오다. 그 정도로 강력하게 의지를 표출하고 있는 것. 알렉산더나 내가 몇 마디 한다고 물러설 것이었으면 저들은 이곳에 오지도 않았겠지. 무엇보다…… 저들의 전력도 결코 약하지 않다.]

신나라는 이를 악물었다.

그러나 베일리푸스로서도 가능한 한 친절하게 말하는 것이었다.

친밀도가 제로에 가까운 타 유저였다면 감히 에인션트 골드 드래곤에게 이런 식의 조언은 듣지 못했을 것이다.

일반 유저였다면 베일리푸스의 발톱과 브레스의 강함을 온몸으로 체감하면서 자신의 건방짐을 후회하고 있었을 확률이 높다.

무엇보다 베일리푸스는 틀린 말을 하는 게 아니었기에, 신나라도 더 이상 할 말이 없었다.

영물들의 강함, 그 점에 대해서 잘 아는 유저가 또 있었기 때문이다.

"골——든 도마뱀의 말은 인정하는 각이고요. 그냥 존버나 하고 있었으면 참 좋았을 텐데, 굳이 모습을 드러내다니. 흑우가 따로 없지."

"이지원 씨……. 퓌비엘의 일원으로서 부탁드립니다. 지금 팔레오들과 싸우는 건 이득 될 게 하나도 없어요. 당신이라도 –"

"놉. 신 여사님의 부탁이라도 어쩔 수 없습니다. 나 하나 빠지는 건 상관없지만, 골——든 도마뱀의 말처럼 저쪽도 만만치 않아서. 나, 컨셉충, 페이우 셋 중 하나라도 빠지면 즈마 시티 떡락 각 뜰 듯."

이지원은 자신의 〈뇌운雷雲〉에 엎드려 누워 있었다.

말투는 가벼웠지만 그 역시 다가올 전투에 제법 긴장한 상태였다.

랭킹 1위의 알렉산더나 랭킹 2위의 이지원 랭킹 4위의 페이우. 셋 중 한 사람이라도 이번 방어선에서 빠진다면? 즈마 시티는 어떻게 될 것인가.

알렉산더나 이지원이 내키지 않음에도 이곳에 있을 수밖에 없는 이유였다.

그들과 다르게 즈마 시티 외곽의 곳곳에서는 그저 축제의 장이 벌어지고 있을 뿐이었다.

"와, 영물이 열일곱 마리나 되네. 난 다섯 마리밖에 못 봤는데."

"어덜트 드래곤급의 전력이 열일곱이라……. 개꿀잼이겠는데. 녹화 켰다."

"머임? 그럼 드래곤 레이드 17연탕? 조졌네."

"이런 거 참석 안 할 거면 미들 어스 접어야지."

"안녕하세요, 형님들! 시키면 한다! 오늘은 〈레벨 100 소서러로 영물 웨이브 살아남기〉입니다!"

랭커들의 고충이나 마魔와 팔레오 그리고 유저들과의 관계 따위와는 일절 관계없는 사람들은 흥분 상태로 현재를 즐기고 있을 뿐이었다.

자신의 선택이나 결정, 행동이 미들 어스의 세계관에 영향을 끼친 경험도 없을 뿐더러, 앞으로도 그럴 일이 없기 때문일까.

"……어쩌면 저게 당연한 거겠죠?"

"그렇지. 우리가 심각한 거지."

"하아아…… 미치겠네. 루비니 님, 팔레오들은요?"

"아직 움직이진 않고 있어요. 하지만 영물 열일곱은 모두 모여 있고, 팔레오들의 수는 저번보다 더 불어났어요. 마魔의 근거지로 따진다면 최소 네 개 이상의 근거지를 합한 전력 정도 될 거예요."

"영물들의 힘은? 다 합하면 토온급?"

"글쎄요. 저들이 정말로 합을 잘 맞춘다면 토온 이상일지도."

루비니의 지도는 개별 몬스터들이 갖고 있는 '힘'도 측정할 수 있다.

언젠가 마魔의 근원지에서 토온이 나타났을 때, 그 거대한 점의 크기로 모든 유저가 놀랐던 것처럼.

현재 그녀의 홀로그램 지도에 보이는 영물들의 크기는 결코 작지 않았다.

다행스러운 점은 팔레오들은 대체로 부락별 소규모 행동만 했었다는 점.

이 정도의 단체전의 경험은 없을 거라 기정은 생각했다.

'하지만 위기 상황이 되면 어찌 될지 모르지. 방심할 여유는 없다.'

기정은 친구 창을 살폈다.

이하의 위치는 아직까지 변함없었다.

"이하 씨는요?"

"아직. 귓속말 답장도 없어요."

설득을 포기한 신나라는 기정의 곁으로 와 한숨을 쉬었다.

그러나 신나라나 기정 또한 이 상황에 이하가 있다고 해서 무언가 바뀌었을 거라고 생각하진 않았다.

"하이하, 그 사람이 뭔데 그렇게 기다리는 겁니까?"

어느새 바로 옆까지 다가온 라르크가 황당하다는 듯이 비꼬았다.

"……좋은 말로 할 때 가세요."

"아니, 아니, 순수하게 궁금해서 그럽니다. 뭐야? 랭커야?

어디, 무슨 왕이야? 하이하가 오면 이 판도가 바뀐답니까?"

그의 질문에 답한 사람은 없었다.

보배가 재빨리 활시위를 당겼으나, 보배의 화살촉을 쳐 낸 것은 신나라였다.

"큿, 왜 그래, 나라야!"

"그래도 여기 마을 주변이야. 괜히 PK 뜨면 너만 불리해."

"내가 질 것 같아? 저……. 저놈 때문에! 모든 발단이 다 저놈 때문이잖아!"

기정의 곁에서 마음고생을 가장 많이 한 사람 중 한 명이 보배였다.

라르크에게 좋은 감정이 있을 리는 없었다.

"세상에. 도와주고 욕먹기는 처음이네! 보배 님? 우리 그래도 〈신의 지팡이〉 확보할 때 제법 합이 잘 맞지 않았습니까? 제가 지난 며칠간 얼마나 고생했는지 모르세요? 말씀은 안 드렸지만 몬스터 무리들 정리한 게 도합 삼백 마리는 될 겁니다. 그나마도 신나라 씨와의 〈계약〉 때문에 팔레오는 건드리지도 못 하고 도망 다니면서 정리한 게 그 정도라고요. 하~ 나 진짜 고생 많이 했지."

"입 닥쳐요. 진짜로 날려 버리고 싶으니까."

"흐으음, 왜 화를 내고 그러실까. 내가 몬스터를 잡으면 안 되는 이유라도 있나?"

라르크가 고개를 갸웃거렸다.

보배가 다시 한 번 욱, 하며 나서려 했으나 이번엔 기정이 막았다.

"없죠. 당신 또한 미니스의 기사니까."

"그럼요. 저도 교황청에서 다 지시받고 일하는 건데. 혹시 마스터케이 님만 따로 뭘 받았다거나 하신 건 아닐 거 아녜요."

라르크는 어깨를 으쓱거리며 자연스럽게 말했다.

홀리 나이트에 관한 것은 이미 치요에게 들어 알고 있는 사실이었다.

그가 몬스터를 죽인 것 또한 은근슬쩍 기정을 방해하기 위함이었다.

그러면서 팔레오를 공격하지 않은 것도 사실이었다.

그는 자신에게 채워진 제약과 의무, 모든 것을 절묘하게 활용하며 명분과 논리를 쌓았다.

그의 말에 토를 달 것은 없었다. 일반적인 상황에서는.

기정은 호흡을 골랐다.

"있습니다."

"네?"

"저만 따로 교황님께 부탁받은 게 있어요."

"기, 기정 씨?"

"케이!"

보배와 혜인이 깜짝 놀라 기정을 불렀다.

라르크의 표정도 일순 일그러졌다.

이걸 스스로 폭로한다고?

2차 전직 퀘스트 받았다는 얘기를 내뱉을 정도로 순진하다고? 그러나 기정은 더 이상 말하지 않았다.

조용한 눈으로 라르크를 바라만 보았을 뿐이었다.

"……역시. 누군가에게 들었군. 얘기가 샜어."

"무, 무슨? 무슨 말씀이실까?"

"방금 그 구겨진 표정. 아직 아무 얘기도 안 했는데 티를 내다니. 라르크 씨답지 않군요. 누구한테 들었습니까. 이 일을 밖으로 떠벌릴 자는 적어도 이곳에 없는 것으로 알고 있는데요."

오히려 기정이 입을 여는 것보다 라르크의 두뇌 회전이 더욱 빨랐기에 생긴 미묘한 오차!

라르크의 뛰어난 통찰력이 지금, 스스로의 발목을 잡았다.

"저는 당신이 엄청나게 미워요. 진짜 너무너무 밉습니다. 하지만 나쁜 사람이 아니라고는 생각해요. 그래서 밉긴 해도 싫어지진 않았죠. 그런 점 때문에 더 열 받는 것 같지만 어쨌든…… 지금까지는 그렇게 생각했습니다, 허나."

기정은 검을 꺼내어 들었다.

PK라면 질색하는 기정이 이렇게나 강건하게 나오는 모습을 처음 보는 별초의 길드원들은 당황했다.

"이제는 그 생각이 바뀌려 하는군요."

"……내가 나쁜 사람이다?"

"떳떳하다면 내 얘기를 어디의, 누구한테 들었는지 밝혀 보시던가."

기정 또한 시노비구미의 존재를 알고 있다.

치요의 어마어마한 정보력에 대해서 아주 잘 알고 있다.

또한 적어도 기정의 주변에서 이야기가 새어 나갈 일은 없다.

그렇다면 라르크는 누구를 통해서 들었을까? 교황에게 직접? 그럴 리가 없다.

그가 이야기를 들을 루트는 오직 한 군데뿐.

기정은 라르크를 향해 외통수를 놓았다.

라르크는 입을 다물었다.

"역시 말 못 하겠지?"

"아니, 이미 마스터케이 당신이 생각해 둔 답이 있을 테니 안 하는 것뿐. 하지만 한 가지만 기억하세요. 나는 결코 나쁜 사람이 아닙니다."

라르크는 기정의 눈을 똑바로 쳐다보았다.

기정 또한 그의 눈빛을 살폈다.

"내가 미들 어스에 있는 이상, 나는 미니스 왕국의 수도방위기사단, 〈베르튜르〉의 영원한 일원. 내 검에 맹세코 나는 나쁜 짓은 하지 않아요."

"그럼 왜 그런 짓을……."

"다만…… 가장 효율적인 방법을 추구할 뿐이지. 뭐, 세상

살이가 다 그런 거 아니겠습니까? 그 와중에 개별적인 몇몇 피해자도 나오고 말다툼도 이뤄지지만 최종적으로는 언제나 모두에게 좋은 일이다~ 이겁니다."

"어쭙잖은 공동선共同善, 공리주의功利主義 같은 소리 하지 마세요."

"쩝, 참새가 봉황의 마음을 어찌 알꼬. 내가 왜 랭커 자리에 오르지 않는지 알기나 하시려나?"

"뭐, 뭐요?"

라르크는 끝까지 검을 뽑지 않았다.

오히려 검을 들고 선 기정에게서 등을 돌리며 한숨을 내쉴 뿐이었다.

기정은 마지막에 내뱉은 그의 말에 잠시 당황했다.

그의 자신감은 대체 어디서부터 나오는 것일까.

랭커 자리에 못 올라간 게 아니라, 오르지 않는 것이라고?

기정이 둔 외통수에 대해 라르크가 취한 방식이었다.

방금 전까지 나누던 대화의 판을 완전히 뒤집어 버리면? 외통수는 사라진다.

주도권을 잃어버린 찰나의 순간, 더 이상 기정은 라르크를 붙잡을 기세가 없었다.

"어딜 가는 겁니까! 누구한테 그 얘길 들었는지 얘기하고……."

"얘기해서 뭐 합니까, 이해도 못할 것을. 괜히 시간만 아깝지. 다음에―"

"팔레오들이 움직입니다! 영물들의 이동 확인!"

기정과 라르크의 말을 끊으며 루비니의 외침이 울려 퍼졌다.

방어 전선의 전방에 있는 자들에게는 루비니의 외침이 닿지 않았으나, 그들은 들을 필요조차 없었다.

[오는군.]

"결국 피를 봐야만 하는가, 신대륙의 원주민들이여."

[즈마 시티가 사라진다면 레를 죽일 여력은 없어진다.]

"음, 알고 있다. 정의를 위해서라도 이곳은 반드시 사수해야 한다."

"황룡 전원—— 전투 준비——!"

하——오!

알렉산더와 베일리푸스, 페이우와 황룡의 길드원들은 전투 준비를 마쳤다.

"자아, 기왕 이렇게 된 거 스겜으로 고고!"

영물들과 팔레오들이 달려드는 이상, 신나라와 별초 등도 가만히 있을 수는 없었다.

"케이, 어떻게 할 거지?"

"기정 씨……."

"우선은…… 우선은 나가죠. 전장으로 합류는 하되. 상황은 최대한 지켜보겠습니다."

검을 들지 않으면 저들의 손에 죽임을 당할 뿐일 테니까.

모두가 전쟁 준비로 한창일 때, 베르튜르 기사단의 진영으로 복귀한 라르크는 복잡한 얼굴을 하고 있었다.

"나가자."

"무, 무슨 소리 하고 있어, 대장? 우리가 나가서 뭐 한다고?"

차를 타 마시던 퐁이 화들짝 놀라 라르크에게 물었다.

여전히 신나라와의 〈계약〉에 의해 베르튜르 기사단은 팔레오 및 영물들에게 적대적 행위를 할 수 없다.

그런데 이 전쟁 통에 밖으로 나가자는 말을 하다니?

"즈마 시티로 가자는 게 아니야."

"음? 그럼?"

"……일했으니 돈 받으러 가야지. 근데 저쪽에서 돈을 줄지, 안 줄지 모르니까 담보는 잡아야 하지 않겠어?"

"그게 무슨……."

"위치 확인하고, 전원 준비시켜서 따라와."

라르크는 수정구를 발동시켰다.

Geschoss 8.

"우오오오오! 시작이다!"

"조져, 조져 버려!"

"몬스터 웨이브 때에 비하면 이 새끼들은 조밥이잖아?!"

유저들의 표정이 환희로 젖었다.

난이도 자체는 저번보다 쉽지만 보상의 기대값은 저번과 유사했으니, 그들이 기뻐하는 것도 당연했다.

"간드아아 – 앗?"

━━━━━━━━━━━━━━━!

그 순간, 유저들의 눈을 멀게 만드는 빛의 폭발이 일었다.

돌격하던 유저 전원은 고개를 숙여야 했다.

"크윽!"

"무식한 동물 새끼들이!"

"다 조져 버려, 변신해 봤자 레벨 250 전후밖에 안 돼! 숫자도 얼마 없다!"

사기는 꺾이지 않는다.

이미 '적'으로 판명된 녀석들의 전력은 유저들 또한 아주 잘 알고 있었다.

"싸워, 싸워!"

"베어 버려라아아아아아-!"

물론 그것도 일리는 있는 행동이었다.

이곳에 모인 유저 중 팔레오들의 단체 행동을 직접 겪은 유저는 그 누구도 없었으니까.

심지어 신대륙 서부의 열일곱 영물 중 인간과 유사한 영물이 있다는 걸 아는 자도 드물다.

"이라쿠, 그대부터."

"알겠다, 코바."

몰려가던 영물 중 하나가 멈춰 섰다.

뒷발에 날카로운 가시가 엄청나게 돋아 있는 멧돼지는 마치 물구나무를 서듯 앞발로 온몸을 지탱했다.

"와보오오오!"

쿠구우우우ーーーーー……!

들어 올린 뒷발을 그대로 내리찍는 행위, 지진을 일으킬 수 있는 멧돼지 팔레오들의 부족 수호신, 이라쿠의 특능이 발현되었다.

"어? 어어?!"

"미친, 어스퀘이크!"

"공중으로 뜰 수 있는 유저들은 전부 떠!"

갑작스레 흔들리는 지표면에 유저들은 잠시 당황했다.

이제 인간들과 팔레오 간 거리는 100m도 채 되지 않는다.

한참 속도를 높여 돌진력을 얻어야만 하는 상황에서, 지진을 피하기 위해 속력을 포기하며 공중으로 뜨는 것은 올바른 행위가 아니었다.

적어도 영물들의 연합 앞에서는 말이다.

"피그미. 일제 사격 지시."

"떠 있는 인간들부터 -! 조준!"

보노보 팔레오들은 개량된 볼트 액션 총기를 들어 올렸다.

그들과 함께 움직이는 것은 흑두루미 팔레오들의 부족 수호신, '후디드'였다.

"사격!"

"하핫, 과연, 적의 무기로 적을 친다는 거군! 흐으으으읍-!"

――――, ――――, ――――!

짧게 끊어 올리는 총성과 함께 후디드의 부리에서 불덩어리들이 쏟아져 나갔다.

"어? 어어?"

"뭐, 뭐야, 저게? 〈쉴드〉!"

"총 - 칵!"

"화염 마법이 – 생각보다 강해!"

황급히 방어 마법을 사용해 보지만 어덜트 드래곤급의 실력을 지닌 흑두루미 영물, 후디드의 마법을 막을 수 있을 정도는 아니었다.

공중으로 떠올랐던 유저들의 상당수가 잿빛으로 변하며 땅으로 추락했다.

아직 본격적인 충돌이 일어나기도 전 발생한 두 번의 공방.

아니, 그것은 공방이라고 부를 수도 없는 행위였다.

팔레오들의 공격은 인간들의 다음 행위를 예측하고 유도하듯 정확하게 적중했고, 인간들은 무식한 야만족이라 무시하던 팔레오들에게 그대로 당해 버린 셈이었다.

"인간이 고작 이 정도밖에 되지 않는가. 하긴, 그러니 그렇게 간단한 물건조차 강력하게 만들 수 없었던 거겠지."

이 모든 작전을 세운 장본인이자 영물들을 규합하러 움직였던 영물이 코밑을 훔쳤다.

"과연 코바로군."

"그대가 있어 든든하네."

보노보 팔레오들의 부족 수호신 코바, 루거와 이하의 무기를 분해해 보았던 용암 밀림의 영물은 인간 이상의 지능을 가진 존재였다.

"끼히힛, 다음은 내 차례겠군. 흐으으음······! 일해라, 일!"

최전방에서 달려가던 팔레오들의 주변으로 작달막한 영물

하나가 뛰어다녔다.

못생긴 얼굴을 자랑하는 원숭이가 주변을 독려하자 온갖 동물 형태의 팔레오들의 근육이 터질듯 부풀어 올랐다.

지진이 멈춘 후 다시금 땅으로 내려와 달리기 시작하던 최전방의 유저들 얼굴이 일그러졌다.

"……노, 노동을 강요하는 영물-"

"하르헤이? 하르헤이의 힘이 들어가면-"

하르헤이가 힘을 준 팔레오들은 고릴라와 멧돼지들.

일격에 나무를 뿌리 뽑을 수 있는 거체 팔레오들이 쿵쾅거리며 달려왔다.

"와봉-! 와봉- 아! 우리들이라고 강해지지 않을 리가 없지!"

"방패! 방패 들어 올-"

"우아아악!"

콰아아아아아앙———!

볼링공이 핀을 쓰러뜨리듯, 곳곳에서 유저들이 공중으로 치솟았다.

그러나 스킬을 써서 떠오른 게 아니었다. 팔레오들의 힘에 의해 공중으로 떠올려진 것이다.

지금까지의 돌격력이 고스란히 실린 데다, 하르헤이에 의해 근력까지 강화된 상태의 돌진 공격에 당하니, 수십 명의 유저들이 일격에 죽어 버리는 일까지 벌어졌다.

"와봉- 와봉-!"

"레드 고트! 인간들을 도륙하라!"

"블랙 크레인, 코바 님의 음성에 집중하라! 보노보들의 부족 수호신님의 명을 따르라!"

코바는 과연 똑똑했다.

영물과 팔레오를 있는 그대로 활용하지 않고, 팔레오들의 힘을 더욱 강하게 할 수 있도록 영물들과 팔레오들을 새롭게 조합할 줄 아는 능력이 그에게는 있었다.

넓게 보면 아이템을 분해하여 새롭게 강화하는 것과 '마찬가지'이기 때문일까.

그 점을 겪어 본 적 없던 유저들에게는 끔찍한 악몽의 시작일 뿐이었다.

"비이이이이이…………!"

흰색 털을 지닌 소 팔레오들의 영물, '비'가 전장의 좌익을 누볐다.

거대한 영물의 이점을 살려 좌익을 파고드는 공격이라도 할까 싶어 유저들이 잔뜩 긴장했으나, 거대한 소는 그대로 유저들을 스치며 지나치기만 했다.

"컥! 〈상태 이상〉 갑자기 상태 이상이?!"

"〈중독〉, 〈공포〉, 〈혼란〉이라니 이게 무슨–"

"나는 〈배고픔〉, 〈어지럼증〉이야! 서 있을 수가…….."

그것만으로 충분했다.

화염을 다루는 흑두루미 후디드처럼, 〈역병〉을 다루는 소,

'비'에게는.

"바람! 바람 정령술사 불러!"

"누가 이 바람 좀 막아 줘!"

"결계를 써도 소용이 없어! 결계째로 끌려 나간다아아아!"

우익도 결코 만만한 상황은 아니었다.

우익에서 날뛰는 것은 옥색 산, 개 팔레오들의 영물 사누이.

거대한 개는 마치 자신의 꼬랑지를 물기 위해 빙글빙글 도는 것처럼 보였지만 그 행동은 어느새 초특급 사이클론을 생성해 내고 있었다.

"엄청나…… 이대로라면 우리가 굳이 지키지 않아도 되겠는데요, 기정 씨?"

전투 개시 초기부터 인간들을 압도하는 팔레오들을 보며 보배는 감탄했다.

그러나 태일은 놀란 얼굴로 기쁨을 감추고 있었다.

"아니, 오히려…… 저런 녀석들을 제압한 라르크라는 사람을 더욱 이해할 수 없게 되었습니다."

어덜트 드래곤급의 강력함이 저 정도라고?

팔레오 부락과 실질적 전투를 겪어 보지 않은 별초의 인원들은 명확한 답을 내릴 수 없었다.

"잠시만요."

"음? 기정 씨?"

처음 지진이 일어났을 때부터 전투를 지켜보며 감탄했던

기정의 표정이 갑자기 굳었다.

그가 누군가와 귓속말을 시작했다는 것을 별초의 인원들은 곧 눈치챘다.

"누구? 이하 씨예요?"

"잠깐! 저 뭣 좀 알아보고 올게요! 여러분들은 계속 지켜보시다가! 제가 아까 말씀드린 대로 영물 보호부터 해 주세요! 팔레오들의 죽음은 어쩔 수 없지만 영물들은 어떻게 해서든 살려야 할 테니까!"

"잠깐! 기정 씨! 어디 가요!?"

별초들이 유저들의 전력 속에 합세했던 것은 팔레오들을 도륙하기 위해서가 아니었다.

오히려 영물들이 위기에 처한다면 그들을 조금이라도 **빨리** 보호하기 위함이었다.

이것은 신나라의 아이디어였다.


'영물과 팔레오는 부모–자식 관계라고 했고, 라르크가 그 점을 공략했잖아요? 그렇다면 이번 전투에서도 영물들만이라도 어찌어찌 살아남는다면…… 어쨌든 팔레오들을 다시 낳은– 그, 그 낳는다는 표현이 좀 그렇지만 어쨌든 만들 수 있지 않을까요?'


신나라와 세이크리드 기사단 역시 같은 이유로 알렉산더의

마담의
사수

주변을 그저 얼쩡거리고 있었다.

아직 본격적으로 움직이지 않은 알렉산더와 이지원, 페이우였고, 그들이 움직이는 때가 영물들이 위기에 빠지는 순간이라는 것을 알고 있었기 때문이다.

기정이 즈마 시티를 향해 다시 달리기 시작했을 때, 마침내 우려는 현실이 되었다.

"피해가 더 커진다면 위험하겠군."

[음. 움직이도록 하지.]

"자, 잠깐만요! 알렉산더 씨! 베일리푸스 님!"

[간다, 교우여.]

"〈정의의 심판〉"

알렉산더의 창끝에 빛이 서리기 시작했다.

나서야 할 타이밍을 직감한 건 알렉산더만이 아니었다.

뇌운에 타고 있던 이지원의 몸으로 흑색의 마나 알갱이들이 어마어마하게 뭉쳐 들어갔다.

"나도 이걸 선보이고 싶어 죽는 줄 알았다고! 영물 두어 마리 잡고 또 스킬 등급 업 해 보자! 〈일렉트릭 레이디Electric Lady〉!"

파츠츠츠츳————!

새카만 먹구름 속에서 번개가 튀나 싶었을 때, 이미 이지원의 눈앞엔 전력電力으로 이루어진 여인의 상像이 맺혔다.

"〈허공답보〉, 〈황룡 출수〉!"

공중으로 날아오른 페이우 또한 손끝에서 거대한 용을 뽑아내었다.

　기氣로 만들어진 동양식 용은 곧 팔레오들을 향해 쏘아졌다.

　"오오오오————!"

　"왔다, 왔어!"

　"망할 짐승 새끼들! 전부 죽여!"

　랭킹 1, 2, 4위의 진심을 다한 공격이 쏘아지자 밀리고 있던 전방의 사기도 한껏 고양되었다.

　영물 측도 그 공격을 전부 보고 있었다.

　저공비행을 하며 브레스를 뿜는 베일리푸스와, 창끝을 겨누는 것만으로 돌진하던 멧돼지 팔레오들을 몰살에 가깝게 쓸어 버리는 알렉산더의 힘.

　전기로 이루어진 여인이 하늘하늘 허공에서 손짓할 때마다 공중 폭격 지원을 하던 흑두루미 팔레오들이 무리 지어 감전 사하는 안타까운 순간.

　황금의 용이 태풍을 불러일으키는 개 영물, 사누이를 쫓아가며 불을 토해 내는 모습까지.

　"저들이 주력인가. 쿄오, 어디까지 감당할 수 있지?"

　그럼에도 코바는 당황하지 않았다.

　아직도 남은 영물은 많이 있었다.

　"접근할 수만 있다면. 날개 달린 녀석도 죽일 수 있다."

　"그대의 독에 자신 있는가."

　"싯싯싯싯, 이건 독이 아니야. 비늘을 긁어 내고 놈의 살 안에 내 피를 주입하기만 하면 돼. 생물인 이상 죽지 않을 수가 없지."

머리에 별 모양의 무늬가 있는 거대한 뱀이 웃었다.

목을 늘려 자신의 피를 상대방에게 주입시키는 공격 방식!

코바와 같은 용암 밀림 출신의 영물이자 뱀 팔레오들의 부족 수호신, 쿄오.

그가 말하고 있는 것은 비예미가 치요를 공격할 때 사용했던 스킬의 원형으로, 〈상태 이상 : 중독〉 따위와는 차원이 다른 파괴력을 지닌 혈독血毒이다.

코바는 쿄오의 설명을 들으며 고개를 끄덕였다.

"비늘은 내가 벗겨 주지."

주섬주섬 꺼내어 든 것을 보며 영물들의 곁에 있던 팔레오들의 눈이 조금 커졌다.

이미 전방에서 사용하던 '총기'가 있었으나, 코바가 꺼내어 든 것은 지금까지의 총기와는 조금 다른 모습이었기 때문이다.

"인간의 것인가."

"두 개나 만들 수는 없는 데다, 원형보다 파괴력이 떨어지지만……. 쓸 만할 거다."

그 모습은 마치 〈코발트블루 파이톤〉과 같았다.

루거의 코발트블루 파이톤과 이하의 블랙 베스의 경우는 조금 달랐다.

분해도는 있지만 적어도 이하는 보노보 팔레오들에게 강화를 맡기지 않았다. 총기를 강화해 준 것은 어디까지나 시티 가즈아의 보틀넥이었다.

그러나 루거는?

그는 분석부터 강화까지 모든 절차를 보노보 팔레오의 영물, 코바에게 맡겼었다.

〈블랙 베스〉와 달리 〈코발트블루 파이톤〉에 대해 코바가 더 잘 알고 있는 것은 어찌 보면 당연한 일이었다.

"그렇다면 준비하시게."

"여기서도 쏘아져 나갈 수 있으니 걱정 마."

기다란 뱀의 몸체를 지닌 쿄오의 모습이 곧 짓누른 용수철처럼 되었다.

코바는 루거의 총기와 유사한 무기를 베일리푸스에게 겨누었다.

빠른 속도로 날아다니고 있었으나 맞추는 것에는 무리가 없다는 듯, 그는 평온하게 조준했다.

코바의 공격이 큰 데미지는 줄 수 없을 것이다.

그러나 〈코발트블루 파이톤〉의 파괴력을 80%만 재현할 수 있어도 베일리푸스의 드래곤 스케일을 벗겨 내는 데는 큰 문제가 없으리라.

용의 맨살이 드러난 그 짧은 틈, 그 작은 포인트를 향해 쿄오의 몸이 쏜살같이 날아갈 것이고, 알렉산더와 베일리푸스가 만약 그것을 피하지 못한다면?

비예미에게 물린 치요처럼, 천하의 에인션트급 드래곤이라 할지라도 생존을 장담하긴 어려울 것이다.

코바가 방아쇠를 당기는 순간, 거대한 총성이 울렸다.

─────────────!

쿠우우웅──……!

[큭?! 이건?]

베일리푸스가 두르고 있던 상시 배리어가 진동했다.

앞으로 나아가려던 에인션트급 드래곤의 거체가 휘청거렸다.

"무슨- 공격을?"

베일리푸스 위에 올라탄 알렉산더 또한 황급히 중심을 다시 잡아야 할 정도였다.

단 일격으로 드래곤의 돌격을 막아 낼 정도의 파괴력이 실린 탄환이었다.

그러나 그들이 인상을 찌푸린 것은 배리어에 막힌 공격 따위 때문이 아니었다.

바로 그 공격을 행한 자의 이름을 보았기 때문이다.

"······하이하?"

[하이하가 나를 공격했다는 건가.]

알렉산더에게 뜬 시스템 알림 창은 PK 선제공격의 대상 유저가 '하이하'임을 알리고 있었다.

그들이 이하를 찾을 필요도 없이, 어느새 모습을 드러낸 이하는 알렉산더를 향해 소리 지르고 있었다.

"알렉산더! 멈춰요!"

[하이하!]

영문을 알 수 없는 일에 드래곤이 잠시 어리둥절한 사이, 베일리푸스가 지나려 한 자리에 거대한 쇠공이 휘이이이익————! 소리를 내며 지나쳤다.

[흡!]

"······과연. 이걸 알리려고 했던 건가."

코바가 뒤늦게 발사한 포환은 허공을 가르고 말았다.

알렉산더와 베일리푸스가 이하를 향해 가졌던 의문과 분노는 순식간에 사그라들었다.

그러나 이하는 거기서 멈추지 않았다.

이하가 베일리푸스를 사격했던 이유는 코바의 공격을 피하게 하기 위함과 동시에 자신의 존재를 어필하기 위해서였던 것이다.

그리고 지금 이 순간, 이하가 어필해야 할 사람은 알렉산더뿐이 아니었다.

멀찍이 떨어진 페이우의 동양식 용을 향해 한 방 그리고 이지원의 뇌운에서 분리된 일렉트릭 레이디를 향해 한 방!

————, ————!

귓속말보다 더욱 확실한 게 PK 알림 창이라는 것을 이하는 알고 있었다.

멈추라는 말보다 더욱 확실한 그 표현에 페이우와 이지원의 시선도 이하가 있는 곳으로 쏠렸다.


[모두 멈추세요————!]

투콰아아아아⋯⋯⋯⋯!


우선 시선을 모아 놓고, 자신의 의견을 피력한다.

확성 마법에 의해 커진 이하의 목소리와 역시 확성 마법에 의해 커진 총성이 전장 전역에 울려 퍼졌다.

랭커들이 전투를 멈춘 탓일까, 아니면 어느새 이하의 곁에 다가온 블라우그룬이 소리를 키운 덕분일까.

그것도 아니라면 저 엄청난 총성이 자신의 머리를 노릴지도 모른다는 공포감 때문일까?

유저들과 팔레오들의 혈전은 한순간에 멈췄다.

이하의 몸이 전장 한가운데의 공중으로 둥둥 떠오르기 시작했다.

여전히 인간의 모습을 한 블라우그룬이 그의 곁에서 함께 있었기에, 겉보기에 특별한 위용이나 공포가 느껴지는 것은 아니었다.

그러나 떠 있는 사람이 〈하이하〉라는 것은 충분히 알 수 있는 상황이다.

그리고 하이하라면?

무엇보다 불과 며칠 전, 그가 해냈던 일을 지금 여기 있는 모두가 알고 있다.

*[유저 분들 그리고 영물 여러분들. 모두 멈추세요. 지금 이 순간부터 싸우려는 분들이 있으면, 어느 쪽이든 제가 상대방으로 갈 거라는 걸 먼저 말씀드립니다.]*

**〈토온을 살해한 자〉**

누구도 해내지 못한 과업을 이루어 낸 유저가 공중에 떠오르며 저런 말을 하고 있을 때에는, 감히 누구도 움직이지 못하는 게 당연한 일이었다.

*[시험해 보셔도 좋습니다. 어디로 숨는다 해도, 그다음에 모습이 드러나는 그때, 저를 보지도 못한 채 죽을 테니까요. 제 앞에서 숨을 수는 없습니다.]*

이하의 목소리는 차분했다.

그러나 톤이 높지 않을 뿐, 그것이 결코 담담하다는 뜻은 아니었다.

터질 것 같은 분노를 꾹꾹 눌러 담은 낮은 목소리에 일반 유저들은 발을 떼는 것조차 쉽지 않았다.

그것은 영물 쪽도 마찬가지였다.

일반 팔레오들은 이하의 기세에 눌려 움직이지 못했고, 영물들은 대상이 '이하였기에' 움직일 수 없었다.

실제로 모든 전투가 완전히 소강상태에 접어들었다는 것을 확인한 후에야, 알렉산더가 물었다.

"하이하, 무슨 짓이지."

"무슨 짓인지는 제가 묻고 싶은데요. 여태껏 신대륙에서 쌓아 올린 걸 전부 날려 먹기 위해서 싸우고 계신 겁니까, 알렉산더 씨? 베일리푸스 님?"

[나를 가르치는 것인가.]

"네, 가르치는 겁니다. 확실히 팔레오와 영물들이라면 교황청에서도 별다른 말이 없겠지요. 어차피 인간들이 원하는 건 마魔를 정리하는 것뿐. 푸른 수염과 마왕의 조각들을 죽이기 위해서 팔레오가 방해가 된다면 그것들을 없애는 데 교황청도 별다른 지시를 내리지 않았겠지요."

어째서 미니스의 기사단들이 팔레오를 제압함에 있어서 큰 방해를 받지 않았는가.

공식적으로 에즈웬 교국과 교황청의 입장에서는 팔레오에

관여를 하지 않기 때문이다.

그들은 어디까지나 에리카 대륙의 원주민일 뿐이었다.

로페 대륙의 입장에서 보자면 아군도, 적군도 아니라고 판단한 것이다.

에리카 대륙으로 오게 된 제일 목적인 마왕군의 추격 섬멸을 위해 필요하다면 '모든 것을 활용'하자는 것이 기본 방침인 이상, 〈제압〉 업적을 따는 것 또한 방법 중 하나라고 묵시적으로 인정한 것이나 다름없다.

마치 종교 전쟁이라도 벌이는 것처럼…….

원주민과의 상생을 신경 쓰며 마왕군을 잡는다?

미들 어스는 그런 것을 결코 권유하지 않는다.

그 모든 것은 전부 '유저들의 선택'에 의해 새롭게 뻗어 나가는 갈림길일 뿐이니까.

"아무리 문명 간의 만남은 전쟁을 만든다지만 이건 너무 심한 거 아닙니까!"

[저들이 먼저 공격했다.]

"하지만! 그렇다고 아무런 협의도 없이 전투부터 치르는 게 말이나 되는 겁니까?"

[……아무리 하이하 너라도 나를 모욕한다면 −]

"하……. 에인션트답지 않은 말씀 하지 마시고요."

하이하는 더욱 강하게 소리쳤다.

"모욕할 때는 해야지! 생각해 보시라고요! 신대륙의 인간

병력 대부분과 팔레오들이 전력을 다해 싸우면!"

이하는 더 이상 말하지 않았다.

'이득을 보는 게 누구냐! 이 정보가 어디로, 어떻게 새겠냐!'

이 말은 더 이상 하지 않았다.

인간 내부에 첩자가 있는 것을, 바로 그 첩자에게 고스란히 알려 주는 꼴이 되기 때문이다.

최상위 유저들에겐 공공연한 비밀이었으나 아직 그 단계에 이르지 못한 중저레벨 유저들까지 그런 사실을 알게 할 필요는 없었다.

괜스레 유저들의 결속을 해칠 염려가 있기 때문이다.

이하는 언젠가부터 미들 어스 전체의 유저들을 이끌어 가는 입장까지 생각하고 있었던 것이다.

다행스러운 점은 과연 베일리푸스는 에인션트급 드래곤이었다는 것이다.

[……근거가 있는가.]

"이제 찾을 겁니다. 그러니 잠시 기다리세요."

이하는 알렉산더와 베일리푸스에게 말하곤 고개를 돌렸다.

코발트블루 파이톤과 유사한 무기를 들고 있는 보노보 팔레오의 영물 코바, 그의 곁으로 붉은 염소 팔레오의 영물 아이벡스와 흑두루미 팔레오의 영물 후디드 등 온갖 영물들이 모여 있었다.

블라우그룬은 공중에 뜬 이하와 함께 그곳으로 움직였다.

"자, 잠깐만요! 이하 씨! 그쪽으로 가면 —"

— 괜찮아요, 나라 씨.
— 괜찮다뇨! 영물들이 공격을…….
— 아마…… 나라면 괜찮을 거예요.

이하는 믿었다.
미들 어스의 시스템은 적어도 거짓말을 하지 않을 것이고, 언젠가 자신의 눈앞에 떴던 그 작은 알림 창들은 분명히 지금 이 순간 힘이 되어 줄 것이다.

"하이하."
"영물 여러분, 오랜만에 뵙습니다."
팔레오들의 진영을 가로지르는 도중에도 역시 그들은 이하를 공격하지 않았다.
이하는 영물들을 보며 고개를 숙였다.
"이게 하이하인가?"
"우리를 위해 피를 흘려 주었다는 그 인간? 이렇게 작은 인간이?"
"이 인간보다는 저쪽에 용을 타고 있는 인간이 더 강한 것 같은데……."

"모두 조용. 하이하는 다른 인간과 다르다. 그를 모욕한다면 우리 흑두루미 팔레오는 참지 않겠다."

"붉은 염소 또한 마찬가지. 모두 그를 존중하길 바란다."

이하가 모르는 영물과 아는 영물들이 옥신각신 다투었다.

적어도 이하가 직접적인 도움을 주었던 후디드와 아이벡스 쪽은 이하를 향한 완벽한 신뢰를 보이고 있었다.

그런 영물들의 가장 앞에 선 영물은 역시나 보노보 팔레오의 코바였다.

"너는 저주받을 인간들 중 유일하게 신뢰를 받은 자다. 그러나 아무리 너의 부탁이라도 우리는 이곳에서 돌아갈 수 없다."

역시, 이하는 마음속으로 쾌재를 불렀다.

언젠가 〈제압〉 업적을 따기 위해 기사단을 저격할 때 떴던 알림 창, [에리카 신대륙 내 모든 영물과의 신뢰 관계가 형성]된 덕분이리라.

"알고 있습니다. 여러분들의 분노…… 그 굴욕을 없었던 일로 하자는 것은 너무 이기적인 말이겠죠."

"그럼? 네가 뭘 할 수 있지? 너는 루거와 같은 인간이지 않은가. 인간 사회에서 너에게 별다른 권한이 없다는 걸 나는 알고 있다."

즉, 신뢰 관계는 어디까지나 너 하나에 불과하며, 그 또한 종족 간의 싸움에선 선제공격을 하지 않는 정도라는 의미다.

이하는 이 정도로도 충분하다고 생각했다.

다만 문제라면 인간들에 대해 잘 아는 코바가 있는 이상, 말로 구슬리는 것도 결코 쉽지 않을 것이란 점이다.

"팔레오들을 향한 공격 금지. 저희와 팔레오가 최대한 공생할 수 있는 관계가 되도록 공식적으로 힘써 보겠습니다."

"힘써 본다? 그런 두루뭉술한 말을 하려고 여기까지 온 건가."

"확실히 그렇죠. 제가 아무런 노력도 보여 드리지 않으면 여러분들은 믿지 않으실 겁니다. 그래서……."

다만 실제 이하가 약속할 수 있는 게 거의 없다. 단 한 가지만 빼면.

이하는 침을 삼켰다. 여기까지 오며 생각한 상당 부분은 이미 먹혀들어 간 상태였다.

'[신뢰 관계 형성]이 있다. 그렇다면 분명히 그 반대도 있을 거야.'

당연하다. 없을 리가 없다.

팔레오들이 인간을 향해 분노를 품게 된 근본적인 원인을 축출해 내면 되지 않을까.

"제가 잡아 드리겠습니다. 악의 근원인 녀석을 포획해서 여러분에게 건네드리죠."

"라르크!"

"그 씹어 먹을 자식을 데려오겠다는 뜻인가!"

"어디 있는가! 이 전장 어딘가에 숨어 있었나? 놈의 육신을 찢어 버릴 수만 있다면 나는 무엇이라도 상관없다!"

영물들의 눈이 튀어나올 듯 커졌다.

지금까지 차분했던 그들이 길길이 날뛰는 모습을 보며 이하는 확신했다.

"그렇게 하면 돌아가 주실 겁니까?"

"……2시간 안에 라르크를 잡아 온다면. 그때까지 의견을 나눠 보겠다."

코바는 자신의 뒤편에 있는 영물들을 슬쩍 바라보았다.

적어도 이하가 보기에 의견이 나뉠 일은 없을 것 같았다.

라르크만 잡아 온다면.

모든 것은 해결되리라.

"알겠습니다. 블라우그룬 씨, 알렉산더가 있는 곳으로 가죠."

"네."

블라우그룬은 이하를 다시 공중으로 띄웠다.

이하가 영물들과 협의를 보고 오는 사이에도 유저들은 팔레오와 싸우지 않고 있었다.

갑작스레 식어 버린 분위기 때문이기도 했으나, 무엇보다 랭킹 1위, 알렉산더가 아무런 행위도 하고 있지 않아서였다.

어느새 알렉산더의 근처에는 이지원과 페이우, 신나라와 세이크리드 기사단, 기정을 제외한 별초의 인원들이 모여 있는 상태였다.

"어떻게 됐어요?"

"뭐래요? 돌아간대요?"

"네. 2시간 안에 라르크를 데려오는 조건으로 합의 봤습니다. 어쨌든 저들이 분노한 원인이니까요."

이하는 비교적 가볍게 말했으나 듣고 있는 인원들의 표정은 결코 밝지 않았다.

"두 시간? 라르크는 즈마 시티에 있을 텐데 두 시간 안에 어떻게 그를 잡으려고요?"

마을 안에 있다면 모든 적대적 행위는 즉각 PK로 인식되어 치안대가 출동할 것이다.

언제나 크고 작은 분쟁이 일어나는 즈마 시티가 지금까지 유지될 수 있었던 이유는 4개국에서 파견된 치안대가 있었기 덕분이다.

하물며 죽이는 게 아니라 포획이라면 그 난이도는 더욱 올라간다.

신나라가 걱정하는 것도 당연한 일이었다.

"괜찮아요."

그러나 이하는 웃었다.

"괜찮다고요?"

"네, 라르크는—"

"엉아! 엉아!"

"—아, 마침 저기 오네요. 그럼 여러분. 부탁드리겠습니다. 두 시간만 전쟁을 멈춰 주세요."

이하의 말을 끊으며 어디선가 기정의 목소리가 들려왔다.

이하는 즉각 수정구를 발동시켰다.

"……하이하 대협의 부탁을 무시할 수는 없지만……. 이미 흥분한 유저들을 두 시간 동안 막고 있으려면 결코 쉬운 일은 아니겠군요."

"컨셉충! 아까 그 말 진짜야? 이 전쟁으로 푸른— 아니, 크흠, 그— 그게— 뭔 일을 벌였다고?"

"나도 모른다. 하이하가 지금부터 그것을 밝혀낼 것이다. 하지만 가능성은 충분하지 않나."

"흠…… 형님의 추리라면 인정하는 각이지만……."

페이우와 이지원 그리고 알렉산더는 고심했다.

어쩌면 자신들이 팔레오와의 충돌을 너무 가볍게 생각했다는 자책이 들기도 했다.

"어차피 군중을 진정시키는 데 필요한 건 진실이 아니다. 명령과 힘이지. 베일리푸스, 공중으로."

[알았다.]

펄럭— 펄럭—!

공중으로 떠오르는 알렉산더와 머리를 긁적이는 이지원 등을 보며 신나라와 보배가 구시렁거렸다.

"그러게 진작 우리 말 좀 들으라니까. 그치?"

"지금이라도 이해해서 다행이긴 하지만…… 기정 씨는 어디 간 거지? 말도 없이."

그녀들의 궁금증을 해소한 것은 혜인이었다.

지금 이 순간, 가장 명확하게 사태를 파악하고 있는 사람 중 한 명이었다.

"그곳이겠지요."

"그곳?"

"〈신의 지팡이〉."

그 순간, 이하와 기정 그리고 블라우그룬이 신의 지팡이에 도착했다.

라르크와 베르튜르 기사단이 '팔레오와 유저 간 전투 개시 순간부터' 도착해 있던 곳에는 벌써 상당한 수의 시체가 쌓여 있는 상태였다.

"……뭐야, 이건?"

"어?"

"후우, 후우, 빌어먹을, 늦게도 오는군."

다만 이곳의 분위기는 적어도 이하가 상상했던 그림이 아니었다.

유저들과 팔레오 간 전투가 시작된 지 몇 시간가량이 지났다지만 지금 이 상황은 대체 무엇인가?

왜 〈베르튜르 기사단〉 인원 상당수가 시체가 되어 있는 것일까.

거기에 라르크가 검을 겨누고 있는 상대방들은?


띠링 – 띠링 – 띠링 –


이하의 머릿속에 주기적인 알람이 울렸다.

미들 어스를 하며 단 한 번도 들어 본 적 없는 패턴의 신호였다.

기정이 신음을 흘렸다.

"지, 진짜……. 푸른 수염이다……."

마왕의 조각 중 하나, 푸른 수염 레가 그곳에 있었다.


이하는 이를 악물었다.

혹시나 했던 일은 역시나 벌어진 상태였다.

인간들과 팔레오가 전투를 일으킨다?

〈신의 지팡이〉에 있는 최소한의 감시 병력을 제외하면 모두가 즈마 시티 인근으로 투입되어야만 한다는 뜻!

〈신의 지팡이〉에 경비가 소홀하다는 정보가 들어갈 경우 움직일 세력이 어디인가.

"푸른 수염!"

치요가 있는 이상 그 정보가 들어가지 않을 리가 없었고, 실제로 푸른 수염은 〈신의 지팡이〉를 꺾기 위해 직접 모습을 드러낸 상태였다.

"호오오, 이게 누구야. 이게 누구야! 하이하! 하이하가 아닌가! 치요! 어떻게 된 일이지!?"

그것도 혼자가 아니었다.

치요를 비롯하여 이고르와 짜르, 파우스트와 그의 언데드들까지 포함한 상당한 전력이었다.

프레아는 보이지 않았으나, 푸른 수염 옆에 있는 유저들의 수는 대략 보기에도 백여 명은 되었다.

이하와 기정 모두 그들을 알아보지 못했으나 누구인지는 충분히 짐작할 수 있었다.

'야마토…….'

치요의 숨은 전력, 야마토. 그들 중 일부이리라.

"죄, 죄송합니다, 백작님. 저도 이제 막 소식을 들은 터라ㅡ 전장에서의 이야기가 방금 들어왔습니다."

"아니, 아니, 아니. 아주 좋아. 아주 좋아! 여기 이 공작새 같은 녀석이랑 하이하를 한꺼번에 없앨 수 있다면, 거기에 〈신의 지팡이〉까지 없앨 수 있다면 일석삼조 아닌가!"

"그리고……. 그 옆에 있는 자가ㅡ"

치요는 푸른 수염의 귀에 대고 무언가를 중얼거렸다.

가뜩이나 험악하게 변한 레의 얼굴이 더욱 일그러졌다.

"그으래? 홀리 나이트의 직을 수여받을 놈이 저놈이라? 하하하핫! 이거, 오늘 무슨 날이구만! 죽은 토온이 마침내 제대로 된 일을 한 건 한 셈인 거야. 마침내, 그 쓸모없는 공룡 새끼가 죽음으로써 제 소명을 완수한 게로구만!"

푸른 수염의 상태는 평소와 달랐다.

비열하게 낄낄대거나 조곤조곤한 말투로 조롱하는 타입이었던 노인은 온데간데없었다.

침이 뚝뚝 떨어질 만큼 입을 벌리고 핏발 선 눈으로 하이하를 노려보는 푸른 수염은 광기 그 자체였다.

"어, 어이, 하이하? 당신 대체 얼마나 미움을 사고 다녔기에, 갑자기 이 노친네가 치매에 걸린 거야?"

"내가 하고 싶은 말인데? 라르크 당신은 여기서 뭐 하는 거지? 〈신의 지팡이〉로 갔다는 소식을 듣고 왔더니만—"

"글쎄, 나도 모르겠네. 화장실 들어갈 때랑 나올 때 다르다더니, 그건 마왕의 조각도 똑같나 보지. 담보물을 너무 큰 걸로 잡았나 봐. 하핫."

"뭐? 무슨 소리야?"

이하의 예측은 이게 아니었다.

푸른 수염이 예상보다 빨리 움직인 것도 의외였건만, 먼저 와 있던 라르크와 베르튀르 기사단이 푸른 수염과 싸우고 있었다니?

'같은 편이 아니야? 아니, 같은 편이었으나 틀어졌나?'

이하가 줄곧 의심하던 게 바로 이것이었다.

〈제압〉의 공략법을 단박에 정립할 정도의 분석력, 판세를 읽는 통찰력, 사람의 심리를 다루는 언변, 거기에 정체를 알 수 없는 실력까지.

모든 것을 갖춘 라르크가 푸른 수염의 존재와 그들의 행보를 읽지 못할 리가 없었다.

그럼에도 불구하고 자꾸 트러블을 일으키려는 이유가 무엇이었을까.

이하가 내린 답은 '그가 푸른 수염과 같은 편이기 때문이다'였다.

'하지만 지금 이 상황은―'

푸른 수염을 향해 검을 겨누고 있는 라르크와 베르튀르 기사단.

그리고 그들을 향해 흉포한 기세를 내뿜고 있는 마왕군.

이하와 기정은 서로를 쳐다보았다.

다소 묘한 판세였으나 두 사람에게 더 이상 고민할 시간은 없었다.

"크흐흐흐, 뭘 두고만 보고 있나! 저 무지개 검을 든 인간을 포함해서 전부 다 죽여!"

알겠습니다!

푸른 수염의 지시와 함께 마왕군의 공세가 펼쳐졌다.

"캬캬캬캿! 내가 쓰기엔 조금 작은 검이지만 기꺼이 받아

주지!"

"당신의 시체로 만든 데스 나이트가 기대되는군."

순식간에 쇄도하는 이고르와 번개처럼 쏘아지는 파우스트의 네크로맨시 스킬!

랭킹 3위와 랭킹 9위의 공격은 라르크의 주변을 지키던 베르튜르 기사단조차 반응할 수 없을 정도였다.

"크읏 -"

이고르의 톱날 검은 만만하지 않았다.

흘리려 해도 상대방의 검날을 쥐어 뽑듯 움직이는 그의 패도적인 검법에 라르크의 몸은 어쩔 수없이 강제로 움직여야만 했다.

그리고 그가 움직여지는 장소, 바로 그곳을 향해 파우스트의 스킬은 쏘아지고 있었다.

'제기랄, 또 이거다. 이번에도 당하면 위험한데 -'

스킬 사용 조건을 충족시키지 못한 라르크는 인상을 찌푸려야만 했다.

숨은 실력자라고 자부하는 라르크가 피투성이가 된 이유 중 하나였다.

벌써 마왕군의 소속이 되어 몇 번이나 합을 맞춘 이고르와 파우스트의 연계 공격은 상상을 초월할 정도로 효과적이었다.

"캬캬캬캿! 죽어라!"

라르크는 죽었다.

이하와 기정이 없었다면.

"〈수호의 인장〉!"

기정은 피 흘리는 라르크를 향해 스킬을 사용했다.

파사사사삿……!

동시에 옆구리를 파고들어 오는 파우스트의 네크로맨시 스킬이 분쇄되어 사라졌다.

인상을 찌푸리던 라르크는 멍한 얼굴이 되었다.

가까스로 이고르의 톱날 검에서 자신의 검을 떼어 낸 라르크는 다시 베르튜르 기사단이 있는 곳으로 몸을 날려 뒤를 돌아보았다.

"마스터케이?"

"제기랄! 그런 눈으로 바라보지 말아요! 당신이 죽으면 나랑 이하 형이 곤란해져서 그런 거니까."

기정의 판단은 틀리지 않았다.

이곳에서 라르크가 기습으로 사망이라도 한다면?

두 시간 안에 라르크를 포획하여 영물들에게 데려가야 하는 이하의 입장은 완전히 끝장나게 된다.

인간과 팔레오 연합은 다시금 피 터지게 싸우게 되리라.

"……남자한테 반할 것 같다는 생각이 드는 건 처음인데."

"재, 재수 없는 소리 말고! 공격 스킬은 당신한테 맡기겠어!"

기정과 라르크는 눈빛을 교환했다.

수호의 인장의 대상이 된 라르크는 이미 해당 스킬의 정보가 시스템 알림 창에 의해 표기된 상태였다.

라르크는 기정에 대해서 상당히 잘 파악한 상태였다.

기정 또한 라르크에 대해 어느 정도는 알고 있다.

즉, 현재의 상황을 어떻게 활용해야 할지 너무나 잘 안다는 뜻.

방어의 스페셜리스트와 공격의 스페셜리스트가 서로의 장점을 섞었을 때.

어떤 시너지 효과가 일어날 것인가?

그저 라르크를 보호하기 위해 나섰던 기정이었지만 역시나 본능적인 그의 선택은 최상의 한 수를 만들어 낸 셈이었다.

이하도 그 상황을 제대로 읽어 내었다.

"나이스, 기정! 제대로 이해했구만! 우리도 가자! 〈소울링크〉, 젤라퐁 〈전투 모드 : 민첩형〉 그리고…… 블라우그룬 씨!"

"네!"

"본래의 모습으로 돌아가는 걸 허락합니다. 죽지 마세요."

"헤헷, 하이하 님이 안 계시는 동안 저라고 놀고 있었는 줄 알아요?"

붉은빛과 청록빛이 폭발했다. 이곳은 신대륙의 동부가 아니다.

이하가 자신의 스킬을 사용함에 있어 아무런 제약도 받지 않는다는 뜻.

라르크가 보고 있지만 언제까지 블라우그룬이 드래곤이라는 사실을 숨길 수도 없을 것이다.

무엇보다 푸른 수염을 상대로 여력을 남기는 우를 범했다간 시작도 전에 모든 게 수포로 돌아가 버리고 말 것이다.

*[걱정 마세요!]*

캬아아아아아아아아아아-!

꾸워어어어어어어———!

"〈할루시네이션 : 바하무트〉."

거기에 바하무트의 환영의 소환!

물론 그게 아무런 효과도 없다는 걸 이하는 알고 있었다.

푸른 수염이 그것에 속을 일도 없었으며, 이미 할루시네이션을 겪어 본 파우스트 등이 있기에 저들이 잠시나마 당황하는 꼴을 보기도 어려울 것이다.

'하지만 다른 효과가 있지.'

이하가 스킬을 사용한 이유는 하나였다.

그게 먹히지 않는다면 이번 전투는 애초에 승산이 없다는 게 이하의 생각이었다.

어쨌든 상대는 레!

토온을 죽이는 것과 푸른 수염을 죽이는 건 차원이 다른 일이다.

"그래도 해 봅시다! 가즈아아아아! ⟨다탄두탄⟩!"

투콰콰콰콰콰————!

순식간에 쏘아져 나간 탄환의 개수는 마흔 발이었다.

Geschoss 9.

이하가 등장하자마자 〈사교의 춤〉을 사용하고 있던 치요!

그리고 탄환을 지팡이로 쳐 낸 푸른 수염을 제외한다면, 이하의 공격을 완벽하게 막을 수 있는 자는 이곳에 없었다.

'그럼에도 불구하고……..'

이하는 입술을 지그시 깨물었다.

이하가 주 타깃으로 삼았던 것은 아직 숨은 전력으로 분류되는 야마토 집단이었다.

그들 중 이하의 공격이 완벽하게 먹혀들어 잿빛으로 변한 사체는 고작 열 구밖에 되지 않았다.

시노비구미를 상회하는 능력이라는 것은 단박에 알 수 있었다.

민첩 스탯의 세부 조정 상당수를 이동 속도에 투자했을 그들의 움직임은 이하가 느끼기에도 대단할 정도였다.

"하핫, 키드가 있었으면 재미있는 승부가 되었을 텐데."

이하는 호탕한 척 웃음을 날렸지만, 속으로 입맛이 쓴 걸 감추긴 어려웠다.

이하는 재빨리 자세를 달리했다.

키드에게 귓속말을 한들 언제쯤 올 수 있을까? 다른 사람들은?

무엇보다 이하 스스로에게도 여유를 부릴 정도는 없었다.

이하의 선제공격을 비교적 훌륭하게 처리한 마왕군 휘하의 유저들이 이를 악물고 달려들고 있었다.

"젠장, 기정아! 그리고……."

"뭐, 무슨 말하고 싶은지는 대강 알 것 같은데, 어차피 저 곰팡이 슨 노인네랑 선약 잡은 건 나였으니까 하이하 씨가 뒤늦게 난입한 겁니다? 난 내 할 일 할 거니까, 방해 마시고! 굳이 도와준다면야 사양하진 않겠습니다만!"

이하가 말을 흐리자 라르크가 먼저 이하를 향해 소리쳤다.

듣는 사람 입장에선 황당해서 헛웃음이 나올 정도의 말이었다.

말투며 표현이며, 무엇 하나 제대로 된 게 없는 그의 외침.

그러나 반대로 말하자면 그것이야말로 라르크의 자신감 표출이기도 했다.

이런 상황에서도 농담을 하며 여유를 부리는 것은 기정과 이하, 두 사람만의 강점이라고 생각했건만.

죽이고 싶을 정도로 밉상인 것은 맞다.

"하여튼 말하는 본새하고는……."

하지만 지금 이 순간, 능력이라는 면에서 믿을 수 있는 사람이라는 점이 이하의 부담을 조금은 가볍게 해 주었다.

적의 적은 동지라고 했던가?

라르크라는 적보다 더욱 큰 공동의 적이 눈앞에 있는 이상, 이하 또한 그를 무시할 생각은 없었다.

"좋아요, 그럼 기정아, 라르크 저 인간이랑 같이 이고르, 파우스트 쪽을 부탁한다!"

"맡겨 줘, 엉아!"

마왕군 전체 집단 중 이고르와 짜르 그리고 파우스트와 그의 언데드 군단에 대한 상대를 맡긴 후에야 이하는 조금 더 타깃을 집중할 수 있었다.

그러나 적 또한 만만한 유저들이 아니다.

시노비구미의 수장이자 이하의 오랜 숙적은 이하를 상대하는 방법을 가장 잘 알고 있는 자이기도 했다.

"하이하만 죽이면 된다! 흩어져!"

직접적으로 치요의 통제를 받고 있는 야마토의 전술은 한 점 흐트러짐이 없었다.

지금까지 라르크를 상대했건, 뭘 했건 그들의 제일 목표는 '하이하'였다.

불의 상급 정령 이그니스로 인해 초−불곰 상태가 된 꼬마와 젤라퐁 그리고 블라우그룬을 굳이 상대하지 않고 이하만을 잡기 위한 움직임!

여러 방향으로 순식간에 산개한 그들의 움직임은 명불허전이었다.

그러나 그들은 명확하게 한 가지 실수를 했다.

여러 방향으로 산개는 했지만 결국 그들의 목표는 하이하!

하이하의 입장에서 볼 땐 사방에서 몰려오는 꼴이지만, 3자의 시각에서 볼 땐 결국 뻔히 보일 수밖에 없는 움직임이다.

약 90여 명의 야마토가 세 방향으로 흩어진 것처럼.

주인을 지키기 위한 방식에 대한 최적의 동선 파악은 〈하이하 사단〉이 그간 산전수전은 물론 공중전까지 다 겪으며 뼛속까지 각인한 것이기도 했다.

"꼬마야! 젤라퐁! 블라우그룬 씨! 막아!"

파아아아앗−!

꼬마와 젤라퐁, 블라우그룬이 흩어진 각각의 무리를 순식간에 따라잡았다.


"큭, 곰이 쫓아온다!"

"밀어내! 우리 대가리가 몇 갠데!"

"알았어. 〈폭렬지탄〉!"

야마토의 인원 중 하나가 손가락을 퉁겼다. 달려들던 꼬마의 몸에서 폭발과 함께 화염이 일었다.

"잘했어! 이번엔 내가 배때기를 갈라 주……지?"

폭발이 미처 사그라지기도 전, 대검을 든 유저가 꼬마가 있던 곳을 향해 달렸다.

그러나 갑작스레 화염을 뚫고 나오는 거대한 그림자가 그의 사고를 멈추게 만들었다.

"캬아아아—!"

꼬마는 발톱을 세워 대검의 옆면을 찔렀다.

손톱은 검에 구멍을 내었고, 그 한 번의 동작은 수비와 동시에 공격이 되었다.

근력면에서 꼬마를 앞설 수 없던 유저는 순식간에 검을 빼앗기며 무력화되었으며 '어어어?' 하는 그 잠깐 사이, 꼬마의 남은 팔이 녀석의 머리통을 그대로 쥐어뜯어 버렸다.

목 잘린 인형처럼 된 잿빛 사체가 옆으로 툭 쓰러질 무렵, 야마토의 또 다른 인원이 쌍검을 들고 달려 나왔다.

"비, 빌어먹을! 팔다리부터 잘라 내! 이놈 스탯 보정이 엄청난 녀석이야!"

"카르르릉……."

좌측 방 그룹의 유저 중 한 명이 쌍검을 휘둘렀으나 꼬마는 피하지 않았다.

츄와아악—!

검은 꼬마의 팔뚝을 베어 냈다. 아니, 베는 도중 멈추었다.

"뭐야, 이건?"

오히려 자신의 팔뚝을 베어 내게끔 내어 줌으로써 상대의 움직임을 제한시키는 전략!

쌍검의 달인으로 유명한 아웃사이더였으나 그의 검조차 꼬마의 살갗을 베어 냈을 뿐, 근육까지 완전히 갈라 내지는 못했던 것이다.

오직 근육의 수축만을 이용해 칼날을 잡다니?

야마토에 소속된 인원, 쌍칼의 달인으로 소문난 아웃사이더는 눈앞에 있는 불곰을 보았다.

"크릉?"

"서, 설마―"

수인화된 꼬마는 웃었다.

양쪽 팔이 봉인되어도 인간과 달리 수인은 사용할 수 있는 무기가 하나 더 있기 때문이었다.

"크아아아아악―!"

꼬마의 주둥이는 그대로 쌍칼 유저의 목덜미를 베어 물었다.

인간치고는 두꺼운 목이어도 곰에게는 한입 베어 물 거리조차 되지 않는 것일까.

목의 절반 이상이 뜯겨 나간 유저는 그대로 잿빛으로 변하고 말았다.

"어으…… 어어―"

"크르르르르……."

토온이 이끌던 거대 괴수들조차 꼬마에게 제대로 된 상대가 되지 않았다.

야마토는 강한 전력이다.

꼬마에게 가장 먼저 죽은 〈대검폭풍〉이나 방금 죽은 〈쌍검의 달인〉, 맨 처음 공격했던 〈코딱지 폭탄〉 등의 유저들은 그나름대로의 이름을 날리고 있던 유저들이다.

다만 그들이 이하를 공격하기 위해 앞선 방해물에게 전심전력을 다하지 않았다는 점.

설사 전심전력을 다했다 하더라도, 이하와 그를 따르는 생명체들이 압도적으로 강하다는 점이 문제일 뿐이었다.


"이 슬라임 같은 건 또 뭐야?"

[뿅뿅?]

꼬마가 산개한 야마토의 집단 하나를 파훼하고 있을 때, 우측 방의 집단에 따라붙은 것은 젤라퐁이었다.

작달막한 슬라임 같은 몸체에서 그로테스크하게 뻗어 나온 수백 개의 촉수들이 흐느적거리고 있었다.

"칫, 팔다리 여러 개에 스피드는 제법 빠른 것 같지만 - 껏."

촉수 네 개가 야마토의 유저 하나를 파고들었다.

"뭐야!?"

"미, 미친. 〈퓌비엘의 관장님〉이 죽었어?"

무도가라면 배추도사, 무도사 못지않게 이름을 날리던 아

옷사이더 유저였으나, 그는 자신이 어떤 공격으로 죽었는지
도 알 수 없었다.

[몽! 몽몽!]

"우습게 보지 마! 보통의 슬라임이 아니다!"

"방어 스킬! 배리어부터 써! 〈그레이트 쉴드〉!"

슈와아아아앗, 옥색의 막이 그들을 덮었다.

여전히 재빠르게 움직이고 있는 그들이었으나, 젤라퐁은
그들에게서 일정 간격을 유지하고 있을 뿐 결코 뒤처지지 않
았다.

[몽몽! 묘오오옹~!]

카아앙! 카아아아앙!

카카카카카캉─────!

그러곤 그들을 덮은 배리어를 수백 개의 촉수로 강타하기
시작했다. 쉴드는 순식간에 쩌저적, 소리를 내며 갈라지기 시
작했다.

"쉬, 쉴드에 금이 간다!"

"미친! 말도 안 돼! 물리 방어 포함하면 누적 데미지 3만까
지는 문제없는─"

말이 미처 끝나기도 전, 커다란 파열음과 함께 그들의 쉴드
는 산산조각 났다.

혼비백산하며 젤라퐁의 촉수를 베어 내거나, 몸을 비틀어
피하는 야마토의 유저들이었으나 젤라퐁의 본체에서 뻗어 나

온 촉수의 수는 백 개를 가볍게 상회했다.

그것들을 전부 다 피하는 것은 불가능했다.

"누적 데미지 3만밖에 못 버티면 깨지는 게 당연하지."

비명으로 아비규환이 된 와중에, 이하는 마지막으로 알아들었던 야마토 인원의 외침에 대해 생각했다.

**〈전설적인 메타−물의 정령 : '젤라퐁'(민첩형)〉**

공격력 : (사용자의 근력 * 50%) + 민첩 + (지능 * 30%)

구분 : 근접−중거리

효과 : 범위 내 동행 시 사용자의 체력 +10%

필요 조건 : 업적 〈되살아난 바다의 근원〉

설명 : 해신의 정수가 포함된 물의 정령. 물의 정령을 다스리지만 그 자신은 물의 정령이 아니라 신神의 거처에서 태어난 해신의 정수가 포함되어 있다. 사용자가 원하는 것이 무엇이든, 메타−물의 정령은 사용자의 원을 들어줄 것이다.

'지금 내 민첩이 얼만데.'

젤라퐁에게서 뻗어 나온 촉수 한 발, 한 발의 데미지는 최소 4,300가량.

누적 데미지 3만 따위는 촉수 공격 열 번도 제대로 버틸 수 없는 공격이다.

하물며 젤라퐁의 몸에서 뻗어 나온 촉수의 개수와 그 공격

속도를 고려한다면?

'고작' 배리어 따위로 젤라퐁을 막을 생각을 한다는 게 어림 도 없다는 뜻이었다.

"본체! 본체를 공격해! 이 빌어먹을 촉수가 문제가 아니야!"

"저 슬라임 몸통을 쪼개 버려! 〈쓰러스트 피어스〉!"

쒜에에에에엑-!

아비규환의 한복판에서 누군가 창을 내질렀다.

창끝이 향하고 있는 곳은 젤라퐁의 몸통!

확실히 '근력형'이 아닌 '민첩형'은 공격력이 높을 뿐 체력은 낮을 수밖에 없다.


[뭐, 그래서 내가 있는 거지만요. 〈앱솔루트 배리어〉]

————————————!

카아아앙……!

야마토 유저들의 원한이 담긴 통렬한 찌르기의 결과는 창 날의 부러짐이었다.

"……뭐야?"

[뽕! 뽕뽕!]

"나이스, 블라우그룬 씨!"

야마토의 또 다른 집단, 중앙부를 담당하던 블라우그룬은 좌측의 꼬마와 우측의 젤라퐁 상태를 지켜보며 버프와 쉴드 등의 마법으로 그들을 보조하고 있던 것.

과거에는 단순히 전투를 수행하는 전사의 느낌이었다면, 이하와 함께 다닌 후로 그는 '지휘관'의 시야를 조금이라도 갖게 된 상태였다.

[이 정도로 칭찬하시면 곤란하다고요. 〈일렉트릭 스파크〉]

블라우그룬이 손가락을 뻗을 때마다 파칫, 하는 불똥과 함께 야마토의 인원들의 머리털이 주뼛주뼛 솟아올랐다.

마나의 소모도 많지 않아 눈에 보이는 모든 야마토의 인원들에게 연속 캐스팅이 가능할 정도였다.

데미지도 별로 들어오지 않고 특별한 〈상태 이상〉도 없는 스킬이라니? 게다가 스킬 시전 모션은 삿대질을 하는 것뿐?

"음?"

"드래곤의 마법은 약하다! 육체 공격만 조심하면 돼!"

야마토의 인원들이 이런 생각을 하는 것도 당연했다. 달려드는 인간들을 보며 블라우그룬은 한숨을 내쉬었다.

[어쩜 이리들 멍청한지. 〈기가 일렉트릭〉]

데미지가 없는 스킬일수록 조심해야 한다.

하물며 그런 스킬이 특별한 상태 이상 메시지까지 없을 때는 더욱 그렇다.

[〈체인 라이트닝〉]

그것은 이후의 스킬 연계를 준비하는 사전 작업일 확률이 높으니까.

블라우그룬의 몸속으로 들어가던 청록빛이 폭발적으로 뿜

어져 나갔을 때, 중앙부에서 이하를 노리려던 야마토의 인원들은 온데간데없이 사라진 후였다.

서른 명의 인원들이 '완전히 폭사'하여 잿빛의 사체조차 남지 않게 되었다는 뜻.

꼬마의 활약과 젤라퐁의 기습은 이하를 비롯한 여러 유저들에게 확실히 인상 깊은 일이었다.

"이럴 수가……."

"브레스도 아니고 저런 마법 따위 – 고작 체인 라이트닝으로……?"

[저런 마법 따위라니. 건방지구나, 인간 네크로맨서여. 하긴 전자電子의 유도와 전류電流의 폭발적인 증가 같은 묘리를 네 녀석이 알 리는 없겠지만.]

이고르와 파우스트의 시선까지 잡아채는 블라우그룬의 폭발적인 마력은 다른 〈하이하 사단〉의 모든 활약을 날려 버릴 정도의 임팩트가 있었다.

"……사람들이 하이하, 하이하 하는 이유가……. 아주 이해가 안 되는 건 아니네."

적어도 지금 이 순간은, 라르크마저 블라우그룬을 보며 입을 다물지 못할 정도였기 때문이다.


짝…… 짝…… 짝…….

백 명이 넘던 야마토의 인원이 50명 전후로 줄어들기까지 걸린 시간은 극히 짧았다.

당연히 그것을 두고만 보고 있을 레가 아니었다.

"크크크크…… 그래, 그래. 과연 하이하야. 심심하지는 않게 해 준단 말이지. 저 백발 노친네의 환영을 소환해서 시간을 끌려고 했던 건가? 답지 않군. 아니, 이런 어쭙잖은 짓거리로 토온의 머리통을 날린 건가."

바하무트의 환영은 이미 사라진 후였다.

푸른 수염과 거리를 두며 적당한 위협과 공격 태세를 갖추려 했으나, 그런 눈속임이 레에게 통할 리는 없었다.

박수를 치며 걸어 나온 푸른 수염을 보며 이하는 마른침을 삼켰다.

야마토의 인원은 강하다지만 자신에게 비할 건 아니었다.

그러나 푸른 수염은, 지금까지 만난 모든 적을 더한 것보다 더욱 큰 위압감이 있었다.

"꼬마야! 젤라퐁! 돌아와요! 블라우그룬 씨도!"

어차피 이번 전투에서 중요한 것은 푸른 수염을 어떻게 막느냐 하는 것이다. 조무래기 따위가 중요한 게 아니다.

레의 지팡이 끝은 더 이상 땅을 짚지 않았다.

하늘을 향해 솟은 지팡이의 끄트머리에선 검은 기운이 날카롭게 솟아오르고 있었다.

"토온의 복수라고 하기엔 너무 낯간지럽고. 그렇다고 복수를 안 하자니 체면이 말이 아니고. 무슨 뜻인지 알겠나."

"웃기고 있네. 그 지긋지긋한 얼굴을 보는 것도 이제 끝이다. 토온과 똑같은 꼬락서니로 죽여 주지."

푸른 수염의 미간이 움찔거렸다.

항상 토온을 욕하면서도 그가 토온을 생각하는 마음이 어떠한 것인지 이하는 어렴풋이 알 것 같았다.

이하는 블랙 베스를 들어 올렸다.

이하의 전방은 꼬마와 블라우그룬, 젤라퐁이 모두 막고 섰다.

푸른 수염이 나섰음에도 야마토의 인원들은 멀뚱히 구경만 하지 않았다.

치요는 철저했고, 이하의 퇴로를 막기 위해 야마토를 멀찍이 우회시키는 중이었다.

그러나 이하는 그들을 신경 쓰지도 않았다.

치요가 직접 나서지 않는 이상 그들의 공격이 엄청난 위협이 되지 않으리라는 것을 잘 알고 있었다.

그들뿐만이 아니다.

〈신의 지팡이〉에서 아예 좌측으로 멀찌감치 떨어진 라르크와 기정도 바쁘기는 매한가지였다.

이고르와 짜르 길드 그리고 파우스트와 그의 언데드 군단은 수적 우세는 물론 질적으로도 결코 뒤지지 않는 위협이었다.

난전 속에서 분투하는 그들의 고함과 스킬 시전 소리가 퍼졌다.

이하는 그 소리를 들으며 옆을 살폈다.

그러다 다시금 푸른 수염을 노려보았다.

'어떻게 상대해야 할까.'

후우우우…….

이하는 호흡을 가다듬었다.

한 걸음, 또 한 걸음 다가오는 푸른 수염. 과연 공격이 먹힐까.

'초탄부터 적중시키려는 욕심은 버린다. 어차피 막을 거야. 지난번처럼…… 무기의 무력화를 노리는 게 답이야.'

푸른 수염이 들고 있는 지팡이부터 못 쓰게 만들어야 한다.

적어도 푸른 수염이 자신의 탄환을 '맨손으로' 쳐 낸 적은 없었다.

즉, 지팡이만 없다면 자신의 공격을 회피는 할 수 있을지언정 막아 내는 것은 힘들 것이다.

그러나 어떻게 원하는 답을 도출해 낼 수 있을 것인가.

푸른 수염이 가만히 있을 리가 없지 않은가.

[하이하 님, 푸른 수염이 다가옵니다.]

[뭉뭉!]

"크르르르……."

야마토라면 백 명이 아니라 그 이상도 상대할 수 있을 것 같았던 〈하이하 사단〉도 푸른 수염을 감당하는 것은 무리였을까?

블라우그룬은 드래곤 폼으로 돌아간 상태에서도 잔뜩 긴장해 있었다.

에인션트급 드래곤조차 한 수 접는다는 푸른 수염을 상대로, 아무리 뛰어나다지만 아직은 쥬브나일급 드래곤밖에 되지 않는 블라우그룬이 긴장하는 건 당연한 일이었다.

[하이하 님?]

이하는 블라우그룬의 부름에 답하지 않았다.

〈하이하 사단〉의 거체 사이로 보이는 푸른 수염의 자취. 저것을 상대하려면 어떻게 해야 하는가.

이하는 자신이 푸른 수염을 겨누고 있을 때가 그의 움직임을 억제할 수 있는 때라는 것을 알았다.

섣불리 방아쇠를 당겼다간 팽팽하게 조여진 긴장의 끈은 즉각 풀어질 것이고, 쏘아진 화살처럼 레가 날아올 것이다.

'블라우그룬의 몸통 박치기로 한 턴은 막을 수 있을 거야. 그러나 자칫하면…… 그가 죽는다.'

그건 최후의 수단이다.

블라우그룬의 마법과 육체 어느 쪽이든 푸른 수염을 단독으로 막아 내기엔 힘들 것이다.

무엇보다 유저가 아닌 NPC에 가까운 존재들로 하여금 레와 대치하게 만드는 건 좋은 방법이 아니다.

'그들의 목숨은 오직 하나뿐이니까.'

그렇다면 다음 방법은?

푸른 수염이 자신의 공격을 지팡이로 받아 내게끔 막아 내려면 무슨 수를 써야 할까.

하아아아아……

이하는 호흡을 가다듬었다. 완벽한 작전은 아니다.

그러나 모든 작전 개시는 방아쇠를 당겨야만 시작되리라.

"흐아아아아아앗-!"

———————————————!

총성이 미처 울려 퍼지기도 전, 푸른 수염은 지팡이를 들어 올렸다.

그러나 곧 그의 얼굴이 기괴하게 일그러졌다.

푸슉-!

탄환은 목표의 옆구리를 완전히 후벼 놓았다.

"케헥-"

"아직 멀었어, 한 번 더!"

총성의 메아리가 떠나기도 전, 이하는 재빨리 노리쇠를 잡아당겼다.

푸른 수염은 여전히 일그러진 얼굴로 이하를 노려보고 있을 뿐이었다.

노리쇠를 당기는 이하의 모습이 평소와 다르다는 걸 느꼈기 때문이다.

노리쇠를 당기고, 전방을 조준하는 것까지는 평소와 같다.

그러나 방아쇠를 당기는 순간은?

갑작스레 몸을 비틀며 블랙 베스를 멀리 던져 버리듯 휘두르는 저 동작!

"……그런 방식의 공격을 본 적이 있는데…….."

투콰아아아————————!!

푸른 수염의 읊조림을 총성이 뒤덮었다.

어디선가 다시 한 번 비명 소리가 터져 나왔다.

그러나 짧은 비명 소리는 순식간에 사라졌다. 그 뒤에 찾아온 것은 거대한 혼란이었다.

"이고르! 이고르!"

"전원 이고르를 보호해! 둘러싸라!"

"느, 늦었습니다! 이고르가 이미……."

"엉아?"

"뭐야, 이건?"

이하는 갑작스레 혼란이 찾아온 장소를 쳐다보지도 않았다.

쳐다보지 않아도 자신의 눈앞에 뜬 시스템 알림 창을 통해

결과를 알 수 있었기 때문이다.

[업적 : 랭커 사냥(Top10) – 3위, "아그롬니 이고르"(A)]
[기 획득 업적이므로 효과가 적용되지 않습니다.]

"이고르는 죽었어! 베르튜르 기사단으로 파우스트만 방어하고 기정, 라르크! 두 사람은 푸른 수염에게로, 빨리!"
푸른 수염을 상대하기 위해 어떻게 해야 하는가? 이하가 내린 답은 바로 원군을 활용하는 것이었다.
'예전 같으면 할 수 없었겠지.'
이고르를 죽임으로써 균형을 깨뜨린다?
이하가 몸통만 조금 돌려도 푸른 수염은 그 의도를 즉각 알아챘을 것이다.
그렇다면 결코 지금처럼 긴장 가득한 상태로 움직이지 않았으리라.
'하지만 지금은 아니지!'

### 〈초심자의 커브 샷(Lv.3)〉
설명 : 마나의 힘을 이용해 발사체를 휘게 만들 수 있다. 숙달될수록 휘는 구간과 각도, 횟수가 늘어난다. 전설 속의 커브 샷 운용자는 '대미궁'의 입구에서 출구까지 발사체가 도달하도록 만들 수 있다고 한다.

효과 : 발사체의 휘어짐 조정

마나 : 900


엘리자베스의 특훈으로 얻은 새로운 스킬, 커브 샷의 활용으로 가능한 방법이었다.

단발성 스킬 주제에 무려 900의 마나를 소모하므로 이하의 풀 MP 2,430을 활용해도 고작 두 발이 한계다.

불행 중 다행은 쿨타임이 없다는 것.

탄환이 휠 거라고는 그 누구도 예상할 수 없었기에, 천하의 이고르조차 자신의 옆구리를 내어 줄 수밖에 없었다.

그것도 이하가 쏠지도 모른다며 불안해하고 있었기에 두 발로 사망한 것이지, 만약 이하를 전혀 의식하지 않았더라면 단발에 죽었으리라.

"푸하핫! 하여튼! 어디서 뭘 하나 했더니만, 이런 걸 배워 온 거야, 형?!"

"……한 말 또 한 것 같아서 안 하려고 했는데, 이래서 하이하, 하이하 하는…… 됐고! 퐁! 이제부터 베르튜르 기사단은 네가 지휘해! 파우스트와 언데드들이 〈신의 지팡이〉에 다가가지 못하는 것을 최우선 목표로 한다!"

"오, 오케이! 맡겨 줘, 대장!"

재빨리 지휘권을 이양한 후, 라르크와 기정은 이하를 향해 달려왔다.

그들이 '달려와야 할 정도'로 푸른 수염과 이하 그리고 기정, 라르크와 이고르, 파우스트의 전장은 제법 떨어져 있는 상태였다는 뜻이다.

같은 편의 입장에서 이하를 보좌하기 위해 달려오면서도 라르크와 기정은 혀를 내두를 수밖에 없었다.

'유도탄은 아닐 거야. 저런 공격력에 타깃팅식 유도 스킬이 있을 리가 없어. 궁수들이 〈가이디드 애로우〉를 쓰는 건 봤지만 그건 공격력이 턱없이 낮잖아. 주력 스킬보다는 견제용 보조 스킬에 가까우니까. 즉, 고작 두 발로 이고르를 죽일 수 있는 스킬이 견제용 보조 스킬은 아닐 테고.'

'그럼 엉아는 지금 이걸 어떻게 맞춘 거지? 아무리 저격의 명수라곤 하지만……. 움직이는 이고르를, 움직이는 탄환을 활용해서 맞춘다? 그래도 200m는 되는 거린데?'

두 사람의 머릿속에 같은 의문이 떠올랐다.

그게 말이 되나?

그러나 눈앞에서 보지 않았던가.

이미 잿빛으로 변한 이고르야말로, 미들 어스 접속기에서 강제로 로그아웃당한 이고르야말로 저 질문에 대한 답을 가장 강력하게 원하고 있을 것이다.

물론 답은 하나뿐이었다.

순수한 능력. 피지컬.

머릿속에 떠오르는 단어에 라르크는 잠시 공포를 느꼈다.

"치잇, 야마토 전원은 백작님을 보조—"

"아니, 아니. 치요. 자네가 그렇게 헛똑똑이일 줄은 몰랐는데."

"네?"

"내가 이딴 놈들 상대하는 데 자네의 도움까지 필요로 할 것 같나?"

푸른 수염은 이를 씹으며 말했다.

우드득, 치아가 갈리는 소리가 자그맣게 울렸다.

나름대로 드래곤을 비롯하여 상당히 화려한 전력으로 재정비한 이하 측이었건만, 푸른 수염에게 있어선 '이딴 놈들'에 불과하다는 뜻.

분노로 점철된 그의 전력이 어느 정도나 되는지는 이곳에 있는 그 누구도 알지 못했다.

따라서 그의 말이 갖는 무게는 더욱 클 수밖에 없었다.

"파우스트 나부랭이나 도와. 네가 가세한다면 기사단 정도는 금방 정리하겠지. 이고르의 쫄따구들도 후퇴하지 못하게 관리해서. 할 수 있지?"

"무, 물론입니다."

이번엔 이하와 라르크의 표정이 일그러졌다.

'짜르의 제일 목적은 이고르의 생존뿐. 이고르가 죽으면 짜

르가 물러날 것이고, 그래서 파우스트를 상대할 수 있게끔 만드는 거였는데.'

'퐁의 지휘만으론 힘들다. 치요의 견제를 막아 내기엔 개인의 능력도 부족해.'

이하와 라르크의 눈이 마주쳤다.

적어도 지금 이 순간, 두 사람의 생각이 통일되었다.

"속전속결!"

"저기, 드래곤님아? 어떻게 불러야 할지 모르겠지만 - 보조 좀 해 주시길! 〈허리케인 블루〉!"

철컥, 이하가 노리쇠를 당기는 소리에 맞춰 라르크의 스킬이 발동되었다.

그의 검에서 푸른빛이 번쩍이자마자 푸른 수염의 곁엔 푸른 돌풍이 불어닥치기 시작했다.

블라우그룬의 눈썹이 잠시 꿈틀거렸으나 이 순간 라르크를 공격할 정도로 사리 분별을 못 하는 드래곤은 아니었다.

[건방진 인간이로군. 〈에너지 웨이브〉!]

블라우그룬은 즉각 마비 계통의 마법부터 사용했다. 푸른 수염의 몸에서 전류가 흐르는 게 이하의 눈에도 보였다.

제법 떨어진 곳에 있던 기정이 팔을 들어 올려야 할 정도로 바람이 거셌으나 이하는 눈 하나 깜짝하지 않았다.

"역시 풍향과 풍속에 영향을 안 받는 탄도학은 사기라니까."

그저 조용히 방아쇠를 당길 뿐.

——————————!

총성이 울림과 동시에 푸른 수염의 머리가 휘익, 뒤로 젖혀
졌다.

"맞았다!"

기정이 흥분하여 외쳤으나 그 외의 누구도 기뻐하는 사람
은 없었다.

색채 돌풍 허리케인 블루는 이제 내부의 푸른 수염이 보이
지 않을 정도로 빠르게 불고 있었다.

"블라우그룬 씨? 어떻게 됐어요?"

[……아시잖아요, 하이하 님.]

"젠장, 그럼 그렇지."

바람 소리를 무시하듯 들려오는 가벼운 발걸음 소리. 라르
크는 허탈한 표정을 지어 보였다.

"허리케인 블루에서 저렇게 걷는 인간은 처음 보네. 아니,
인간이 아니라서 그런 건가?"

푸른 수염은 웬만한 랭커급 유저들조차 땅에 발을 붙이고
설 수 없을 정도의 돌개바람을 마치 산들바람처럼 느끼며 걷
고 있었다.

"증믈…… 쯔즁 느는, 퉤, 인간들이군."

그러나 레의 얼굴만큼은 결코 가볍지 않았다.

그가 뱉어 내는 게 무엇인지 모두가 눈치챈 순간, 분위기는
더더욱 무겁게 얼어붙었다.

특히나 이하의 표정이 눈에 띄게 굳었다.

"이빨로……."

이 정도로 가까운 거리라면 탄두 속도는 거의 줄어들지도 않았을 터.

총구 속도 830m/s에 가까운 탄환을 치아 사이에 끼우는 존재를 대체 무엇으로 잡아야 한단 말인가.

푸른 수염은 거리를 좁혔다.

그리고 한순간, 그의 모습이 사라졌다.

"토온의 몫이라고 하기엔 부끄럽네만–"

슉–!

그가 나타난 곳은 이하의 바로 앞이었다.

이하의 전면을 보호하던 블라우그룬과 꼬마, 젤라퐁의 반응 속도로도 따라갈 수 없는 그의 이동법은 모두를 눈 뜬 장님으로 만드는 것이나 마찬가지였다.

"역시 하이하 네놈부터 죽여야겠지!"

검은 기운이 줄기줄기 뻗어 난 푸른 수염의 지팡이가 순식간에 휘둘러졌다.

츄와아아아앗……!

그러나 지팡이가 갈라 낸 것은 이하의 육신이 아니었다.

"〈감싸 안는 그린〉!"

"캬르르르륵!"

즉발 스킬로 사용된 라르크의 보호 마법은 이하의 몸을 몇

겹으로 감싸는 데 성공, 그것을 모조리 베어 낼 때쯤에는 이미 꼬마가 이하의 몸을 뒤로 빼낸 후였다.

[곰탱이, 젤라퐁! 공격하라! 〈일렉트릭 스피어〉]

파츠츠츠츠츳-!

한순간의 틈을 블라우그룬은 놓치지 않았다.

이하를 향한 기습에 실패했다? 그 말은 모두가 둘러싼 공간 안으로 푸른 수염이 들어와 줬다는 뜻!

말하자면 스스로 포위된 형태나 마찬가지였으므로 그것을 놓쳐서는 안 되었기 때문이다.

전격의 창이 푸른 수염을 향해 날아갔으나 레는 세 발자국 옆으로 이동하는 것만으로 블라우그룬의 마법을 회피했다.

[뮹뮹!]

"크아아아아아!"

이하를 빼내며 뒤로 던져 낸 꼬마와 젤라퐁이 가장 먼저 푸른 수염을 향해 달려갔다.

채애앵-채앵-채앵-!

수십 개의 촉수와 꼬마의 할퀴기 공격이 바람을 가르는 속도로, 그것도 불규칙한 패턴에 의해 행해졌으나 푸른 수염은 그것을 지팡이 하나로 막아 내고 있었다.

"……보이지도 않는데."

동체 시력 스탯에 많은 투자를 하지 않은 기정에게 있어선 푸른 수염의 팔과 지팡이의 움직임을 아예 볼 수도 없을 정도였다.

그저 무언가가 주변에서 붕붕거리고 있다, 라는 것을 느낄 뿐.

물론 푸른 수염에겐 놀라울 것도 없는 일이었다.

"하품이 나올 정도로 느린 속도군."

퍼어어어억……!

[묘호옹!]

"캬락!"

불과 1분도 안 되는 시간에 몇 번의 공방전이 이루어졌을까.

그러나 세 존재의 얽힘을 풀어 낸 것은 푸른 수염의 발차기 한 번이었다.

꼬마와 젤라퐁을 한 번에 밀어내는 동작으로, 두 존재는 50m 이상을 날아가 땅에 뒹굴게 되었다.

[이노옴, 레!]

"핏덩어리에게 이름을 불릴 정도로 잘못 살진 않은 것 같은데."

[헛소리! 어덜트의 기억을 가진 나에게 네 녀석의 악행이 기억되지 않았을 것 같은가!]

슈우우우웃-!

블라우그룬도 레에게 달려들었다.

그의 손톱 끝에선 전격이 번쩍거렸다.

마법을 일일이 시전하는 게 아니라, 메모라이즈한 마법을 손에 장전, 휘두를 때마다 마치 마법을 쏘아 내는 공격은 이하로서도 이번에 처음 보는 방식이었다.

육체 공격과 마법 공격을 합성한 블라우그룬의 변형된 전투 방식은 확실히 날카로웠고 또 효율적이었다.

단 한 발만 적중되어도 푸른 수염은 마비 상태에 들어갈 확률이 높았고, 그 순간 주변에 있던 이하 등의 인물에게 집중 공격을 받을 것이다.

물론 블라우그룬의 모든 에너지가 담긴 브레스는 말할 것도 없었다.

문제는 '단 한 발'이 적중하지 않는다는 데 있었다.

확실히 이하가 성장하는 동안 블라우그룬도 놀고만 있지는 않았던 듯, 푸른 수염을 상대로도 훌륭한 공세를 이어 나가고 있었으나 공격이 성공한 적은 없었다.

공격자가 가질 수밖에 없는 불안과 초조, 그것은 이하에게도 느껴졌다.

이대로 둔다면 블라우그룬이 치명적인 반격을 당하리란 건 불 보듯 뻔한 일이었다.

"제기랄, 라르크! 뭐 없어?"

"아까 구해 준 거 고맙다는 인사도 아직 못 받은 것 같은데."

이하가 휙, 하고 노려보자 라르크는 급히 검을 들어 올렸다.

"크흠, 굳이 받아야겠다는 말은 아니었고! 어쨌든 뭐 없냐는 말만 듣고 가만히 있을 때는 아니겠지."

그의 검에 붉은 기운이 서렸다.

평소의 즉발 스킬과는 조금 다른 기운들이 검면으로 응축
되자 블라우그룬과 공방을 벌이던 푸른 수염의 눈매가 날카
로워졌다.

"호오. 이거, 이거, 핏덩어리랑 놀 때가 아니었나 보군. 미
안하네, 꼬마 브론즈."

[크으으으웃!]

그의 지팡이가 번개처럼 쏘아졌다.

블라우그룬의 손톱을 부러뜨리는 즉시, 검은 줄기 끝이 노
린 곳은 그의 가슴팍!

드래곤 하트가 있는 자리를 정확하게 노리고 쏘아진 지팡
이였으나, 왼팔을 가슴 앞으로 들어 올린 덕에 블라우그룬은
하트를 지킬 수 있었다.

[끄아아아악!]

"블라우그룬 씨!"

투콰아아아아아……!

다만 그 대가로 왼쪽 팔에 구멍이 나는 것은 어쩔 수 없는
일이었다.

이하가 푸른 수염을 향해 방아쇠를 당겼으나 적중하지 않
았다.

푸른 수염은 이하의 탄환을 피하며 그대로 뛰어올라 블라
우그룬의 얼굴을 걷어찼다.

말도 안 되는 체구 차이에도 불구하고, 블라우그룬의 거체가 바닥에 나뒹굴었다.

"젠장, 오지 마!"

투콰아아아아, 투콰아아아아—!

연속해서 발포해 보지만 푸른 수염의 움직임이 더욱 빨랐다.

"라르크!"

게다가 그가 달리는 방향은 이하 쪽이 아니었다.

라르크도 그 모습을 보고 있었다.

검면에 모이는 붉은 기운은 완전히 새빨갛게 될 정도였으나 아직 조금 부족한 상태!

"젠장할, 거의 다 끝나 가는데— 5, 5초만! 5초만 어떻게 좀 시간 끌어 봐!"

평소의 냉철한 모습을 잃을 정도로 다급하게 소리치는 그의 앞에 그림자가 드리웠다.

푸른 수염은 아직 약 3m의 거리가 남은 상황, 라르크의 앞에 선 사람은 푸른 수염이 아니었다.

"막아 주면 되는 거지?! 5초 이상 못 버틴다! 〈홀리 스피릿〉, 〈플렛지 오브 템플 나이츠〉."

성령의 힘과 기사단의 맹세로 기정은 자세를 가다듬었다.

"재미있군, 홀리 나이트의 떡잎부터 짓밟아 볼까!"

기정은 알 수 있었다.

마탑의 사수

꼬마와 젤라퐁이 푸른 수염과 공방을 벌이는 모습조차 자신은 제대로 볼 수 없지 않았던가?

즉, 레의 지팡이는 자신의 방패로 결코 막을 수 없을 것이다.

어떤 각도로 들든지 그의 지팡이는 교묘하게 방패를 피해 라르크의 목을 꿰뚫으리라.

따라서 그가 택한 방법은 방패를 들어 올리는 게 아니었다.

"짓밟아 봐! 지렁이도 꿈틀대는데 나라고 가만히 있겠냐!"

기정은 방패를 내던졌다.

채찍처럼 날아오는 지팡이의 궤적을 막을 수 없다면?

축을 노리면 된다.

자신의 몸과 목숨을 던지는 한이 있더라도.

지금 이 순간의 축, 푸른 수염의 본체, 그곳을 향해 기정의 검이 날아들었다.

"기정아아아아아아!"

—————————!

휘광이 터질 듯 폭발했다.

《마탄의 사수》28권에 계속

# 권주호_ 돌아온 미드필더

한때 청소년 대표, 프로 지망 0순위의 유망주.
경기 중 그를 향한 살인 태클.

다리가 박살 난 그 순간부턴 그저 평범한 절름발이일 뿐.

프로 선수의 꿈마저 파괴된
그에게 다시 한 번 운명의 기회가 찾아온다.

**"최고를 목표로, 딸 수 있는 타이틀은 모두 따낼 겁니다.
그게 제가 다시 돌아온 이유니까요."**

은 재미와 감동으로 엄선된 장르소설 전문 출판 브랜드입니다.

# 한수오 _ 에스퍼

## 한수오 작가의 현대 판타지! 〈에스퍼〉

낮에는 미래고교 2학년 박주노.
밤에는 초능력 요원, 코드네임 아수라.

이중생활을 하며 살아온 그의 앞에,
과거 무림에서 온 자들이 날뛰기 시작한다.

그러나 초능력만으로는 그들을 상대할 수가 없는 상황.
그렇다고 해서 방법이 없는 것은 아니었다.

## 초능력자라고, 내공을 익히지 말라는 법은 없잖아?

 은 재미와 감동으로 엄선된 장르소설 전문 출판 브랜드입니다.

# 이한성_ 내가 영웅이다

나는 이 세상에 이름을 남긴 영웅이 되고 싶었다.

하지만 현실은 그저 짐꾼이다.
아니, 짐꾼이었다. 죽기 전까지.

게이트 사고, 마나폭발 후 눈을 뜨니 기이한 공간에 책 한 권.

'이제부터 당신만의 이야기를 만드세요.'

그렇게 새로운 세계에서 눈을 떴다.

## 더이상 짐꾼은 없다.
## 이젠, 내가 영웅이다.

은 재미와 감동으로 엄선된 장르소설 전문 출판 브랜드입니다.